Kat Devereaux

Née en Écosse, Kat Devereaux, éditrice et traductrice, a vécu en France et aux États-Unis avant de s'installer à Lucques, non loin de Florence. *Sous le ciel de Toscane* est son premier roman.

SOUS LE CIEL DE TOSCANE

KAT DEVEREAUX

SOUS LE CIEL DE TOSCANE

Traduit de l'anglais
par Catherine Delaruelle
et Martine Desoille

l'Archipel

Titre original :
ESCAPE TO TUSCANY

Cet ouvrage a paru chez Head of Zeus, à Londres, en 2023

ISBN : 978-2-266-35269-7
Dépôt légal : juillet 2025

1

Tori

Février 2019
Église Sainte-Gytha, Canonford, Royaume-Uni

— Car j'ai l'assurance que ni la mort, ni la vie, ni les anges, ni les dominations, ni les choses présentes, ni les choses à venir, ni les puissances, ni la hauteur, ni la profondeur, ni aucune autre créature ne pourra nous séparer de l'amour de Dieu incarné en Jésus-Christ, notre Seigneur.

La voix de la pasteure résonne dans l'église presque vide.

C'est une femme charmante, la cinquantaine, avec une tignasse rose comme une barbe à papa et un accent du sud-ouest de l'Angleterre. Elle nous a d'emblée demandé de l'appeler Angie. Je l'adore !

— Margaret est arrivée dans notre village il y a vingt-cinq ans, après la mort de Hugo, son cher époux, poursuit Angie. Sa dignité, sa grâce, sa foi chrétienne et son sens profond de ce qui est juste ont conquis le cœur de tous ceux qui l'ont connue. Aujourd'hui, nous sommes réunis avec ses plus proches parents pour rendre un dernier hommage à Margaret et recommander son âme à Dieu. Prions pour elle.

À côté de moi, ma mère croise ses mains gantées de noir sur ses genoux gainés de noir également. Elle se tient droite comme un I et rien de ce qui l'entoure ne semble trouver grâce à ses yeux : ni la petite chapelle aux murs dénudés, ni les vitraux victoriens colorés, ni les bannières maladroitement brodées de colombes aux contours imprécis et de croix penchées. Je n'ose imaginer ce qu'elle pense de la chevelure d'Angie. Une fois encore, je songe à Granny et à ce cher Papy, la pipe au bec, dans son chandail tout bouloché, et je me demande comment ils se sont débrouillés pour mettre au monde une fille aussi coincée et sectaire.

Un bruit étouffé me parvient. Je me retourne et aperçois un petit groupe de femmes rassemblées au fond de l'église. Ce sont des copines que Granny a rencontrées à l'Institut des femmes. Je leur souris en les invitant d'un geste à s'asseoir, ce qui me vaut un coup de talon à la cheville de la part de ma mère. Cela est censé être une messe privée, réservée exclusivement à la famille, bien que mon père soit mort quand j'étais petite, que les gamins de ma sœur Charlotte aient chopé un truc contagieux du genre varicelle, et que mon mari Duncan n'ait pas pu se libérer pour venir. Il n'y a donc, en tout et pour tout, que Maman et moi pour enterrer ma merveilleuse, brillante et généreuse Granny dans la plus stricte intimité. Ce qui est profondément injuste.

Angie a commencé à lire le psaume disant que le Seigneur est notre berger. Je jette un coup d'œil pardessus mon épaule et aperçois les dames de l'Institut, têtes baissées, en train de prier. Un sanglot me remonte dans la gorge. Je plaque ma main sur ma bouche pour essayer de le contenir, mais il éclate en un hideux haut-le-corps.

Ma mère se raidit. Elle pose un instant sa main sur mon bras, puis reprend sa pose guindée.

Tandis que Maman traverse l'aire de stationnement pour regagner sa vieille Jaguar, Angie s'approche de moi.

— Tori, vous partez déjà ? Vous n'avez pas le temps de parler un peu ?

— Oh, mais si. Mon train ne part pas avant… des lustres.

Elle me décoche un grand sourire.

— Super. Comme ça, on va pouvoir bavarder gentiment autour d'une tasse de thé. Et je pourrai vous raconter comment s'est passée la veillée funèbre. Quel dommage que vous n'ayez pas pu venir, même si je suis convaincue que vous étiez avec nous par la pensée.

Je bats des cils. Je n'ai jamais eu vent d'une quelconque veillée funèbre, et je doute que Maman ait approuvé ce genre de pratique, qu'elle doit juger déplacée.

— Je vous demande pardon ?

— La veillée, hier soir, à la chapelle du Repos. Il y avait un monde fou. Principalement des gens du voisinage, mais la nouvelle a dû se répandre au-delà, parce que des amis de votre grand-mère sont venus spécialement de Londres. Il y avait même deux Italiens – votre grand-mère avait des connaissances là-bas, me semble-t-il, et vous êtes allée plusieurs fois en Italie avec elle, n'est-ce pas ?

— Tout à fait.

— Une expérience formidable, je parie, dit Angie. Quoi qu'il en soit, même si vous n'avez pas assisté à la veillée, vous voudrez sans doute savoir comment ça s'est passé ?

Elle écarquille soudain les yeux et me demande :

— Savez-vous de quoi je parle, au moins ?

— Non, pas vraiment.

— Dans ce cas, je propose que nous allions parler de tout cela au presbytère. C'est à deux pas d'ici.

Elle me prend par le bras et nous nous dirigeons vers le portail, puis nous longeons un petit sentier jusqu'à un ravissant cottage en pierre apparente. D'un seul coup, je me sens comme si j'allais me mettre à pleurer pour la première fois depuis que Charlie m'a appelée pour me dire que Granny avait été admise aux urgences, puis un peu plus tard pour m'annoncer qu'elle était décédée.

— Nous y sommes, dit Angie en ouvrant une porte sur le côté de la maison et en m'invitant à entrer dans la cuisine ; une pièce accueillante dans des tons bleu et vert, avec des cactus sur le rebord de la fenêtre et un vieux chat assoupi devant un gros poêle en fonte.

Après m'avoir invitée à m'asseoir à la table en bois devant une assiette de biscuits et un mug orné d'un symbole de paix, Angie s'assied à son tour.

— Tout d'abord, commence-t-elle, sachez que tout ce qui se dira ici restera strictement entre nous. Et si vous éprouvez le besoin de pleurer, ne vous gênez surtout pas. (Elle désigne de la tête une boîte de mouchoirs en papier.) Et vous pouvez jurer autant qu'il vous plaira – je ne me formaliserai pas. D'accord ?

Elle est si sérieuse et semble si sincèrement préoccupée qu'un horrible pressentiment me prend aux tripes.

— D'accord.

— Bien. Et maintenant, la veillée funèbre. Vous n'étiez vraiment pas au courant ?

— Non. Et pour être tout à fait franche, je ne suis même pas certaine de savoir ce que c'est.

— Je vois. Il est vrai que nous autres, anglicans, nous n'avons pas l'habitude d'organiser ce genre de réunions la veille des enterrements. C'est plutôt une tradition catholique, pour rendre hommage à une personne qui a joué un rôle important dans la paroisse. Mais, étant donné que les funérailles devaient se dérouler dans la plus stricte intimité… c'était notre unique chance de nous réunir pour lui faire nos adieux. C'est pourquoi nous avons demandé à votre mère la permission d'organiser une veillée pour Margaret, et elle a accepté.

— Sérieux ?

Déjà que Maman trouve que le culte anglican manque de dignité, je la vois mal approuver une pratique qui sent son Église catholique à plein nez.

— Enfin, pas d'emblée, reconnaît Angie. Je pense qu'elle craignait que cela ne soit source d'encore plus de tracas et de stress en ces moments difficiles. Ce qui est tout à fait compréhensible, bien sûr, mais en l'occurrence, nous avions prévu de tout organiser nous-mêmes sans la solliciter, pas même pour assister à la veillée. Ce n'est qu'une fois que je lui ai tout expliqué qu'elle a accepté. Et naturellement, nous avons immédiatement songé à vous inviter. Car même si vous n'êtes pas une paroissienne assidue…

— Non, désolée.

— Oh, mais ce n'est pas un reproche. Je voulais simplement dire que Margaret et vous étiez très proches l'une de l'autre – elle parlait de vous à tout bout de champ. J'ai moi-même perdu ma mère d'une attaque, et je sais combien il est douloureux et traumatisant de ne pas pouvoir embrasser une dernière fois un être cher. C'est pourquoi je vous ai appelée.

— Vous m'avez appelée ? dis-je en reposant ma tasse.

— Oui. Mais je n'ai pas réussi à vous joindre sur votre portable. J'imagine que la qualité du réseau n'est pas fameuse dans les Highlands d'Écosse.

— Non, en effet. Ma maison est un peu loin de tout.

— Quoi qu'il en soit, j'ai appelé sur votre ligne fixe et votre mari a répondu. Duncan, c'est bien ça ? Je lui ai parlé de la veillée et il m'a assuré que vous seriez ravie d'y assister. Une demi-heure plus tard, il m'a rappelée pour me dire que vous aviez décidé de ne pas venir, en fin de compte, car vous étiez sous le choc de la disparition subite de votre grand-mère et ne vous sentiez pas en état de voyager. C'est pourquoi je ne m'attendais pas à vous voir aux obsèques.

Je suis tellement sidérée que je reste sans voix. Tout ce que je sais, c'est que j'ai dû batailler bec et ongles avec Duncan pour qu'il me laisse venir ici. Il arguait que les enterrements, c'était pour les vivants, que ça ne ferait pas revenir Granny. Il a ajouté que les billets de train étaient hors de prix, que l'avion était une galère, et qu'on n'avait pas les moyens de prendre une chambre d'hôtel. Sans compter que le château ne pouvait pas se passer de moi, et que c'était pur égoïsme de ma part de vouloir y aller. D'après lui, je n'allais rien faire d'autre que m'engueuler avec ma mère, puis revenir furax et me passer les nerfs sur lui.

— Tori ? demande Angie.

— Salopard ! m'écrié-je. Sacré fichu salopard !

Angie ne me dit pas comment je devrais me comporter, ni ce que Jésus ferait à ma place. Elle m'écoute pester et pleurer, tout en me resservant du thé et des biscuits, et pour finir, une grande rasade de whisky. Quand elle me raccompagne enfin à la gare dans sa Range Rover hors d'âge, elle déclare :

— Tori, si jamais vous avez besoin d'un endroit où vous retirer au calme, il y a une chambre d'amis au presbytère. Vous pouvez y rester aussi longtemps que vous le voudrez. D'accord ?

— D'accord. C'est très gentil à vous.

— C'est la moindre des choses. Ah, nous y sommes !

Elle s'arrête devant la gare. C'est une bâtisse pittoresque, comme le reste du village, avec des murs chaulés de blanc qui contrastent avec la couleur pourpre des cyclamens.

— Et maintenant, avant que vous partiez – je voulais vous le donner avant, mais nous avions des choses plus urgentes à nous dire.

Elle farfouille dans son sac et en sort une grosse enveloppe beige : j'y lis les mots *Pour Victoria* de l'écriture impeccable de Granny. Pendant un instant, je la considère sans réagir. C'est la dernière chose qui me reste de ma grand-mère.

— Est-ce qu'elle… balbutié-je, la gorge serrée. Est-ce qu'elle l'a écrite quand elle était à l'hôpital ?

— Non. Elle me l'a donnée l'an passé, quand elle a rédigé son testament. Elle a dit… (Angie émet un petit rire étouffé.) Sur le coup, je n'ai pas vraiment compris de quoi il s'agissait. Elle craignait de tomber malade et de ne pas pouvoir vous dire adieu avant de mourir. À vous, en particulier, pas à votre sœur ou à votre mère. Je me souviens qu'à l'époque j'ai pensé que c'était une lubie de vieille dame qui commence à entrevoir la mort. Dans ces cas-là, on fait une fixation sur quelqu'un ou quelque chose, pour chasser l'angoisse. (Angie secoue la tête.) Mais tout bien considéré… elle parlait rarement de votre époux, et jamais de façon désobligeante, mais je me demande si elle ne l'avait pas percé à jour, malgré tout.

Cette fois, j'éclate de rire, entre deux hoquets et sanglots.

— Peut-être bien, dis-je en m'essuyant les yeux. Granny avait un don pour détecter les faux-culs. Elle ne l'avait rencontré qu'une ou deux fois. Mais…

Je m'interromps quand je comprends qu'à chaque fois que Granny et Duncan se sont vus, il m'a sommée de choisir entre elle et lui. Je pense à tous les voyages annulés à cause d'un problème de dernière minute au château. À tous les coups de fil interrompus parce que Duncan avait besoin de moi.

— Il me semble que vous allez avoir beaucoup de grain à moudre, ajoute Angie gentiment. Si jamais vous avez besoin de parler…

Une voix résonne dans les haut-parleurs, mon train est annoncé.

— Oh, bon sang ! Il faut que je me dépêche. Encore merci pour tout.

Mi-paniquée, mi-soulagée, je serre Angie dans mes bras, puis je rafle mon sac sur la banquette arrière et me rue hors de la voiture.

— De rien, me crie-t-elle tandis que je m'élance vers le quai. Je serai toujours là en cas de besoin !

J'attrape mon train de justesse et m'affale sur la banquette. Je pose mon sac et contemple l'enveloppe qui se trouve à l'intérieur. Bien sûr, je meurs d'envie de savoir ce qu'elle recèle. Mais une fois que je l'aurai ouverte et lue, ce sera fini. Il n'y aura plus de surprise.

La curiosité finit par l'emporter lorsque le train entre en gare de Bristol Temple Meads. Je déchire l'enveloppe. Elle ne contient qu'un seul feuillet.

Ma très chère Tori,

Au cas où nous ne nous reverrions plus, je veux que tu saches que je vous ai laissé, à ta sœur et toi, la somme de trente mille livres chacune. Tu peux en user comme bon te semble, à la seule condition que tu ne la partages avec personne. Cet argent est pour toi et toi seule. La façon dont tu le dépenseras ne me regarde pas.

Mais si tu me demandais mon avis, ma chérie, je te conseillerais de retourner à Florence. J'ai gardé de si merveilleux souvenirs de mes séjours là-bas – avec toi, bien sûr, mais aussi quand j'étais une jeune femme libre, et que j'en avais les moyens. Cette liberté-là, je ne peux pas te la donner, mais je peux en revanche t'en donner les moyens.

Ta nonna qui t'aime.

2

Stella

Février 1944
Romituzzo, Toscane

Mon amie Berta Gallurì était une héroïne de la Résistance. Si elle avait survécu, elle serait devenue une grande figure féminine du XXe siècle, une intellectuelle et une combattante, à l'image de Lidia Menapace, Ada Gobetti, Tina Anselmi, Carla Capponi ou Rossana Rossanda. Si elle avait survécu. Quand, en septembre 1943, les nazis occupèrent l'Italie, Berta avait dix-neuf ans. C'était une jeune femme brillante, issue d'une famille antifasciste. Son père était le pharmacien de son village, et elle étudiait la littérature à l'université de Florence. Le jour où, en ouvrant les volets, elle vit une colonne de soldats allemands défiler sur la via Romana, sa première pensée fut qu'elle devait rentrer à Romituzzo. Elle savait que là, on aurait besoin d'elle. Pas comme agent de liaison, comme moi, ou pour combattre, comme son frère Davide – même si les femmes furent plus nombreuses dans le maquis qu'on ne l'imagine –, mais pour offrir ses talents d'organisatrice.

En l'espace de quelques semaines après son retour, elle avait mis sur pied un réseau de jeunes filles et de femmes qui faisaient passer des messages, transportaient des publications interdites et des faux papiers. En outre, elles ravitaillaient les groupes de maquisards qui s'étaient constitués dans les collines au sud de Florence. Jeunes et vieux, communistes, socialistes, monarchistes, libéraux, catholiques, trotskistes, anarchistes, nos partisans venaient des bords les plus divers. Hormis les vétérans, la plupart ignoraient tout du combat. Pour que cet assemblage hétéroclite puisse fonctionner avec efficacité, il lui fallait de l'aide, toute l'aide possible et imaginable.

Berta l'avait bien compris. Les femmes de son réseau n'appartenaient à aucun parti, à aucune faction. Nous allions là où on nous le demandait, quand on nous le demandait. Nous travaillions pour tous ceux qui avaient besoin de nous, sans discuter. Telle fut ma résistance : une routine quotidienne de messages sur du papier à cigarette, de pistolets dans le panier à provisions, de livraisons clandestines entre l'église, le lycée et la maison. Si je n'ai pas d'histoire fabuleuse à raconter, c'est parce que ma résistance n'avait rien de spectaculaire. Elle fut discrète et silencieuse. Dangereuse, aussi.

Le soir du 15 février 1944, Berta rentrait de Florence où elle était allée récupérer des exemplaires de *Combat ouvrier* pour les distribuer à Romituzzo. Comme d'habitude, elle avait caché les feuillets dans la doublure de son sac à main. En descendant du train, elle fut arrêtée par un agent allemand qui vérifia ses papiers et inspecta son sac. Un contrôle de routine, comme elle en avait connu des dizaines. Mais ce soldat avait l'œil. Peut-être que la doublure, maintes fois recousue, commençait à lâcher, peut-être que le papier imprimé transparaissait sous la soie usée. Le soldat s'empara du sac, arracha la doublure et trouva les journaux.

Berta ne se laissa pas emmener sans résister, d'après ce que des témoins m'ont raconté. Elle se débattit et hurla de toutes ses forces tandis que les Allemands la chargeaient sur leur camion. Son corps meurtri et violenté fut déposé le lendemain à l'aube devant la pharmacie de son père, piazza Garibaldi, en plein centre du village, en guise d'avertissement adressé à tous ceux qui osaient résister.

Mon amie Berta Gallurì était forte, au-delà de ce qu'on pourrait imaginer. Elle est morte sans donner un seul de nos camarades. Je le sais, parce que notre petit réseau n'a pas été démantelé. Les Allemands ne sont pas venus m'arrêter.

Je n'ai pas vu le corps de Berta ce matin-là, Dieu soit loué. Je ne savais même pas qu'elle avait été capturée. Mais quand, en descendant prendre mon petit déjeuner avant de partir pour le lycée, je vis mon père assis à la table de la cuisine, la tête dans les mains, je compris que quelque chose était arrivé.

— Papa, que s'est-il passé ? Pourquoi n'es-tu pas au travail ?

Mon père leva la tête. C'était un grand gaillard, à la stature imposante. Un peu comme Peppone dans *Don Camillo*. Mais ce jour-là, il semblait vieux et usé.

— C'est Achille qui est allé ouvrir le garage, expliqua-t-il d'une voix qui ne lui ressemblait pas. Ta mère est restée couchée.

Si ma mère n'était pas levée, c'était que la situation était grave. Très grave. Je m'assis à côté de lui et le regardai se passer les mains sur le visage. Je ne savais que dire, et mon père non plus, sans doute. Je finis par poser une main sur son bras, qu'il enserra de sa paume rugueuse avant de la lâcher. Il prit un mouchoir propre dans sa poche et se tamponna les yeux.

— Stella, promets-moi de ne pas t'engager dans la Résistance. Nous avons déjà assez de soucis avec ton frère. Promets-le-moi.

— Je te promets que je ne m'engagerai pas.

Grammaticalement parlant, ce n'était pas un mensonge puisque je faisais déjà partie du réseau de Berta, depuis plusieurs mois.

— Bien.

Il sembla sur le point d'ajouter quelque chose, comme s'il cherchait ses mots, mais se contenta de répéter :

— Bien.

Il se leva avec difficulté, comme toujours le matin. Dans les années 1920, m'avait raconté ma mère, il avait refusé de réparer l'automobile d'un chef fasciste local, ce qui lui avait valu un tabassage en règle. On lui avait brisé les rotules. Lui-même n'avait jamais parlé de cet incident, du moins pas en ma présence.

— Je vais faire le café, j'ai le temps avant le train.

Il avait déjà commencé à mettre une cuillerée de cette horrible chicorée dans la cafetière.

— Non, je m'en occupe. Et toi, aujourd'hui, tu ne vas pas au lycée.

Là, j'étais vraiment inquiète. Mon père ne préparait jamais rien pour moi, et jamais il ne m'aurait laissée manquer les cours, sauf si j'étais vraiment malade. Comme je réussissais bien à l'école, mes parents m'avaient permis de continuer mes études, bien que le lycée le plus proche fût à Castelmedici, à une vingtaine de minutes de train dans la direction de Florence. Il fallait que j'y aille parce que, ce jour-là, je devais remettre un message. J'étais petite pour mes quatorze ans, encore une gamine, et pas assez jolie pour qu'on me remarque. Je prenais le même train tous les jours à la même heure, de sorte que je pouvais transporter toutes sortes de choses sans attirer l'attention des fascistes ou des Allemands. Ou de mes parents, d'ailleurs.

— Papa, que se passe-t-il ? S'il te plaît, parle. Maman est malade, c'est cela ?

Mon père secoua la tête. Il fixa la cafetière qui crachotait en sifflant les dernières gouttes. Aujourd'hui, je comprends qu'il était pris dans un dilemme, soit me raconter ce qu'on lui avait dit, ou qu'il avait peut-être vu de ses propres yeux, soit m'épargner, me laisser innocente le plus longtemps possible. Il finit par ouvrir la bouche.

— La gare fourmille d'Allemands. Encore plus que d'habitude. Ils contrôlent tout le monde.

— Ce n'est pas un problème. Je n'ai rien à cacher, lançai-je, le cœur battant la chamade.

— N'empêche que je n'ai aucune envie de te laisser partir toute seule.

— Il suffit de demander à Achille de m'accompagner, ou à Enzo. Papa, s'il te plaît ! Je dois rendre une composition de latin. C'est important, j'ai passé plusieurs jours dessus. S'il te plaît !

Mon père remplit une tasse de chicorée et la posa devant moi avec une tranche de pain.

— Enzo pourrait sans doute aller avec toi, s'il le faut. Il travaille, aujourd'hui.

Je n'osai montrer mon soulagement. Enzo était un ami de mon frère Achille, et il aidait au garage quand on avait besoin de lui. Achille et lui étaient de fervents communistes. Enzo, contrairement à mon frère, avait eu le bon sens de ne pas révéler ses activités clandestines à mon père. Je l'adorais, et Papa pensait qu'il exerçait une bonne influence sur moi. Mais, plus important, c'était lui qui avait mon ordre de mission pour ce jour-là. Ce serait tellement plus simple qu'il me le transmette loin du garage et de la vigilance sourcilleuse de mon père.

— S'il m'accompagne sur le quai et qu'il vient me chercher à mon retour, il n'y a aucune raison de se faire du souci. Sincèrement, Papa, je ne cours pas de risques. Tu verras.

Je savais que je frisais l'insolence, j'insistais trop, mais mon père ne sembla pas s'en apercevoir. Il resta plongé dans ses pensées un long moment, puis hocha la tête, une seule fois.

— D'accord. Finis ton petit déjeuner, je vais prévenir Enzo.

Avant que j'aie le temps de le remercier, il était parti de l'autre côté de la rue, les mains dans les poches, la mine vaincue.

Je sortis dans la brume glacée du matin. Enzo m'attendait à la barrière. Il avait l'air grave, mais c'était habituel chez lui, et je n'y vis rien de particulier. Son père était mort dans un accident de voiture avant la guerre, et il avait perdu sa mère récemment. Une bombe était malencontreusement tombée sur l'usine dans laquelle elle travaillait, à la sortie de Castelmedici. La famille n'était pas originaire de Romituzzo et n'avait pas de proches dans la région. Les Frati avaient pris l'orphelin sous leur aile. Cela avait semblé naturel, car il faisait déjà presque partie de la maisonnée. Sandro Frati, Achille et Enzo s'étaient liés d'amitié dès les premiers jours d'école et, à quinze ans, étaient toujours aussi proches.

Enzo m'accueillit d'une bise sur chaque joue. Ce geste, tout anodin fût-il, me mettait toujours dans tous mes états.

— *Ciao*, Stellina. Allez, on y va.

— Assure-toi qu'elle est bien montée dans le train ! lança mon père. Ne t'avise pas de tourner les talons dès que vous serez arrivés à la gare.

Achille se tenait devant le garage, dans sa combinaison tachée de cambouis, une casquette sur ses boucles brunes et une écharpe de laine épaisse autour du cou.

— *Ma dai !* riposta Enzo en levant les yeux au ciel.

Dès que nous fûmes hors de vue du garage, Enzo m'attira dans une ruelle transversale. Il me prit les épaules et me regarda d'un air grave. Un court instant, je crus qu'il allait m'embrasser pour de bon.

— Tu es sûre que tu tiendras le coup, Stellina ? Si cela te pose un problème, j'irai à ta place, je trouverai une excuse pour ton père.

Sa sollicitude me parut insultante.

— Bien entendu que je tiendrai le coup. Tu crois que je vais faire marche arrière à cause de quelques Allemands ?

— Non, non, mais après ce qui s'est passé… Tu es au courant ?

— Que s'est-il passé ? Qu'est-ce que je devrais savoir ? Tout le monde se comporte bizarrement ce matin. Je ne comprends pas…

Enzo me prit la main et me raconta, avec des mots simples et terribles, ce qui était arrivé à Berta. Et il me tint dans ses bras tandis que je pleurais toutes les larmes de mon corps.

La place de la gare – à l'époque, elle s'appelait piazza Buresi – était encore plus animée qu'à l'accoutumée. Je ne sais pas si Papa avait réellement été informé de la présence des Allemands, mais le fait est qu'ils étaient là. Des blindés étaient garés tout autour de la place, et les soldats arrêtaient les passants pour contrôler leurs papiers. Je me rendis compte qu'en voulant qu'Enzo m'accompagne je le mettais en danger. Aux yeux des Allemands, un jeune ouvrier était toujours plus suspect qu'une lycéenne en uniforme. On pouvait le prendre pour un partisan, ce qu'il était, ou un déserteur, ce qu'il n'était pas, parce qu'il n'avait pas encore l'âge d'être mobilisé.

— Il est inutile que tu m'accompagnes, lançai-je de mon ton le plus désinvolte pour ne pas attirer l'attention des soldats. Je me débrouillerai très bien toute seule.

— Ne dis pas de bêtises. Je veux être sûr que tu montes dans le train.

Lui aussi gardait un ton léger, mais sa main s'était crispée sur mon épaule.

Les soldats ne s'intéressèrent pas à nous. Ils jetèrent un bref coup d'œil sur la carte d'identité d'Enzo et écartèrent la mienne d'un geste. Enzo attendit l'arrivée du train, puis il m'embrassa, légèrement, sur les lèvres.

— Bonne journée, Stellina. Je t'attendrai sur le quai ce soir.

Je montai dans le wagon, les joues en feu, et me frayai un chemin entre les passagers jusqu'à ce que je déniche un coin où m'installer, debout contre la paroi, mon cartable coincé sur la hanche. Il contenait mes livres scolaires, mon cahier et un exemplaire de poche de *La Mandragore* de Machiavel qu'Enzo m'avait confié. L'ouvrage recelait certainement un message codé, écrit à l'encre invisible. À moins qu'il n'eût un compartiment secret ménagé entre les pages. Je ne l'avais pas ouvert et, bien entendu, n'avais pas demandé de détails. Plus j'en saurais, plus je mettrais les autres en danger si on m'arrêtait.

En arrivant à Castelmedici, je devais prendre le chemin du lycée, comme d'habitude. Mais devant les grilles du parc municipal, je m'arrêterais pour changer mon cartable d'épaule. C'était là que mon contact me retrouverait. J'avais beau être habituée à ce stratagème, je préférais les matins où je me rendais simplement au lycée, sans avoir besoin de me remémorer le signal convenu et d'espérer, de tout mon cœur, que ce serait la bonne personne qui m'approcherait.

Le train bondé avançait avec une lenteur d'escargot et s'arrêtait sans cesse. Il faisait une chaleur étouffante dans le wagon et je craignais maintenant de manquer le rendez-vous.

— Les communistes ont sûrement fait sauter les voies, encore une fois ! Comme si cela servait à autre chose qu'à nous rendre la vie encore plus difficile.

La femme en manteau de fourrure regarda autour d'elle, en quête d'approbation, mais sa remarque fut accueillie par un silence glacial.

Enfin, le train s'arrêta en cahotant à Castelmedici. Je dus jouer des coudes pour atteindre la porte, car j'étais presque la seule à descendre. Sur le quai, je respirai l'air vif du matin. J'avais déjà dix minutes de retard. Réprimant mon envie de courir, je marchai d'un pas assuré en regardant devant moi, comme n'importe quel jour. Il y avait moins d'Allemands qu'à Romituzzo, et je dépassai sans encombre un petit groupe de soldats qui contrôlaient les papiers d'un vieux monsieur. J'arrivai bientôt au niveau du parc, tellement absorbée dans mes pensées que je manquai presque la grille. Je m'en rendis compte, m'arrêtai le temps de passer mon cartable sur l'épaule gauche. Puis je me remis à marcher, parce que la règle pour ces « rendez-vous », comme on les appelait, était précisément de ne pas donner l'impression qu'on attendait quelqu'un.

— Mimma, Mimma, attends-moi ! s'écria joyeusement une voix de femme dans mon dos.

Mimma était mon nom de code. Je ralentis légèrement et une femme apparut à mes côtés, poussant une bicyclette, avec un petit garçon qui trônait dans le panier à l'avant. Elle portait un manteau usé et sa tête était couverte d'un foulard. Elle ressemblait à n'importe quelle jeune mère allant faire ses courses. Elle me salua d'un grand sourire, comme si nous étions de vieilles amies, et le gamin eut l'obligeance de l'imiter.

— Je suis ravie de tomber sur toi ! Tu vas au lycée, j'imagine. Je vais t'accompagner un bout de chemin avec Tonino, comme cela, nous pourrons bavarder un peu.

Elle gardait les yeux fixés sur moi, l'expression délibérément joviale. Par-dessus son épaule, j'aperçus deux gendarmes, avec leur képi noir, apparemment en pleine conversation. C'étaient des fascistes, des membres de la Garde nationale républicaine de Mussolini. Ils avaient pour tâche de débusquer tous ceux qui aidaient les partisans. Et de les écraser.

— Bonne idée, répondis-je.

Chemin faisant, nous bavardâmes de choses et d'autres, toutes purement imaginaires. Au bout d'une centaine de mètres, nous constatâmes avec soulagement que les deux agents fascistes ne nous avaient pas suivies. La jeune femme feignit alors d'être désolée et m'embrassa en disant qu'elle devait filer.

— Je suis contente d'avoir pu échanger quelques mots avec toi, répondis-je. Au fait ! J'allais oublier de te rendre ton livre. Merci encore de me l'avoir prêté.

Je pris *La Mandragore* dans mon cartable et le lui tendis. Elle le fourra dans le panier, à côté de Tonino.

— *Ciao*, Mimma.

Elle enfourcha sa bicyclette et partit en me faisant un signe de main. Je lui rendis son salut et me hâtai de gagner le lycée.

Quand je rentrai à Romituzzo, Enzo m'attendait sur le quai comme promis. J'aurais voulu m'effondrer dans ses bras. Pendant toute la journée, la pensée que Berta était morte n'avait cessé de me hanter. Nous dépassâmes les Allemands, qui ne nous lancèrent même pas un regard, et nous dirigeâmes vers la maison.

— Tout s'est bien passé au lycée ?

— Comme tu peux l'imaginer !

Enzo éclata de rire. Il savait, bien sûr. Il savait que je n'en pouvais plus de faire semblant, jour après jour, d'être une bonne petite fasciste obéissante.

— Tu aurais pu quitter l'école à la fin de l'année dernière.

— Oui, mais je n'aurais pas eu le droit de suivre la formation pour enseignants et…

Il me prit la main.

— Stellina, pense à tout ce que tu vas pouvoir enseigner, un de ces jours.

J'étais triste, j'avais peur, le danger régnait partout. Mais, miracle, sentir sa peau contre la mienne me ravissait. Ce doit être cela, la jeunesse.

— Achille est allé réparer un vélo.

— Où ? À Santa Marta ?

C'était notre nom de code pour la ferme perdue dans les collines où se cachait la brigade communiste à laquelle Enzo et Achille appartenaient. Tous deux travaillaient comme agents de liaison. En outre, Achille était leur mécanicien, il réparait les bicyclettes et les motos. Il avait accès aux pièces détachées et à de l'essence, un bien précieux.

— Non, de l'autre côté. À Sant'Appiano.

Sant'Appiano était un hameau au nord de Romituzzo. Je savais qu'un petit groupe de partisans était basé dans les parages. Pas des communistes, des monarchistes.

— C'est un nouveau client, alors, répondis-je en tâchant de garder une voix neutre. Comment ont-ils entendu parler d'Achille ?

— Par le bouche-à-oreille, probablement.

Quand nous approchâmes de la maison, je lâchai la main d'Enzo. Mon père nous attendait dans la cour, les bras croisés.

— Salut, murmura Enzo avant de traverser la rue en hâte vers le garage.

Comme je m'y attendais, ma mère s'était réfugiée dans la pièce du fond, qui servait à la fois de buanderie et de débarras. Il y faisait froid, mais c'était la seule à avoir une fenêtre qui donnait sur les collines et sur la petite route qu'Achille empruntait pour éviter les barrages. Elle était assise à côté de la fenêtre, mal emmitouflée dans une vieille couverture, reprisant des chaussettes. Elle semblait si petite, si frêle, que j'eus soudain pitié d'elle.

— Maman, va donc te réchauffer à côté du poêle. Je guetterai moi-même le retour d'Achille.

Elle leva vers moi un regard terne et absent.

— Quoi ? Non, il ne devrait plus tarder.

— Est-ce que je peux t'apporter un café, au moins ?

Elle refusa, comme je m'en doutais. Quand Achille était quelque part en mission, elle n'avalait rien avant qu'il soit rentré. C'était un marché qu'elle avait passé avec Dieu.

— Non merci. Il y a de la soupe dans le garde-manger.

J'avais déjà l'estomac tendu, tout retourné. L'idée d'une soupe, une de ces soupes insipides qui constituaient notre ordinaire en temps de guerre, m'était insupportable.

— Merci, Maman.

J'allai me réchauffer à la cuisine.

Je m'installai dans le fauteuil à côté de la cuisinière, essayant de lire le chapitre de Manzoni pour mon cours de littérature. Si vous avez réussi à ingurgiter *Les Fiancés* de la première à la dernière page, bravo !

Soudain, j'entendis un bruit de moteur, et le cri de joie de ma mère.

— Achille ! Achille, *tesoro*, tu es rentré. J'étais si inquiète pour toi !

La porte de la cuisine s'ouvrit, laissant s'engouffrer un courant d'air glacial, et Achille entra d'un pas vif. Sa salopette était tachée de boue, et il se frottait les mains, le regard brillant. Il était toujours d'excellente humeur quand il revenait d'une mission, comme quand il avait gagné une course.

Ma mère s'affaira autour de lui.

— Veux-tu de la soupe, Achille ? Je vais prévenir ton père que tu es rentré. Stella, lève-toi, paresseuse, et cède le fauteuil à ton frère. Sers-lui donc une assiette.

Elle sortit en hâte.

— Reste où tu es, je t'en prie, m'intima Achille en me voyant me lever. Tu as plus besoin de chaleur que moi. Tu sembles à moitié morte.

— Tu veux de la soupe ?

Je connaissais déjà la réponse.

— Surtout pas ! J'ai dû me forcer à avaler cette horreur au déjeuner.

Il prit une chaise et s'assit à califourchon, ses bras entourant le dossier. Il posa le menton sur ses mains et me lança un sourire malicieux.

— Enzo m'a dit que tu étais allé aider les monarchistes. Pourquoi font-ils appel à toi ? lui demandai-je.

— Parce que je suis le meilleur mécanicien de la région. Et que le leur a été pris par les Allemands.

Je refermai mon livre et le serrai contre moi.

— Qu'est-il arrivé ? Il a été arrêté ?

— Abattu. Ils voulaient stopper un convoi de déportés en route vers Florence. Ils attendaient, cachés dans le fossé, quand ce type a perdu la tête. Il s'est précipité vers le camion au moment où celui-ci s'approchait.

Achille mima le geste d'un tireur.

— Alors ils n'ont pas pu libérer les prisonniers.

— Non, à cause de ce *coglione*. Et en plus, ils n'ont plus de mécanicien. Heureusement que j'ai pu y aller.

— Tu portais ton foulard rouge ?

— Évidemment, répliqua-t-il en l'exhibant. Tu penses bien que je n'allais pas leur permettre d'oublier que c'est un mécréant de communiste qui les a aidés.

La porte de la cuisine s'ouvrit. Achille remit en hâte le foulard dans sa poche.

— Stella ! Tu es encore vautrée dans le fauteuil ! Où est la soupe pour ton frère ?

Achille se leva et alla passer le bras autour de l'épaule de sa mère.

— Ça va, Maman. Je n'ai pas faim. Et Stella doit rester au chaud. Regarde-la, elle grelotte.

C'était vrai, à ceci près que ce n'était pas le froid qui me faisait trembler, mais les événements de la journée qui tourbillonnaient dans mon esprit. Je ne pouvais m'empêcher de repenser à ces camions, remplis de gens apeurés qu'on menait à la mort. Et que rien n'arrêterait désormais.

Ma mère me jeta un regard chargé d'indifférence. Je lus sur son visage, en cet instant, le peu de cas qu'elle faisait de moi. Ce n'était pas du mépris mais, pour elle, c'était à peine si j'existais. Elle se tourna de nouveau vers Achille.

— Alors, prends un bain avant le retour de ton père. Je fais chauffer l'eau. Stella, va chercher le baquet, après quoi tu pourras t'occuper des pommes de terre pour le dîner.

Achille ouvrit la bouche pour protester, mais cela n'aurait servi à rien. Je me levai et obtempérai.

3

Tori

L'appartement est trop chou. Murs blancs et volets verts, sol carrelé dans des tons vert, brun et crème, qu'on pourrait trouver moche n'importe où ailleurs, mais pas à Florence. C'est minuscule – un séjour et une chambre juste assez grande pour accueillir un lit double et une commode. Mais je n'ai pas besoin ou même envie de plus d'espace.

Chiara, l'agente immobilière, ouvre une fenêtre et m'invite à m'approcher. Elle se penche en avant et pointe vers la droite le grand dôme orange de la cathédrale qui surplombe telle une couronne la ligne irrégulière des toits de tuiles.

— Qu'est-ce que vous dites de ça ! s'exclame-t-elle avec un grand sourire, comme si elle attendait une explosion d'allégresse de ma part.

C'est génial, sans aucun doute, et je sauterais volontiers de joie si je n'étais pas aussi fatiguée.

— C'est magnifique, dis-je en m'écartant de la fenêtre pour me réfugier dans la fraîcheur du petit deux-pièces.

— Trois cent cinquante euros par semaine, m'annonce Chiara.

Elle est petite, mince, tirée à quatre épingles et doit avoir la trentaine – comme moi. Elle parle un anglais impeccable, avec un léger accent américain. C'est la première agente à laquelle je me suis adressée parce qu'elle figurait en tête de liste des résultats de recherche sur Internet, et c'est le premier appart que je visite avec elle. Trois cent cinquante euros par semaine. J'essaie de calculer mentalement, mais j'ai la tête embrumée.

— Et par mois, ça revient à combien ?

— On peut vous faire un prix, m'informe Chiara, tout sourire. Si vous le prenez pour un mois, vous pouvez l'avoir pour mille trois cents euros. Charges incluses, naturellement.

C'est un chouette appart, dans une rue sympa, et j'ai une furieuse envie de piquer un roupillon. Une voix – celle de Duncan – se met à résonner dans ma tête : *Treize cents euros pour un deux-pièces ? Non mais tu ne vois pas qu'elle a flairé le pigeon ?*

— Et si je reste plus longtemps ? demandé-je.

— Plus longtemps ? Vous voulez dire deux mois ?

— Je ne sais pas encore. Peut-être une année, ou plus.

— Je vois, conclut Chiara. En somme, vous voudriez une location longue durée en Italie ?

— Je ne suis pas sûre, mais pourquoi pas ? Avec le Brexit qui nous guette, j'ai intérêt à me décider rapidement.

— Vous êtes venue ici pour raison professionnelle ? Un travail vous attend à Florence ?

— Je suis free-lance, expliqué-je. Écrivaine. Je peux travailler n'importe où.

Chiara prend le temps de m'examiner. Je sais ce qu'elle voit : un vieux tee-shirt en coton, un jean, des cheveux blonds qui auraient besoin d'une bonne coupe.

Le teint blafard d'une femme qui descend de l'avion. Les chaussures ? De bonne qualité mais usées et qui sentent l'humidité après cinq ans passés dans une ferme fortifiée des Highlands. Tout ce que je possède sent l'humidité. Puis son regard tombe sur mon sac à main, ce cher vieux Fendi que m'a donné Grand-Maman.

— Vous êtes *vraiment* écrivaine ? demande-t-elle.

— Oui. En fait, je touche un peu à tout. Journalisme, rédaction de pitchs publicitaires, piges…, selon les besoins.

Ma réponse n'a pas l'effet rassurant que j'escomptais. Chiara semble contrariée.

— Et vous comptez trouver du travail en Italie ? Vous savez, l'économie, ici…

— Oh non, non. J'ai mon réseau de clients au Royaume-Uni. J'ai décidé de faire une pause pour finir la rédaction d'un ouvrage pour la maison Swithins & Sons. Avec laquelle j'ai un contrat, naturellement, expliqué-je avec toute l'assurance dont je suis capable.

Chiara retrouve le sourire.

— Ah, tant mieux ! Dans ce cas, ça pourrait s'envisager. Il se trouve que la propriétaire préférerait avoir un locataire à long terme – c'est du moins ce qu'elle m'a laissé entendre la dernière fois que nous nous sommes parlé. Ça arrangerait tout le monde. Je vais l'appeler.

Elle dégaine aussitôt son portable et passe dans la chambre à coucher. Mon italien n'est pas trop mauvais – je me suis efforcée de l'entretenir par la lecture, la musique et des séries sur Netflix – mais elle parle très vite et mon cerveau n'est pas capable de tout décoder. Je contemple toujours les façades jaune vif des maisons d'en face quand elle revient dans le séjour.

— La propriétaire est d'accord pour une location longue durée, m'annonce-t-elle, le téléphone toujours collé à l'oreille. Le loyer serait de mille cent euros, plus les charges. Il va falloir rédiger un bail, mais je peux m'en occuper. Ça vous convient ?

— Parfait.

— Quatre-quatre ou trois-deux ?

— Je vous demande pardon ?

— Le bail, explique-t-elle.

À l'évidence, elle se demande si j'ai pris la peine de me renseigner un minimum avant de venir m'installer à Florence. Et la réponse est non, pas vraiment.

— Il y a deux sortes de baux longue durée en Italie. Quatre ans renouvelable, ou trois ans plus deux. Il existe une autre sorte de bail, le *transitorio*, mais je ne suis pas sûre qu'il vous permettra d'obtenir une carte de séjour.

— N'importe lequel fera l'affaire, lancé-je.

— Et quand comptez-vous emménager ?

— Dès que possible. Je suis à l'hôtel pour l'instant, mais…

— Je vois, dit-elle, et elle reprend sa conversation en italien.

Je replonge dans ma contemplation.

— C'est bon, m'annonce Chiara au bout d'un moment. Si vous êtes d'accord, je peux rédiger le contrat de location, et dans quelques jours, nous pourrons convenir d'un rendez-vous avec Federica – la propriétaire – pour la remise des clés. Vous avez un avocat ?

— Non. Il m'en faut un ?

— Je peux vous dire en quoi consiste précisément le bail, mais vous voudrez peut-être l'avis d'un juriste. Et puis il y a l'obtention du titre de séjour, l'ouverture d'un compte en banque, et… (Elle agite la main d'un geste vague.) Enfin, tout un tas de formalités.

— Pour être tout à fait franche, je n'ai pas envie de me compliquer la vie.

— Dans ce cas, le mieux est que vous preniez un avocat. J'en ai plusieurs à vous recommander, si vous le souhaitez.

— Merci.

— C'est bien normal, répond Chiara. Vous avez des questions concernant l'appartement ?

Je fais à nouveau le tour des lieux. L'appart est propre, impersonnel, garni de meubles dans des tons blanc, gris et prune, comme le sont toutes les locations saisonnières. Il y a une cafetière sur la cuisinière et un tas de magazines disposés en éventail sur la table basse en verre. Je n'en jurerais pas, et je n'ai pas la force d'aller vérifier, mais il me semble avoir vu des serviettes de toilette artistement roulées et nouées avec un ruban sur le lit. Je pense à la grande baraque que j'ai quittée, avec son hall orné de têtes de cerfs bouffées par les mites, sa moquette verte et tous les portraits des ancêtres MacNair, à la mine hautaine et renfrognée.

— Non, non, dis-je. C'est parfait.

Chiara hésite. Elle ramasse les clés sur la console où elle les a laissées en entrant et les balance au bout de son index.

— Vous êtes sûre que vous voulez louer cet appartement ?

— Absolument certaine, acquiescé-je, et malgré ma fatigue et mon chagrin, je sais que j'ai fait le bon choix.

Dans la rue, après avoir quitté Chiara, je prends la direction de la piazza del Duomo. Sur l'immense place aux contours irréguliers qui entoure la cathédrale, je cherche un coin en terrasse. Il n'est que 3 heures de l'après-midi, mais les bistrots sont pleins à craquer de gens qui sirotent des Aperol spritz orange vif servis dans de grands verres pansus. Granny dirait que cet endroit est un attrape-touristes. Elle connaissait Florence comme sa poche, la moindre placette, le moindre recoin, y compris les bars chics nichés au fond de cours privées. Mais aujourd'hui, j'ai envie de me prélasser au soleil avec le reste du troupeau.

Je m'assieds à une table, face à l'entrée latérale de la cathédrale, et je commande un negroni, qui arrive servi dans un gobelet en cristal accompagné d'un ramequin rempli de cacahuètes, d'olives et de chips. J'étire mes jambes et prends une longue gorgée de mon cocktail. C'est de l'alcool pur, gin, vermouth et Campari, à l'arrière-goût féroce d'orange amère. J'enfourne une pleine poignée de chips dans la foulée, et je songe déjà à commander un deuxième verre.

— Vous êtes en vacances ?

Je tourne la tête et découvre un homme dans la quarantaine assis à la table voisine. Un visage sympathique, les traits légèrement burinés et des cheveux bruns parsemés de fils d'argent. Il me sourit et, l'espace d'un instant, j'ai envie de tout lui raconter.

Je ne suis pas en vacances. J'ai plaqué mon mari et je me suis barrée en Italie parce que la coupe débordait vraiment.

— Oui, dis-je, manquant ajouter : Et vous ?

Mais je me retiens. Car il est italien. Et probablement florentin – même si les gens d'ici n'ont sans doute pas l'habitude de fréquenter ce genre de bar à touristes. Mais au même moment, un groupe d'amis arrive, trois hommes et une femme – tous impeccablement vêtus – et le saluent chaleureusement. Il me décoche un regard contrit. Je saisis mon verre et me plonge dans la contemplation du marbre veiné de vert de la cathédrale. Je suis soulagée. Il me semble, tout au moins.

Je fais l'impasse sur un deuxième negroni. Le premier m'a achevée. Je n'ai pas fermé l'œil depuis… Je ne me souviens plus de la dernière fois où j'ai dormi sur mes deux oreilles. Je me lève en titubant légèrement et prends la via del Proconsolo en direction de mon hôtel. Je suis K-O. Je vais dormir une heure, puis je prendrai une douche, me changerai et irai me régaler de spaghettis sur une de ces placettes que Granny aimait tant, sur l'autre rive de l'Arno. Je me roule en boule sur le lit et m'endors instantanément.

4

La sonnerie de mon portable me réveille. Je jette un œil sur l'écran. C'est Charlie. Il est presque 7 heures. J'ai l'esprit embrumé, la bouche sèche et aucune envie de parler avec ma sœur. Mais tôt ou tard, il le faudra bien, alors pourquoi pas maintenant ? Je prends l'appel. Le téléphone collé à l'oreille, je me recouche sur le dos, fixant les motifs du plafond.

— Tori ! glapit Charlie. Qu'est-ce que tu fabriques ? Où es-tu ?

— À Florence.

Dans le fond, j'entends le tintamarre des jumeaux et Ben qui bougonne.

— Ça alors ! Tu ne manques pas d'air, te barrer pour une escapade alors que les agnelles vont mettre bas.

— Je vois que tu as parlé à Duncan.

— Bien sûr que j'ai parlé à Duncan. Il m'a appelée hier. Vraiment, Tori, tu n'es qu'une égoïste.

Ce sont des fleurs qui sont peintes sur le plafond. On dirait des roses Tudor, mais je me trompe peut-être.

— Il ne m'a même pas passé un coup de fil.

— Évidemment. Le pauvre ne sait plus à quel saint se vouer. Il est complètement démoli.

— Duncan, démoli ? C'est du jamais-vu ! Sauf une fois, où il était un peu abattu à cause d'un problème de permis de pêche…

— Je ne comprends pas comment tu peux plaisanter dans un moment pareil !

Les larmes montent, brûlantes, salées. Je les essuie d'un revers de la main. Je ne veux pas pleurer. Pas maintenant. *Basta.*

Charlie enchaîne sur le ton de suprême patience qu'elle adopte quand l'un des jumeaux a « pris une mauvaise décision », comme faire pipi sur la moquette ou montrer sa quéquette aux voisins.

— Bon, je comprends ce qui t'arrive. Le domaine, la ferme, c'est difficile. Tu es stressée, fatiguée, et le malentendu au sujet des obsèques de Granny a été la goutte d'eau.

— Ce n'était pas un malentendu. Duncan a vraiment cherché à m'empêcher d'y aller. Et il a menti, il ne m'a pas parlé de la veillée. Si j'avais su, j'aurais pu dire adieu à Granny en compagnie de ses amis, au lieu de me retrouver dans une église froide et vide, avec notre fichue mère qui jouait à la dame de fer. Au fait, merci de m'avoir laissée tomber !

— Là, tu es injuste. Tu sais bien que…

— Pourquoi a-t-il agi ainsi ? Déjà, je ne pouvais presque jamais voir Granny de son vivant. Duncan devait pourtant savoir à quel point elle comptait pour moi, et qu'elle me manquait. Pourquoi me faire ce coup bas quand elle est morte ? Pourquoi m'a-t-il menti ?

— Je ne sais pas. Peut-être pensait-il que ce serait trop dur pour toi. Reconnais que tu as du mal à gérer, non ? Il a dû se dire qu'il pouvait bien mentir une fois pour assurer sa tranquillité.

— Mais c'est bien là le problème.

— Quel problème ?

Les larmes ruissellent sur mes joues.

— Comment puis-je être sûre qu'il n'y a pas d'autres mensonges ? Pour Granny, si j'ai su, c'est uniquement parce que Angie me l'a dit. Peut-être qu'elle a tenté de me joindre quand elle était à l'hôpital. Peut-être que j'aurais pu…

Ma voix se brise et j'éclate en sanglots.

— Tori ! Inspire profondément et écoute-moi. Tu es en plein deuil. Le deuil déforme notre perception, il nous rend irrationnels. C'est exactement ce qui est en train de t'arriver. Tu es irrationnelle et paranoïaque. Fais une pause, prends le temps de digérer tout cela, et après, Duncan et toi, vous pourrez en discuter. Je suis convaincue qu'il comprendra que tu as besoin d'une parenthèse. Je peux lui expliquer, si tu veux.

— Non, réussis-je à articuler.

— Je t'assure, ce n'est pas un problème. Même si je suis débordée, avec les enfants et la dernière initiative locale. Oui, je me suis portée volontaire pour un projet de protection du milan royal. Même si, franchement, ils n'ont pas besoin d'être protégés, je n'arrête pas de les chasser du jardin, mais quoi qu'il en soit, c'est important pour les enfants de montrer que nous nous sentons concernés et que… Au fait, qu'est-ce que je disais ? Ah oui, bien sûr que je peux téléphoner à Duncan de ta part et lui expliquer que tu es un peu perdue en ce moment. Il sera content que tu reviennes et vous pourrez en parler quand tu auras fini de regarder des tableaux ou Dieu sait quoi. Je dois dire que Florence n'a jamais été mon truc, ajoute-t-elle d'un ton pontifiant. Je sais que tu adores, comme Granny. Mais soyons franches, ce n'est jamais qu'un parc d'attractions pour les gens qui se croient cultivés. Enfin, si tu as besoin de quelques jours pour te remettre les idées en place, ce n'est pas à moi de juger.

— Je reste ici.

— Évidemment. Tu as dû trouver une chambre hors de prix avec une jolie vue, comme ça tu peux recréer tes merveilleux séjours avec Granny.

— Non ! ai-je crié d'une voix étranglée. Ce que je veux dire, c'est que je ne rentre pas. Duncan a été trop loin, la coupe est pleine. Je ne peux plus vivre ainsi, je suis à bout.

— Tu dramatises, Tori. C'était un cas de conscience. OK, il a pris une mauvaise décision. Mais nous faisons tous des erreurs. Il mérite bien un peu de compréhension, non ?

— Sans blague ! Lui ne s'est jamais montré compréhensif avec moi. Il me traite comme de la merde depuis des années… des années. Pour lui, je n'existe pas en tant que personne.

— Comment cela, il te traite comme de la merde ? Franchement, cela ne lui ressemble pas.

Charlie semble sincèrement abasourdie.

— C'est pourtant vrai. Tu veux des exemples ?

— Oui, il faut que tu m'expliques.

Je ferme les yeux un instant, le temps de faire le tri dans la masse des souvenirs pénibles qui ressurgissent.

— OK. Tu te souviens quand vous êtes venus pour Noël, avec Ben et les garçons ? Il y avait aussi Rhoda, la tante de Duncan, et quelques cousins, ainsi qu'un de ses amis de fac. J'ai oublié son nom, mais je me rappelle qu'il sentait la sueur et qu'il n'arrêtait pas de m'appeler Vicky.

— Je m'en souviens très bien. Nous avons passé une soirée charmante.

Je me retiens pour ne pas hurler.

— Bref. À la fin du dîner, j'avais pas mal bu. Alors que j'apportais le Christmas pudding, j'ai trébuché sur le tapis. Je suis tombée, j'étais couverte de pudding, on voyait ma culotte, et tout le monde a trouvé cela hilarant. Vous avez ri à n'en plus finir.

— Avoue que c'était marrant.

— Duncan aussi s'est beaucoup amusé. Au point qu'il a raconté l'histoire à tout le monde. À tout le village. Au maréchal-ferrant, au vétérinaire, au ramoneur. Quand le pasteur est venu prendre le thé, il la lui a racontée aussi. Il la raconte encore, probablement.

— Tori…

— Et pourquoi est-ce que j'avais bu autant ? Pourquoi ? Peut-être parce que Duncan n'avait pas arrêté de me distiller du poison à l'oreille toute la journée. Je portais cette robe rouge en corolle, tu te souviens ? Et le collier que m'avait offert Granny. J'adorais cette robe.

— Elle t'allait à ravir, avance prudemment Charlie, comme si elle s'adressait à une déséquilibrée.

— Duncan, lui, me disait tout le contraire. D'après lui, je ne devais pas porter de rouge, parce que cela rappelait mon teint. Il m'a fait remarquer mes bourrelets à la taille, les marques de sueur sous mes aisselles et le fait qu'on avait une vue plongeante sur mes seins dès que je me penchais. Et avant que j'apporte ce satané pudding, alors qu'il était dans la cuisine soi-disant pour m'aider à préparer la crème au cognac, il s'est approché de moi et m'a soufflé que j'aurais dû avoir honte. Que c'était gênant pour lui, et que vous vous moquiez tous de moi dans mon dos. Ce n'était guère étonnant, d'après lui, parce que dans cette robe trop décolletée, avec ce collier clinquant, je ressemblais à une pute mondaine faisandée.

Silence à l'autre bout de la ligne. Je me dis que Charlie a enfin compris. Ma sœur – elle qui est toujours du bon côté, avec son sens farouche de la justice – ne peut qu'avoir compris.

— Nous avions tous beaucoup bu, finit-elle par lancer. Et quand on est saoul, on fait ou on dit des choses qu'on regrette par la suite. Je déteste ces insultes autant que toi, peut-être plus encore, mais Duncan est quelqu'un de bien, et je n'arrive pas à croire qu'il ait voulu…

— J'ai un rendez-vous, il faut que j'y aille.

C'est faux, mais je sens les larmes qui reviennent.

— Attends ! Tori, s'il te plaît…

— Quoi ?

— Je ne comprends pas. Je suis désolée, mais vraiment, je ne te comprends pas. Il est évident que la disparition de Granny t'a beaucoup affectée, et Duncan peut se montrer parfois un peu indélicat, mais envoyer valser dix ans de vie commune pour quelques incidents sans importance… Sérieusement, il ne t'a jamais frappée, il ne te trompe pas, insiste-t-elle, sans sembler en douter le moins du monde. Qu'est-ce que tu veux de plus ?

— Parfois, ne pas être frappée ou trompée ne suffit plus, tu sais. Et il ne s'agit pas de quelques incidents isolés. Duncan se comporte toujours ainsi quand il n'y a pas de témoins. Il est pervers. C'est juste que tu préfères ne pas me croire.

— Eh bien, pour être franche…

Je lui raccroche au nez.

De nombreuses conversations difficiles m'attendent. Je ferais bien de m'en occuper sans tarder, mais je reste allongée sur le dos, dans un état de stupeur. Il est presque 11 heures quand mon portable bipe. C'est un e-mail de Chiara.

« *Ciao*, Tori. Vous trouverez le contrat en pièce jointe – avec quelques annotations en anglais – et des noms d'avocats à Florence. Ils sont tous pros, mais Marco, le premier sur la liste, est celui que je connais le mieux. Il a déjà travaillé pour des clients étrangers, et tous ont été très satisfaits de ses services. *A presto.* Chiara. »

Va pour Marco, alors. Les yeux me brûlent, j'ai la gorge enflammée, et une pulsation dans les tempes me dit qu'il est grand temps que j'absorbe ma dose de caféine. Les coups de fil attendront.

Je veux être moi-même. Vraiment. Je sors dans le soleil matinal, arborant ma robe de lin la moins froissée, même si tous les Italiens sont en doudoune, écharpe autour du cou. Je longe la berge de l'Arno avant de plonger dans un dédale de petites rues derrière les Offices, à la recherche d'un bistrot de quartier où je pourrai prendre un expresso accompagné d'un beignet glacé au sucre. Je slalome entre les passants qui traînent des valises et d'autres qui marchent en se tenant la main, sans compter ceux qui s'arrêtent sans prévenir pour consulter leur portable. Je remarque un panneau, une ardoise rétro, qui annonce un brunch. Par la vitrine, je vois des clients attablés devant des œufs au bacon. Avec des tasses immenses et, miracle, une théière. Ça devrait le faire.

À l'intérieur règne une animation plutôt plaisante. La clientèle se compose de jeunes branchés, d'influenceurs *fashion* arborant de bizarres tenues écrues, et d'étudiants américains en *athleisure*. Je me débrouille pour avoir une table à la fenêtre et, après avoir avalé des œufs au bacon avec du pain grillé (au levain, cela va de soi), un grand verre d'orange pressée et une demi-théière d'English Breakfast bien noir, je commence à me sentir en état de téléphoner à Marco.

Il répond immédiatement. Je lui parle de l'appartement, de la résidence et des formalités bancaires.

— Bien sûr. J'ai du temps ce matin. Pouvons-nous nous rencontrer ?

— J'ai toute la journée devant moi.

— Où vous trouvez-vous ? Je pourrai me libérer dans une demi-heure environ.

— Je suis au *Ditta Artigianale.*

— Lequel ? Celui de la via dei Neri ou de la via delle Sprone ?

— Euh…

— Vous êtes sur quelle rive de l'Arno ?

— Rive droite.

— Parfait. Mon étude n'est pas loin. Cela ne vous dérange pas d'attendre un peu ?

Je jette un œil sur ma théière presque vide. Il va m'en falloir une deuxième.

— Pas de problème. J'ai du travail.

La honte me monte aussitôt au visage. Parce que c'est vrai. Ce foutu bouquin.

— OK. *A presto*, Tori.

Je vide la théière et en commande une autre, que je descends à moitié, accompagnée d'un énorme beignet, avant d'avoir le courage de sortir ma tablette et d'ouvrir le document. Le voilà, promis à l'éditeur dans…. merde, trois mois ! Soixante mille mots dans la boîte, il en reste trente mille à produire. *Ma vie de châtelaine dans les Highlands*. Un titre parfaitement inepte.

L'idée vient de Richenda, mon agente. En réalité, c'est moi qui voulais écrire un livre. Parce qu'après plusieurs années à pondre des articles divers et variés, dont des chroniques plus ou moins humoristiques pour *Modern Country Lifestyles* – « Confessions d'une urbaine repentie », « Le plumage du faisan pour les nuls », « Bien choisir ses bottes en caoutchouc » –, je ressentais le besoin de produire une œuvre plus substantielle. Je voulais un livre signé de moi sur l'étagère, avec un numéro d'ISBN à mon nom, quelque chose que je pourrais agiter sous le nez de tous ceux qui me disaient : « Oui, d'accord, mais vous n'êtes pas vraiment écrivain, vous n'avez pas publié, n'est-ce pas ? » Et donc, il y avait presque deux ans, après une réception de chasseurs particulièrement insupportables, où pendant toute la soirée j'avais subi les sarcasmes des invités jusqu'à ce qu'ils finissent par monter se coucher en titubant, j'avais élaboré une proposition de livre. Pas forcément excellente, mais nourrie par une bonne dose de rage. J'avais aussi réuni quelques articles récents, et envoyé le tout à plusieurs agents.

Le lendemain, Richenda m'avait contactée. Étais-je disponible pour un entretien téléphonique ? L'affaire s'était subitement emballée, parce que Richenda est une personnalité dynamique, c'est le moins qu'on puisse dire, et qu'elle a des idées très arrêtées sur ce que « le marché » accepte ou rejette.

— La satire de la ruralité chic, c'est dépassé, édicta-t-elle avec son accent BCBG. Elle a disparu avec Jilly Cooper.

— Jilly Cooper n'est pas morte.

— Non, mon chou, Dieu merci. Mais il n'y a qu'elle qui soit encore capable d'exploiter ce filon, là est le problème. Ce que tu m'as envoyé est bon, et je peux dire qu'il y a quelques années, j'aurais pu le vendre. Mais pour le marché d'aujourd'hui ? Non, non, non. Ce que tu dois donner, c'est ton histoire. La famille d'aristos décadents, la fille rebelle qui défie sa mère toxique et…

— Ma mère n'est pas toxique ! Elle est seulement un peu vieux jeu.

— Qui défie sa mère toxique, disais-je, et s'enfuit pour épouser son ancien amour de fac qui, miracle, n'est autre que le lord d'un domaine écossais et un bûcheur infatigable. C'est ambitieux tout en permettant au lecteur de s'identifier, ma chérie, et c'est exactement ce que veut le marché. Qu'a pensé ton père de ce mariage, à propos ?

— Mon père est mort.

— Encore mieux.

C'est ainsi qu'était né *Ma vie de châtelaine dans les Highlands*. J'avais bien avancé et Richenda avait réussi à appâter un grand éditeur, Swithins & Sons. Pendant les premiers mois, j'avais écrit à un rythme soutenu. Je devais plonger dans ma mémoire, me rappeler comment j'avais suivi Duncan en Écosse sans y réfléchir à deux fois quand il avait dû quitter la fac pour reprendre le domaine. Il avait perdu son père très jeune, comme moi. Et, encore et encore, me rappeler pourquoi j'avais renoncé à un stage de journalisme gagné de haute lutte, laissé mon charmant appartement et tous mes amis, pour aller vivre dans un endroit où, hormis lui, je n'avais aucune attache. Combien je l'aimais. Comment j'avais consenti à renoncer à mon univers pour m'intégrer au sien.

Jusqu'à l'hiver dernier. Entre la pluie ininterrompue, la chaudière qui avait lâché une fois de plus et les réceptions organisées au domaine pour des couples de mariés grossiers ou des traders en goguette incapables de tirer des abrutis de faisans engraissés, je n'avais plus le sentiment de me livrer à l'autofiction créatrice, mais, de plus en plus, de mentir comme une arracheuse de dents. Je m'étais efforcée d'avancer, avant de faire une pause. Qui durait toujours. Et maintenant, je me voyais mal partie pour terminer.

Je n'ai pas dit à Richenda que j'ai pris du retard. Il faut que je l'informe. Je n'ai pas le choix. J'ouvre ma messagerie et commence à lui écrire.

« Chère Richenda,

Je… »

— Tori ?

Je lève les yeux. L'homme qui se tient devant ma table est mince, du genre nerveux. En costume bleu marine élégant, chemise impeccable. De la classe, même sans cravate, ce qui n'est pas donné à tous les hommes.

— Oui, c'est moi.

— Marco.

Je me lève et serre la main qu'il me tend. Puis je lui fais signe de s'asseoir. Il m'indique d'un geste qu'il va commander au comptoir. Nous échangeons un sourire maladroit.

— Voulez-vous autre chose ?

— Merci, ça ira.

— Vous avez reçu le contrat, n'est-ce pas ?

Je m'assieds, ferme avec soulagement ma boîte mail et affiche le contrat. Quand Marco s'installe avec son expresso, je tourne la tablette vers lui.

Tout en remuant le sucre dans sa tasse, il commence à lire. Après un court moment, il commente.

— Cela m'a l'air bien. Trois mois payables d'avance, deux mois de caution, plus la commission pour Chiara, soit un mois de loyer… c'est correct. Vous parlez italien ?

— Je suis un peu rouillée. Chiara m'a rédigé des notes explicatives.

— Parfait. Avez-vous des questions ?

— Je ne crois pas. À vrai dire, je ne saurais pas quel genre de question poser.

— Bien entendu. Je vais le relire en détail et nous le passerons en revue avant que vous signiez. Vous devrez fournir tous les renseignements nécessaires. Avez-vous un numéro d'identification italien ?

— Je suis arrivée hier.

J'ai droit à un petit sourire en biais. Il est plutôt séduisant quand il sourit.

— Vous ne perdez pas de temps !

— À quoi bon attendre ?

— Vous avez raison. La bureaucratie italienne est déjà assez lente, inutile d'en rajouter. Le numéro fiscal est ce qu'il y a de plus simple à obtenir. Sachez que vous en aurez besoin pour toutes les démarches : compte bancaire, contrat de location, abonnement téléphonique, résidence, santé et, bien entendu, impôts. Avez-vous un contrat de travail ici ?

— Non. Je suis écrivaine. Free-lance.

— Je vois. Il vous faudra un comptable. Le cas échéant, je peux vous en conseiller un ou deux. Pour le numéro fiscal, je pourrais le demander pour vous, mais il vous est facile de vous en occuper vous-même. Vous devez aller au centre des impôts avec votre passeport, attendre votre tour, un bon moment sans doute, et remplir le formulaire. On vous attribuera tout de suite un numéro d'identification.

L'idée même me fatigue.

— Pouvez-vous vous en charger ?

— Si vous préférez. Mais pourquoi me payer pour une démarche que vous pouvez accomplir toute seule ?

— Cela ne me pose pas de problème. Ma grand-mère, qui adorait Florence, m'a légué une certaine somme. Elle serait ravie que cet argent me facilite la vie ici.

— Une femme intelligente, votre grand-mère. Avez-vous votre passeport sur vous ? Je peux le photographier et démarrer tout de suite.

Il sort son portable. Je prends mon passeport dans la poche intérieure de mon sac et le lui tends.

— Victoria Catherine Anne Desirée MacNair. Quatre prénoms, l'administration va avoir du mal à s'y retrouver.

— Pourquoi ? Vous n'avez pas plusieurs prénoms, en Italie ?

— Si, mais pas autant. Le code d'identification se base seulement sur le premier prénom et le nom de famille.

Une pensée flippante me traverse l'esprit.

— Mais si je change de nom de famille… ?

— Est-ce que vous l'envisagez ?

— Non. En fait, oui. C'est-à-dire… je suis en train de divorcer.

C'est la première fois que je le dis. Dieux du ciel !

— Je suis désolé. Bon… Je dois vous demander : où en êtes-vous de la procédure ?

— Je n'ai pas encore… je déglutis. C'est juste le début.

— Dans ce cas, ce n'est pas demain la veille que ce sera finalisé ! Vous n'avez sans doute pas envie d'attendre une éternité, pour vos papiers.

Je pense à tous mes amis qui ont divorcé, aux procédures interminables, même quand les deux parties étaient d'accord. Pour certains, ce n'est toujours pas fini.

— Entre-temps, il y a de fortes chances que le Brexit devienne une réalité. Et alors…

— … il sera beaucoup plus compliqué de vous installer ici. C'est vrai. Est-il facile de changer de nom au Royaume-Uni ? Est-ce possible avant que le divorce soit prononcé ?

— Je crois. Il faut remplir un dossier officiel, puis demander un nouveau passeport, etc. Quelques tracasseries administratives, mais rien de plus. Et ici ?

— Vous n'avez pas idée ! Selon le système italien, on est censé conserver le même nom du berceau au cimetière. On a le droit de changer si on le souhaite vraiment, mais…

— C'est galère ?

Il éclate de rire.

— Exactement. Si vous êtes décidée, retournez passer quelques semaines chez vous le temps d'accomplir les formalités. Après, vous reviendrez à Florence pour démarrer votre nouvelle vie avec le nom qui vous convient. Tant qu'il n'y a pas d'incohérence, vous n'aurez aucun problème.

Chez moi. Où est-ce ? Je ne peux pas retourner chez Duncan, ni habiter chez Charlie ou, encore pire, chez Maman. C'est hors de question. Certes, je pourrais sauter dans le premier avion, trouver une location sur place et faire profil bas. Mais je n'en ai aucune envie. Je suis venue à Florence pour prendre un nouveau départ, et j'ai beau être fatiguée, triste, isolée, et beaucoup plus angoissée qu'avant, je ne veux pas revenir en arrière, même provisoirement. Je ne veux pas céder.

— Non. Entamez les démarches. Si par la suite je souhaite changer de nom, je ferai appel à vous. Ce sera juste un peu de paperasserie supplémentaire, n'est-ce pas ?

Marco m'adresse un sourire encourageant auquel je m'efforce de répondre.

— Vous avez compris, me dit-il. Au fait, quel est votre nom de jeune fille ?

— Fanshawe-Carew.

Je le vois perplexe.

— En tant qu'avocat, je me sens tenu de vous donner un conseil.

— Oui ?

Il glisse le passeport dans ma direction.

— Gardez MacNair !

Quand notre entretien prend fin, j'ai la tête qui bourdonne de tout ce que je dois faire.

— Tâchez de ne pas vous laisser submerger. Je vous téléphonerai dès que j'aurai votre numéro fiscal et nous irons à la banque ouvrir un compte. Une fois cela fait, vous pourrez signer le bail et vous installer. Il est vrai que vous allez être très occupée avec toutes ces démarches au cours des prochaines semaines. C'est le prix à payer pour vivre en Italie. Mais je vous promets que cela en vaut la peine, conclut-il en se levant.

— Je vous crois. Euh… attendez. Puis-je vous poser une dernière question ?

Il se rassied.

— Bien entendu.

Je suis très gênée, mais il faut que je sache.

— Je vous ai dit que j'ai reçu un héritage de ma grand-mère. Je sais que vous n'êtes pas spécialisé dans les divorces, mais je me demandais… selon le droit italien, cet argent m'appartient-il ? Ou est-ce que mon mari pourrait…

Les yeux rivés sur ma tasse vide, je ne termine pas ma phrase, certaine que Marco trouve ma question déplacée, qu'il pense que je ne devrais pas empêcher Duncan de mettre la main sur ce fric. Mais il me répond avec gentillesse.

— En effet, les divorces ne sont pas ma spécialité et je ne puis vous conseiller sur ce point. Mais pour autant que je sache, il me semble – à titre strictement personnel – que le droit italien devrait considérer cet héritage comme vous appartenant en propre. Votre mari n'y aurait pas accès. Cela dit, vous n'allez pas divorcer selon le droit italien, je présume ?

— Je ne sais pas, avouai-je piteusement. Je suis ici, et Duncan, en Écosse. Je n'ai aucune idée de la marche à suivre.

Marco me touche le poignet, un geste purement amical.

— Ne vous inquiétez pas de cela pour le moment. Si vous voulez, je peux trouver un confrère ou une consœur qui serait en mesure de vous conseiller. Qu'en dites-vous ?

— Oui, ce serait utile. Merci.

Je me sens rougir.

— Très bien, alors.

Il se lève, je l'imite et nous nous serrons la main.

— Je vous laisse à votre travail. Je vous contacterai bientôt, n'hésitez pas à m'appeler si vous avez des questions d'ici là. *Ciao*, Tori.

Il met son sac en bandoulière – un porte-document très chic, très italien – et sort du café.

L'après-midi s'offre à moi. Via dei Neri, mes lunettes de soleil plongent Florence dans un camaïeu sépia, comme une photographie ancienne. Je pourrais aller au musée ou au cinéma, ou bien acheter des vêtements qui ne sentiront jamais le moisi, puis siroter un spritz à une terrasse avant de choisir où aller dîner. Et je devrais, je dois, envoyer cet e-mail à Richenda. Mais je n'ai qu'une envie, dormir. Encore une fois, une fatigue soudaine m'envahit jusqu'aux os, au point que je n'ai même pas l'énergie de m'en étonner.

5

Quand je regagne mon hôtel, le soleil entre à flots par la fenêtre de ma chambre, jetant une large bande d'un jaune éclatant en travers du lit. Je ferme les volets et me déchausse – la fraîcheur du carrelage sous mes pieds est un délice. Je devrais procéder dans l'ordre, me déshabiller et prendre une douche avant de me mettre au lit. Mais y penser me demande trop d'efforts. Je m'allonge, attendant le sommeil.

Mais à peine ma tête a-t-elle touché l'oreiller que je me mets à gamberger comme une folle : ce maudit bouquin, ce que va dire Richenda… Vais-je devoir rembourser la moitié de l'avance que j'ai déjà touchée si je ne peux pas le remettre à temps ? Ça ne pourrait pas tomber plus mal. Les cinq mille livres venaient à peine de tomber sur le compte joint que la toiture s'est mise à fuir, puis c'est la bergerie qu'il a fallu réparer, et avec le peu qu'il restait Duncan a acheté un kit de golf vintage pour que ces messieurs les courtiers de change aient quelque chose à admirer quand ils viennent séjourner chez nous.

Non pas que je ne puisse pas rembourser l'à-valoir. S'il le faut, je pourrai prélever le montant nécessaire sur le pécule que m'a laissé Granny. Le seul souci, c'est que même si trente mille livres représentent beaucoup d'argent, je n'ai pas la moindre idée de ce que va me coûter mon séjour à Florence. Je ne sais pas combien de contrats je vais pouvoir décrocher au cours des douze prochains mois, si j'arrive à en décrocher, et si je serai capable de les honorer. Je n'ai pas de pension, pas d'économies, pas d'assurance vie, ni rien de ce que je suis censée avoir à mon âge. Je ne sais pas combien il me restera une fois le divorce prononcé. En espérant que je n'ai pas enfreint le droit écossais sur la succession en gardant pour moi l'argent de mon héritage.

J'aurais dû réfléchir à tout cela avant de venir ici et de dilapider tous mes sous en loyers et en frais d'avocat. Oh, mon Dieu, j'en ai la nausée rien que d'y songer.

J'essaie de chasser ces pensées négatives. Je décide d'écrire à Richenda quand je serai absolument certaine de ne pas vouloir rentrer – une fois installée dans mon appart, quand j'aurai obtenu mon titre de séjour et consulté un avocat spécialisé en droit matrimonial qui pourra me dire précisément combien tout cela va me coûter. Mais les idées noires reviennent au galop et, pour finir, je sors ma tablette et me mets à écrire la première chose qui me passe par la tête.

« Chère Richenda, je suis désolée, mais tout ne va pas comme prévu avec *Ma vie de châtelaine dans les Highlands*. J'ai rompu avec Duncan, je me suis installée à Florence pour repartir de zéro et je ne suis pas certaine de pouvoir terminer le livre. Je suis absolument navrée et j'espère que nous allons pouvoir trouver une solution. T. Xoxoxo »

J'appuie sur « envoi » sans même me relire, puis je m'allonge à nouveau et ferme les paupières en les tenant serrées. Richenda ne va sûrement pas me répondre avant demain, au plus tôt. Lundi, peut-être. Ou mardi, si elle a pris un long week-end. J'ai plus de temps qu'il n'en faut pour réfléchir à ce que je vais lui dire.

La tablette s'anime brusquement. Trr-trrr-trrr…

Richenda Haughton en ligne.

Mince ! J'allume la lampe de chevet et prends l'appel. Il y a un temps de latence avant que le visage de Richenda apparaisse sur l'écran. Elle est dans son bureau, dans un décor de rayonnages couverts de livres aux reliures colorées, et elle a l'air… contrariée. Sans blague ?

— Tori ! Que se passe-t-il, pour l'amour du ciel ? Oh, ma pauvre chérie, tu as une mine de déterrée !

— Je suis désolée.

— Désolée pour quoi ?

— Le livre.

— Au diable le livre ! s'écrie Richenda. On s'en fiche. On va trouver une solution. Mais dis-moi ce qui s'est passé avec Duncan. Il t'a trompée, c'est ça ?

— Non.

— Et toi ? Remarque, ce n'est pas moi qui vais te jeter la pierre. Une jeune femme comme toi, qui se retrouve à tourner en rond dans cette grosse baraque perdue au fin fond de la brousse. Ça devait forcément finir par arriver.

— Je ne l'ai pas trompé et lui non plus. Ce n'est pas le problème, c'est juste que… rien ne va plus entre nous, bredouillé-je, la gorge nouée. J'ai essayé, mais…

— C'est bon, j'ai compris. (Richenda agite la main et je comprends qu'elle tient une cigarette.) Inutile d'en dire plus.

— Tu me comprends, vraiment ?

Je me mets à pleurer. De soulagement. Parce que quelqu'un, enfin, se montre compatissant.

— Bien sûr que je te comprends, ma poulette. Je suis passée par là moi aussi. Tu n'as pas besoin de te justifier. Ma pauvre chérie, s'apitoie Richenda tandis que je fouille dans mon sac à la recherche d'un mouchoir. Tu as dû en baver des ronds de chapeau.

— C'est vrai, concédé-je. (Puis les mots se déversent en un torrent de larmes reniflées.) Je me sentais tellement seule que… que j'ai fini par craquer. Même ma propre sœur ne voulait pas me croire quand… Oh, désolée.

Mes lèvres tremblent et ma voix aussi.

— Écoute, lance Richenda en tirant sur sa cigarette puis en recrachant une longue bouffée de fumée. J'ai été mariée trois… non, quatre fois, et quand ça ne marche pas, c'est malheureux, mais on n'a pas d'autre choix que de partir. C'est aussi bête que ça. Et bien entendu, on se met tout le monde à dos et on a droit à des réflexions comme : Tu es vraiment certaine de vouloir partir ? Tu devrais peut-être songer à suivre une thérapie de couple… Et autres sornettes du même genre. Sauf qu'ils ne savent pas ce que tu as enduré, les engueulades à n'en plus finir et toutes les couleuvres que tu as avalées parce que tu ne voulais pas laver ton linge sale en public. Imagine le fardeau pour tes proches et tes amis si tu leur racontais en détail tous les hauts et les bas de ton couple ! Alors oui, ils ont un choc quand ils découvrent que tout n'est pas rose. Mais surtout, ils ont une frousse bleue, parce que si ton mariage part à vau-l'eau, ça veut dire que le leur aussi pourrait bien suivre le même chemin…

— Euh hum, marmonné-je.

Je me mouche un grand coup, comme si je soufflais dans une trompette.

— Ce que je cherche à t'expliquer, c'est que tu dois te fier à ton propre jugement. Tu n'étais pas heureuse, tu n'as pas réussi à recoller les morceaux, alors tu es partie. Point final. La seule question importante, c'est : qu'est-ce que tu envisages pour la suite ?

— Le livre, dis-je.

— Le livre, oui, entre autres choses. Écoute, on a une réunion au sommet cette semaine. Avec un peu de chance, Tim Swithins sera là et c'est un type bien. Je vais lui en glisser un mot discrètement, de façon informelle, et voir comment il réagit. Je ne te cache pas que les éditeurs n'aiment pas quand un auteur leur fait faux bond. Et moi non plus du reste. Mais ce sont des choses qui arrivent, et parfois on trouve des solutions.

— Comme quoi par exemple ?

Richenda soupire.

— Tout dépend de ce que nous pouvons leur proposer. Tu as écrit combien de feuillets en tout ? Dis-le franchement.

— Environ soixante mille mots. C'est un premier jet, mais il est là.

— Bien, on a une option : le même livre, mais en plus court. Ils risquent de ne pas accepter – soixante mille mots, c'est un peu léger – mais s'ils acceptent, je dois pouvoir négocier des délais plus longs pour que tu puisses rendre quelque chose de publiable. J'imagine que tu es encore sous le choc de la séparation. Sinon, quoi d'autre… voyons voir. C'est encore un peu tôt, je sais, mais pourquoi ne pas écrire quelque chose ayant trait à ta vie actuelle ?

— Tu veux dire ma vie à Florence ?

— Oui, dit-elle en écrasant sa cigarette et en en allumant une autre. Une aristo rebelle plaque son amour de jeunesse pour entamer une nouvelle vie dans la cité de Michel-Ange et des Médicis. Un peu comme dans *Mange, prie, aime*.

L'idée ne m'emballe pas.

— Je ne sais pas. C'est un peu…

— Un peu quoi, ma chérie ?

— Cynique. Ce serait comme exploiter une situation douloureuse.

— Sans doute. Mais c'est ce que font les auteurs. C'est à toi de voir si tu veux que ce soit un récit personnel ou pas. C'est ton histoire.

— Mais…

— Nous ne savons même pas si Swithins sera d'accord, remarque Richenda. D'autant plus qu'écrire un nouveau roman va prendre plus de temps que d'achever un livre en partie rédigé. Laisse-moi d'abord en parler à Tim et nous aviserons.

— Entendu.

— Mais promets-moi une chose. Note tout ce que tu vis au jour le jour, tes échanges avec les gens que tu rencontres, et autres, sans trop élaborer – pour l'instant tout du moins. Dans un premier temps, contente-toi d'observer, ma chérie. Laisse parler ton instinct d'investigatrice hors pair. Je sais qu'il est toujours en toi, malgré tout ce que ce connard t'a fait subir. D'accord ?

Je me dis que ça pourrait certainement m'aider. Ce serait une façon de me retrouver moi-même.

— C'est d'accord.

Richenda sourit.

— Parfait. Et maintenant, va profiter de Florence, grosse veinarde ! Je te tiens au jus dès que j'ai du nouveau.

6

Stella

L'assassinat de Berta, avec le spectacle de son corps mutilé, était censé dissuader Romituzzo de continuer à soutenir les partisans. Cependant, il eut l'effet inverse. Il provoqua le ralliement de nouveaux habitants. Ceux qui n'étaient pas taillés pour le combat, par manque de force physique ou d'audace, aidaient la Résistance autrement. En donnant de la nourriture, des médicaments, des vêtements, tout ce qu'ils pouvaient trouver. Et, surtout, en gardant le silence. Si les Allemands s'attendaient à ce que nous dénoncions nos voisins pour sauver notre peau, ils durent être amèrement déçus.

Leurs agissements ignobles n'intimidèrent pas notre communauté. Mais je mentirais si je disais que je n'avais pas peur. J'avais toujours su, je pense, que mes actions étaient dangereuses, mais ce danger était resté abstrait, théorique. Désormais, il était très réel, et j'eus besoin d'un peu de temps pour retrouver mon assurance. Au cours de cette période, je faillis me faire prendre, ce qui me marqua à jamais.

Un samedi matin, je devais me rendre à un campement de partisans près de San Damiano, une jolie bourgade médiévale à une quarantaine de minutes à vélo. Le panier de ma bicyclette était rempli de gilets et de chaussettes que les femmes de Romituzzo avaient tricotés pour les combattants. Futées, elles les avaient roulés en petits paquets serrés par des rubans, de façon qu'ils ressemblent à des vêtements de bébé. L'une d'elles avait même trouvé un vieux lapin en crochet qui avait appartenu à son fils. Lequel, soit dit au passage, n'était pas partisan. Si on me posait des questions, je dirais que je rendais visite à une cousine qui venait d'accoucher. En réalité, sous mon manteau, je portais deux sacs en bandoulière qui contenaient la vraie cargaison : d'un côté, des pistolets, de l'autre, des munitions.

Le trajet le plus rapide passait par la grand-route, la via Senese. Il y avait un petit barrage, à une centaine de mètres après l'église de Saint-Christophe et le cimetière, généralement tenu par deux soldats allemands. Romituzzo n'était qu'un village sans importance, pas une bourgade historique comme San Damiano ou un chef-lieu comme Castelmedici, mais la Résistance était active dans la vallée et l'occupant voulait contrôler tous les va-et-vient. J'avais fait exprès d'emprunter souvent cette route, en allant voir une amie, pour ramasser des champignons ou n'importe quel déplacement innocent. Au début, ils m'avaient arrêtée plusieurs fois pour vérifier mes papiers, mais désormais, ils ne faisaient plus attention à moi. Ce jour-là, toutefois, ce fut différent.

En m'approchant du barrage, je remarquai que les soldats ne portaient pas l'uniforme gris de la Wehrmacht. Ils arboraient des insignes et des pattes de col rouges, ce qui indiquait des volontaires de la Waffen-SS. En d'autres termes, non des étrangers postés en pays inconnu, mais des engagés italiens, voire toscans. Ils étaient chez eux dans notre campagne, et s'ils ne nous connaissaient pas, ils avaient les moyens de se renseigner.

Je ne sais pas ce qui dominait en moi, de la peur ou du dégoût. Un instant, j'eus envie de faire demi-tour. Mais cela aurait constitué un clair aveu de culpabilité, sans compter que les partisans avaient besoin de ces pistolets. Partout, la Résistance manquait d'armes. Je continuai donc à pédaler vaillamment, et quand un SS me fit signe de m'arrêter, je lui montrai mes paquets de lainages et lui expliquai que j'allais voir cette prétendue cousine. J'étais plus nerveuse qu'à l'accoutumée, du coup je parlai trop, j'inventai même des noms pour ce bébé et ses frères et sœurs, que je m'empressai d'oublier. Tout ce temps, je sentais le regard du SS sur moi. Je n'osais pas le regarder en face, de peur de reconnaître son visage.

De toute évidence, mes salades ne le convainquaient pas. Les sourcils froncés, il entreprit d'examiner mes petits paquets, les tournant et les retournant entre ses mains. Peut-être pensait-il que j'y avais caché quelque chose. J'en étais malade et priais le ciel qu'il ne défasse pas les rubans, parce qu'alors il verrait que les lainages étaient destinés à des adultes. Je sentais les sangles des sacs qui me cisaillaient les épaules et la crosse d'un pistolet qui s'enfonçait dans ma hanche. J'étais obnubilée par ce qui était arrivé à Berta et par la pensée que je pourrais bien connaître le même sort.

Soudain, le tintement d'une sonnette de bicyclette retentit. Je me tournai et vis don Anselmo, le curé de notre paroisse, arriver de l'autre côté. C'était un petit homme rondouillard, déjà âgé. Je n'avais aucune sympathie pour lui. À entendre ses sermons, on aurait cru que le communisme était mille fois pire pour l'Italie que l'occupation nazie. J'avais beau ne pas être communiste, je savais où était mon camp. Ma mère insistait pour que je l'accompagne à Saint-Christophe le dimanche. Cela ne me dérangeait pas d'aller à la messe, j'étais croyante. Sauf que c'était à Sainte-Catherine que j'aurais voulu aller, où un jeune prêtre, don Mauro, prêchait l'amour infini de Dieu et nous rappelait notre devoir de veiller sur notre prochain, y compris l'étranger.

— Je n'aime pas don Anselmo non plus, m'avait rétorqué ma mère quand j'avais protesté. Mais don Mauro est trop subversif. Un jour ou l'autre, il aura des ennuis. Il est plus sûr de fréquenter Saint-Christophe.

Le raisonnement de ma mère m'horripilait mais je le comprenais. Et surtout, je savais qu'en lui obéissant je me gagnerais une petite marge de liberté. C'est ainsi que, chaque dimanche, j'écoutais les diatribes de don Anselmo contre le communisme et que, chaque dimanche, je le détestais un peu plus. Quand je le vis arriver avec son grand chapeau ridicule et sa soutane qui claquait dans le vent, j'espérai que ma mère avait raison et que la fréquentation de sa paroisse me protégerait quelque peu. Je n'en avais pas la moindre idée.

Les SS avaient vu le curé. Peut-être le connaissaient-ils, ou, tout simplement, le fait qu'il fût un homme d'Église leur inspirait confiance. Ils lui firent signe de passer mais il arrêta sa bicyclette à côté de la mienne.

— Stella Infuriati ! s'exclama-t-il comme s'il me croisait sur la place un jour de marché. Que fais-tu dehors par un froid pareil ?

— J'apporte des cadeaux à ma cousine qui vient d'avoir un bébé, répondis-je sans réfléchir.

Je m'en repentis sur-le-champ. Don Anselmo savait tout sur tout le monde. Mon mensonge allait lui sauter aux yeux.

Il tendit la main vers les petits ballots de lainages.

— Comme c'est gentil. Félicite-la de ma part, surtout. C'est Teresa, n'est-ce pas, qui attendait un enfant ?

— Oui, c'est elle. Cousine Teresa.

— Je me souviens, elle est venue me voir. Une jeune femme charmante. Eh bien, Dieu te bénisse, mon enfant.

Tout sourire, il leva la tête vers le garde qui, à contrecœur, me laissa passer.

Je m'éloignai sans hésiter et pédalai avec vigueur jusqu'à San Damiano. En route, je ne cessai de me demander pourquoi don Anselmo non seulement avait accepté mon mensonge, mais, de surcroît, l'avait étayé. Lui aussi avait menti, avec une facilité déconcertante. Je conclus qu'il avait réagi en bon chrétien, ou simplement avec humanité, parce qu'il ne voulait pas que je connaisse le même sort que Berta. C'était l'explication que je trouvai et sur le moment, elle me suffit.

En rentrant au village, je vis don Anselmo devant les grilles du cimetière. Je me contentai de le saluer en passant, mais il m'interpella.

— Ah, te voilà, Stella ! Cela fait un moment que je t'attends.

Je n'avais aucune envie de m'arrêter. J'étais fatiguée, morte de faim, et je n'aimais pas ce prêtre, même s'il m'avait aidée à passer le barrage. Toutefois, je sentais les regards des SS dans mon dos. Il valait mieux que je leur fasse bonne impression en affichant des relations cordiales avec don Anselmo. Je mis pied à terre et appuyai mon vélo contre le mur, à côté de la vieille bécane du curé.

Celui-ci ouvrit la porte de l'église et me poussa à l'intérieur. J'eus à peine le temps de plonger le bout des doigts dans le bénitier que déjà, il m'entraînait vers la sacristie.

— Prenons un petit café. Du vrai, pas cette horreur d'orge ou de chicorée. Pour mon anniversaire, un ami de Turin a réussi à m'en trouver un petit paquet et à me le faire parvenir par des voies compliquées. Tu aimes le café, n'est-ce pas ?

— Oui.

Je ne comprenais pas ce que nous faisions dans la sacristie, alors qu'il parlait de boire un café. Nous aurions dû être au presbytère, de l'autre côté de la rue. Don Anselmo fouilla dans un placard.

— Ah, voilà !

Il sortit une lampe torche, un gros modèle, semblable à celles qu'utilisaient les Allemands. Je me demandai comment il se l'était procurée. Il l'alluma, puis ouvrit un autre placard. Sur le mur du fond, je vis une lourde porte encastrée dans la pierre.

— Je pense que nous pouvons emprunter cette voie. Je voulais te la montrer.

Il prit une clef dissimulée dans sa soutane, déverrouilla la porte et me fit signe d'avancer. Dans le faisceau de lumière, je vis quelques marches en pierre qui descendaient abruptement vers l'obscurité la plus noire. Il me tendit la lampe.

— Je vais marcher devant toi. Éclaire la voie.

La lampe était une lourde masse dans ma main. Je pense que c'est pour cela qu'il me l'avait confiée. Pour que je me sente armée, en quelque sorte. Même si, à l'époque, j'étais une oie blanche et n'imaginais pas qu'il pût être dangereux de s'aventurer dans le noir avec un inconnu. Don Anselmo commença à descendre précautionneusement, retenant d'une main le bas de sa soutane, agrippant de l'autre la mince rampe en métal.

— Fais attention, il y a un tournant un peu plus bas. Et referme la porte derrière toi.

Les marches étaient hautes et inégales. Je gardai la tête baissée jusqu'à ce que je sois arrivée en bas. Quand enfin je levai les yeux, je fus éberluée. Le tunnel de pierre voûté qui s'étendait devant moi était tapissé de part et d'autre de fusils, de mitrailleuses et de munitions.

Je restai pétrifiée tandis que don Anselmo continuait d'avancer.

— Nous sommes sous la via Senese. Au fait, prends garde aux faux mouvements, ces armes ne sont pas très bien empilées.

Je le suivis vaille que vaille, retenant mon souffle. Heureusement, le tunnel était assez haut pour que je puisse marcher debout. Achille aurait eu plus de mal. Quant à mon père, je pense qu'il n'aurait même pas pu avancer. Après quelques minutes angoissantes, nous débouchâmes dans une cave, d'où remontait un autre escalier.

— Assunta a laissé la porte ouverte pour nous, annonça don Anselmo quand il eut gravi les marches. Peut-être a-t-elle aussi préparé le café, qui sait ?

Il termina son ascension d'un bond, comme une petite gazelle grassouillette.

Quand je fus assise dans son salon devant la cheminée, entourée d'images pieuses et de vieilles photos, il me sembla que j'avais rêvé ce sombre boyau tapissé d'armes. Pourtant, c'était une réalité, puisque don Anselmo était en train de m'en parler. C'était peut-être mon silence qui l'incitait à me raconter l'histoire du tunnel.

— Il a été creusé à la toute fin du XVIe siècle. À l'époque, le responsable de la paroisse était apparemment un disciple de Savonarole. Tu as entendu parler de Savonarole, n'est-ce pas ?

Je hochai la tête. Tout le monde connaissait ce moine dominicain fanatique, cet homme bizarre, délirant, qui avait brièvement régné sur Florence et brûlé sur le bûcher des vanités des livres, des tableaux et des objets précieux. Je ne voyais pas ce qu'il venait faire dans cette histoire.

— Il comptait de nombreux adeptes, par ici. Je crois même qu'il a prêché une ou deux fois dans cette église. Il paraîtrait que, plusieurs années après son exécution, un certain don Bernardo, qui n'était pas un moine bénédictin mais un simple curé, organisait des réunions secrètes ici, à Romituzzo. Ils devaient être prudents, Savonarole avait gravement menacé les tyrans florentins, et ses idées étaient jugées très dangereuses. Ainsi, après la messe, quand l'église s'était vidée, les adeptes empruntaient le tunnel pour se réunir dans cette maison. En tout cas, c'est ce qu'on raconte et c'est une belle histoire, qu'elle soit vraie ou non, tu ne trouves pas ?

L'arrivée d'Assunta, la gouvernante, m'épargna de devoir répondre. Elle portait un plateau sur lequel trônaient deux tasses de café et des assiettes avec des tranches de pomme. Elle les déposa sur le guéridon. Don Anselmo en croqua une après s'être signé. J'avais oublié que je mourais de faim, et je l'imitai. La pomme était exquise, acidulée et parfumée.

— Elles viennent de mon verger, expliqua-t-il. J'essaye de me convaincre qu'elles sont aussi bonnes que des pâtisseries, même si nous savons que c'est faux. Je ne serai pas fâché de retrouver ma part de gâteau quotidienne.

— Pareil pour moi.

Don Anselmo, ravi de ma réponse, me regarda tandis que je buvais le café et dévorais la pomme. La mienne, plus la moitié de la sienne. Puis, posant ses petites mains potelées sur ses genoux, il se pencha vers moi.

— Ma chère enfant, sais-tu te servir d'un pistolet ?

Soudain, je revins à la réalité.

— Pourquoi me posez-vous cette question ? lui demandai-je d'un ton agressif. Et pourquoi cachez-vous des armes dans le tunnel ? Êtes-vous avec les partisans ?

— Mais bien sûr, mon enfant. Tu n'avais pas compris ?

— Je croyais que vous haïssiez le communisme. Vous n'arrêtez pas de prêcher contre lui le dimanche.

— Certes, c'est une idéologie que je déteste, une fausse prophétie qui pervertit l'enseignement du Christ, ce merveilleux message de justice et d'amour du prochain, et le prive de toute sa puissance rédemptrice. Ce n'est qu'un culte impie, qui nie l'immortalité de l'âme et jusqu'à l'existence de Dieu. Dieu qui nous aime et est prêt à tout nous pardonner si nous nous en remettons à lui. Évidemment que je déteste le communisme. Mais pas les communistes. J'en connais plusieurs qui accomplissent un travail remarquable. Si je peux les aider, je le fais, dans la mesure de mes modestes possibilités. Mais tu ne m'as pas dit si tu sais tirer, mon enfant.

— Ah ! Oui, mon frère m'a montré.

— Dans ce cas, j'ai quelque chose pour toi. Ne bouge pas.

Il se leva et sortit, me laissant devant la cheminée, désemparée. Il ne s'absenta que quelques minutes, sans doute, mais cela me sembla une éternité. Il finit par regagner le salon et referma la porte derrière lui.

— Voici. J'ai mis un peu de temps à trouver les bonnes munitions.

Il tira un pistolet de la poche de sa soutane et me le tendit.

C'était une petite chose absurde, au canon court, le genre d'arme qu'une dame du XIXe siècle aurait pu porter dans son sac à main.

— Je sais qu'il est un peu ridicule, mais on m'a informé qu'il fonctionnait. C'est mieux que rien. Sans compter que tu n'auras aucune difficulté à le cacher sur toi. Je me sentirais plus rassuré que tu le prennes.

J'éclatai presque de rire, sur le point de répondre que je ne voyais pas comment je pourrais abattre quiconque avec pareil jouet. Sinon à bout portant, ce qui signifierait que je serais en très mauvaise posture. M'imaginant soudain dans une telle situation, je le laissai déposer le pistolet dans ma main.

Puis il prit une bourse en cuir qui contenait des balles minuscules et la mit dans mon autre main.

— Merci. Et merci pour… votre hospitalité.

J'aurais voulu le remercier de me faire confiance, de me traiter en adulte, en camarade, mais les mots n'étaient pas sortis.

— La maison du Père est vaste.

À cet instant, il me sembla entendre des pas au-dessus de ma tête. Peut-être ai-je inventé ce détail après coup, après avoir appris, beaucoup plus tard, que ce vieux curé courageux accueillait beaucoup de monde chez lui. Des soldats alliés, des partisans blessés, des Juifs qui passaient par Romituzzo fuyant la déportation. Il les hébergeait tous à l'étage, jusqu'à ce qu'ils puissent continuer leur périple.

Ce soir-là, assise sur le bord de mon lit, je contemplai le petit pistolet ridicule. Je crois que don Anselmo me l'avait donné en connaissance de cause. C'était un être bon et un vrai homme d'Église. À l'époque, le suicide était considéré comme un péché impardonnable et jamais il ne me l'aurait conseillé. Mais je comprenais avec une clarté absolue que si les Allemands ou les fascistes me capturaient, toute tentative de fuite serait vaine. Je n'aurais d'autre choix que d'utiliser l'arme contre moi-même.

Dès lors, et jusqu'à la Libération, je le portai enfoui dans mon corsage. De toute évidence, je n'ai pas eu besoin de m'en servir. Je suis toujours là, n'est-ce pas ? Pendant longtemps, toutefois, même après que mes enfants furent devenus grands, je me suis demandé ce que j'aurais fait si on m'avait prise. Aurais-je réagi assez vite pour ne pas avoir le temps de parler, pour ne pas mener la Gestapo à la porte du curé ? J'aime à penser que oui. Et que Dieu m'aurait pardonné.

7

Tori

— *Ma non ha nessuno a Firenze?*

Federica, la propriétaire, me lance un regard en biais. Vêtue de noir de la tête aux pieds, coiffée d'un chignon poivre et sel, elle arbore un rouge à lèvres aussi flashy que ses baskets à paillettes. Voilà vingt minutes qu'elle discute avec Chiara tandis que Marco et moi regardons par la fenêtre en feignant de ne pas écouter leur conversation. Ce qui était censé être une simple signature de bail s'est transformé en une âpre séance de marchandage.

— *Niente fidanzato, niente parenti, niente amici?*

— Elle demande à Chiara si vous n'avez vraiment personne à Florence, traduit Marco. Pas de compagnon, de famille ou d'amis…

— J'avais compris, dis-je. Est-ce un problème?

— Non, non, me rassure Marco. Simplement, elle s'inquiète pour vous. Me semble-t-il.

— *Ma non parla neanche italiano, lei?* s'enquiert Federica.

Je ne peux pas laisser passer ça – bien sûr que je parle italien. Je m'éclaircis la voix et déclare :

— *Il mio italiano è un po' arrugginito, ma sto reimparando.*

« Mon italien est un peu rouillé, mais je m'entraîne. » Tout le monde sourit, mais Federica semble légèrement contrariée.

— *Tori è brava !* s'exclame Chiara, haut et fort. *Fa la scrittrice.*

La température chute d'un coup dans la pièce.

— *Scrittrice ?* répète Federica sur un ton empreint de discrète consternation, tout en fixant des yeux le dossier qui renferme mes justificatifs de paiement, mon relevé bancaire et mon dernier avis d'imposition.

— *Giornalista*, intervient Marco, mais Federica et Chiara sont à nouveau en grande conversation.

On rouvre le dossier, et on étale la paperasse sur le comptoir de la cuisine. Je coule un regard affolé à Marco.

— Il y a un problème ? lui soufflé-je à mi-voix.

— Non, pas du tout. Nous adorons les écrivains à Florence.

— Dans ce cas, pourquoi une telle réaction ?

— Parce que nous savons ce que gagnent les gens qui vivent de leur plume. Et parce qu'en Italie il est très difficile d'expulser un locataire.

Il hausse un sourcil, et je n'arrive pas à savoir s'il est sérieux ou non.

Pendant ce temps, les deux femmes continuent de discuter d'arrache-pied sans parvenir à se mettre d'accord. Je sens monter la panique en moi. Marco pose une main sur mon bras.

— C'est du chiqué, dit-il. Il arrive que la signature se passe sans problème, mais il arrive aussi, comme maintenant, que ça vire au mélodrame. Surtout, ne le prenez pas personnellement.

— J'ai rendu ma chambre d'hôtel, précisé-je. J'ai apporté mes valises avec moi.

— Ne vous inquiétez pas, tout va s'arranger.

Et c'est exactement ce qui arrive. On compte et on recompte le dépôt de garantie. Federica et moi signons les trois exemplaires du bail, en paraphant chaque page, puis on me rend mon dossier, ainsi qu'un autre avec les contrats de l'eau et de l'électricité que je dois mettre à mon nom, le mot de passe pour le Wi-Fi, plus diverses notices explicatives, dont celle relative aux ordures ménagères et au tri. On relève ensuite une petite éraflure sur le cadre de la fenêtre de la chambre à coucher, ainsi qu'une tache là où la faïence de la salle de bains a été recollée. Enfin, on me remet deux trousseaux de clés en me montrant comment bloquer le pêne dormant. Suit le réglage du thermostat, auquel je ne comprends rien, puis Federica m'embrasse sur les deux joues, me souhaite la bienvenue à Florence, abreuve Chiara d'une foule de recommandations, et se rue vers la porte en lançant *Arrivederci* !

— Oh, mince, je n'avais pas vu l'heure ! s'écrie Chiara. Il faut que je me sauve moi aussi. Tori, je m'occupe des contrats de l'eau et de l'électricité, vous n'aurez qu'à passer à l'agence pour les signer. Et surtout, n'hésitez pas à m'appeler si vous avez le moindre souci. *Ciao*, Tori, *ciao*, Marco !

L'instant d'après, elle dévale les escaliers et je me retrouve seule avec Marco dans ce drôle de petit appart – le mien désormais.

— Bien, dis-je. Et maintenant ? On fait quoi ?

— Pour l'instant, rien.

Je jette un regard implorant à Marco.

— Mais il y a encore tant de choses à régler. Le titre de séjour, l'assurance maladie…

Il écarte les mains, paumes ouvertes.

— Je sais, mais… j'ai appelé l'*Anagrafe* ce matin – l'organisme qui délivre les titres de séjour – mais ils ne peuvent pas vous recevoir avant le mois prochain. Et vous ne pouvez pas entreprendre d'autres démarches tant que vous ne serez pas régularisée.

— Mais vous avez pris un rendez-vous au moins ?

— Oui. Je vous ai tout envoyé par e-mail.

Évidemment. Mon téléphone est en mode silencieux. Pour éviter les coups de fil incendiaires de Charlie et ne pas sauter au plafond chaque fois que je reçois un courriel qui pourrait avoir un rapport avec le bouquin, j'ai jugé préférable de m'accorder un petit répit. J'extirpe mon portable de mon sac.

Douze appels manqués.

Trente-six messages.

Sept e-mails.

Cinq appels vidéo manqués.

— Bien, dis-je en le rangeant aussitôt. Vous avez pu vous renseigner au sujet de mon assurance maladie ? Dois-je changer de mutuelle ?

— La responsable que j'ai eue au téléphone avait l'air de dire qu'il n'y avait pas de problème. Après, on n'a pas toujours affaire à la même personne. Détendez-vous, me conseille-t-il, et je comprends soudain que je suis tendue comme un arc. Vous avez parfaitement le droit de vivre ici. Au pire, vous serez confrontée à des tracasseries administratives, mais ça peut s'arranger. Si vous saviez combien mes clients non ressortissants de l'UE en bavent.

— Je n'en doute pas, dis-je. C'est juste que je ne suis pas habituée à me tourner les pouces.

— Défaites vos valises, sortez explorer la ville, travaillez à votre livre… (Bien entendu, il est au courant pour le livre, tout comme il sait que j'ai un ex-mari, une mère et une sœur, même s'il ne connaît pas toute l'histoire.) Profitez-en avant de replonger dans l'enfer administratif !

Je lui souris, quoiqu'avec un petit pincement au cœur. J'ai passé tellement de temps avec Marco ces derniers jours qu'il est l'ami le plus proche que j'aie à Florence, même s'il se fait payer à l'heure.

Soudain, je m'entends dire :

— Ça vous dirait de prendre un café ?

Il consulte sa montre.

— Avec plaisir. J'ai un petit peu de temps.

Nous descendons, traversons la rue pour nous diriger vers le bar le plus proche – mon bar du coin désormais – et nous accoudons au comptoir.

— *Due caffè*, lancé-je à la serveuse.

— *Certo*, répond-elle en mettant le percolateur en route.

— Vous ne lui avez pas dit « s'il vous plaît », remarque Marco.

— Oh, mince, non ! Je suis désolée.

— Non, pas de problème. Vous dites trop souvent « s'il vous plaît » et « merci ». Et « désolée ».

— Désolée, rétorqué-je par pur réflexe.

— Ici, la politesse s'exprime autrement. Tout est dans l'attitude et la façon de parler aux gens.

— J'ai l'impression que je ne vais jamais y arriver. *Grazie*, dis-je quand le café arrive.

Je prends un petit sachet de sucre de canne en m'efforçant de ne pas en mettre partout quand je l'ouvre. Marco saisit le sucrier en verre sur le comptoir et verse un long trait de sucre blanc dans son expresso.

— Ce n'est pas grave, vous n'êtes pas près de passer pour une Italienne – surtout si vous vous répandez constamment en excuses. Mais ce n'est pas parce que vous êtes anglaise que vous ne pouvez pas devenir une vraie Florentine.

— Comme les vieilles dames dans le film *Un thé avec Mussolini* ?

— Ah ! (Marco vide sa tasse d'un coup. – Mais comment est-ce possible ?) Je pensais plutôt à votre grand-mère. Un sacré personnage apparemment.

— En effet.

— Il faudra que vous me parliez d'elle un jour. Mais là, j'ai une réunion. Merci infiniment pour le café.

L'espace d'un instant, j'ai l'impression qu'il va m'embrasser sur les deux joues, mais à la place, il me tend la main.

— Ne vous inquiétez pas, je sais que les Britanniques aiment garder leurs distances.

— C'est très aimable à vous, dis-je sans comprendre pourquoi.

— *Ciao*, Tori.

Il me serre la main et tourne les talons. Je termine mon café en grimaçant devant l'épaisse bouillie sucrée restée au fond de la tasse, puis je jette un coup d'œil à mon portable.

Dix-neuf appels manqués.

Cinquante-cinq messages.

Douze e-mails.

Sept appels vidéo manquants.

OMG !

La rumeur a dû se répandre. Je suis étendue sur mon nouveau sofa, pas super confortable, et je passe en revue les messages. Des bribes de texte me sautent à la figure.

« Je n'avais pas la moindre idée. »

« Pourquoi est-ce que tu ne m'as rien dit ? »

« Tori, WTF ! »

« Je croyais qu'on se disait tout. »

« Explique-moi. TOUT. »

« Waouh !!! »

« Ça me rend chèvre, cette histoire. »

Le dernier m'atteint comme un coup de poing dans l'estomac. Je pense d'abord que c'est Duncan qui a brisé le silence. Mais non, c'est Charlie.

« J'ai essayé de te joindre toute la matinée. Pourquoi tu ne réponds pas ? Ça me rend dingue. »

Son nom s'affiche soudain à l'écran. Je prends l'appel.

— Maman est verte ! s'exclame-t-elle avant même que j'aie pu dire ouf. Absolument hors d'elle.

— Mais je croyais qu'elle détestait Duncan. Elle le trouve quelconque.

— Peu importe. Elle n'arrête pas de m'appeler pour me dire que tu n'aurais jamais dû quitter ton mari et t'enfuir à l'étranger comme une… Bref, tu sais comment elle est.

— Oui. Désolée.

— Enfin, toujours est-il qu'il vaut mieux qu'elle m'appelle moi plutôt que toi.

— Merci, dis-je, et je suis sincère.

Car Charlie a beau être chiante, tyrannique et imbue d'elle-même, elle peut aussi faire preuve d'un complet altruisme, et dans ces cas-là, on lui pardonne tout.

— Non mais vraiment, entre elle et Duncan, je passe ma vie au téléphone. Ben a dû emmener les enfants à l'école et aller les chercher. Ben ! C'est un miracle qu'il ne se soit pas trompé de gamins et qu'il ait ramené les nôtres à la maison.

Une sensation pénible m'envahit, comme si un étau de glace m'enserrait l'estomac.

— Comment ça ?

— Tu le connais, il est toujours dans la lune. L'autre jour…

— Non, je voulais parler de Duncan, l'interromps-je avant qu'elle ne se lance dans une diatribe contre Ben.

— Oh. Disons que tu ne seras pas surprise si je te dis qu'il est dans tous ses états. Il nous arrive de nous parler jusqu'à trois fois au téléphone dans la même journée. Je suis devenue l'épaule sur laquelle il peut s'épancher.

— Je vois.

— S'il te plaît, ne commence pas. Il traverse une passe difficile. La vie là-haut n'est pas toujours rose.

— Tu ne crois pas si bien dire.

— Et toi, en plus, qui le plaques sur un coup de tête et qui l'accuses de tous les maux de la terre.

— Charlie, de quoi est-ce que tu parles ? C'est une allusion à ce que je t'ai raconté l'autre jour quand tu m'as demandé de me justifier ? Parce que, si c'est le cas, je ne l'accuse pas de « tous les maux de la terre ».

— Non, peut-être pas, mais…

— Et il a vraiment dit que j'étais partie sur un coup de tête ? Parce que, quand je lui ai dit que je partais, cela n'a pas eu l'air de le contrarier plus que ça.

— Ce n'est pas ce qu'il m'a dit ! s'écrie Charlie, soudain sur la défensive.

— Et pourtant, c'est la vérité.

Je me remémore soudain la scène : moi tirant ma valise de sous le lit face au regard plein de dédain de Duncan.

— Je lui ai dit que j'en avais par-dessus la tête, qu'il n'était pas fiable, et qu'à moins de reconnaître qu'il m'avait profondément blessée et de me jurer qu'il ne me mentirait plus jamais, je m'en irais. Et il a répondu… (J'ai la gorge nouée et je suis obligée de déglutir.) Il m'a répondu : « Fais ce que tu veux. Ça m'est égal. »

— Il voulait peut-être te dire qu'il te laissait le champ libre, suggère Charlie. Parce qu'il avait peur que tu pètes un plomb.

— Que je pète un plomb ? Tu n'étais pas là que je sache ?

— Tu vois ? Tu pètes un plomb !

— S'il te plaît, arrête. (Je me redresse d'un coup.) Parle-lui si ça te chante. Laisse-le pleurer sur ton épaule. Mais par pitié, Charlie, ne m'appelle pas ensuite pour me passer un savon.

Charlie soupire.

— OK, je ne sais pas ce qui est arrivé, c'est vrai, et dans un sens, ça ne me regarde pas…

— Dans ce cas, pourquoi toutes ces questions ?

Charlie reste coite un instant, et je pense – idiote que je suis – que cette fois j'ai vraiment réussi à lui clouer le bec. Mais elle pousse un soupir et, prenant un ton sentencieux, déclare :

— Écoute, tout ce que je peux te dire, c'est que ta version des faits ne coïncide pas avec celle de Duncan. Je ne te juge pas, Tori, mais je veux que tu le saches.

— Message reçu.

— Bien. Parce que ce que je veux, c'est ton bien. Votre bien à tous les deux.

— Ne m'appelle plus, s'il te plaît, Charlie.

— Quoi ? Tu ne vas tout de même pas me raccrocher au nez ? Après tout le mal que je me suis donné pour toi, je t'interdis…

— Au revoir, dis-je, et je coupe la communication.

Une demi-heure plus tard, elle me rappelle pendant que je suis en train de ranger mes affaires dans la penderie. Comme je ne réponds pas, elle me laisse un message vocal.

— Tori, écoute. (Sa voix semble légèrement contrite.) Je ne pensais pas ce que je disais… Il m'arrive d'être maladroite dans ce genre de situation. J'essaie d'arranger les choses parce que c'est une seconde nature chez moi. Je ne vais plus t'embêter, mais promets-moi de m'appeler si tu as besoin de parler. S'il te plaît ? Et moi, je te promets de faire un effort de mon côté.

J'écoute le message environ dix fois avant de l'effacer. Puis je me sers un verre de vin, m'installe devant mon ordinateur, ouvre le fichier « Richenda » et commence à écrire. Il est presque minuit quand mon téléphone sonne à nouveau.

— Tori, tu m'entends ? C'est Richenda. (Elle chuchote dans l'appareil. Quelque part en bruit de fond, une chasse d'eau s'actionne.) Désolée, je t'appelle depuis les toilettes. Je suis au grand raout de Harper Random Penguin.

— Je t'entends parfaitement, rétorqué-je, soudain sur le qui-vive, et je bois aussitôt une rasade de vin.

— OK, dit Richenda. J'ai parlé avec Tim et il s'est montré très compréhensif. Mais maintenant, il faut qu'il en touche un mot au service des ventes et du marketing, et à l'en croire, un livre plus court n'est pas une option. Ça ne colle pas avec l'argumentaire. Sans compter qu'il est délicat de faire la promo d'un bouquin sur la vie d'une châtelaine des Highlands qui vient de plaquer son châtelain de mari pour se casser sur le continent.

— Non, en effet, acquiescé-je.

— Mais l'idée d'un livre sur Florence a l'air de l'intéresser. Écoute, je sais que tu as commencé à écrire, et donc, j'aimerais que tu m'envoies quelques pages. Pas besoin d'un pavé, juste assez pour lui donner un avant-goût de la chose. Dix mille mots environ ?

Oh mon Dieu !

— Il te les faut pour quand ?

— Je ne sais pas, ma poulette. Mettons… lundi en huit ?

— Hum…

— Tu es la meilleure, s'exclame Richenda.

Quelqu'un frappe un grand coup à la porte des toilettes.

— Oui, oui ! beugle-t-elle. Ça vient. Problèmes de vessie. Tori, ma chérie. Il faut que j'y aille. Embrasse Florence pour moi.

Je regarde le document à l'écran. J'ai environ trois mille mots. Une partie tient à peu près la route, je veux dire qu'il y a quelques vraies phrases, mais pour l'essentiel, ce sont surtout des notes, du style « les chiens au restaurant » et « les baskets à paillettes ». Quant aux mille mots restants, ce sont des imprécations contre Charlie.

Bref, j'ai du pain sur la planche.

8

Chiara pose devant moi une épaisse liasse de formulaires constellés de petits Post-it.

— Je les ai remplis pour vous, il ne vous reste plus qu'à vérifier que tous les renseignements sont corrects et à signer là où j'ai collé les Post-it.

— C'est uniquement pour les détails pratiques ?

Elle hoche la tête.

— Oui : gaz, électricité, eau, Internet et les ordures ménagères. Un petit café ?

— Avec plaisir, merci.

— Doux ou corsé ? Décaféiné, peut-être ?

— Doux, je suppose, mais surtout pas décaféiné.

Elle va à la machine dernier cri qui trône dans un coin de son bureau, prend une dosette qu'elle insère d'un coup sec. Jamais je n'aurais imaginé que les Italiens adopteraient les machines à café, mais elles sont partout désormais. L'autre jour, j'ai vu une grande boutique spécialisée dans les dosettes.

— Prenez votre temps. Ces formulaires sont une horreur, y compris pour nous.

— Ici, il est écrit *Tariffa non residente*. C'est exact ?

— Oui. Vous ne serez résidente que lorsque vous aurez été enregistrée auprès de l'*Anagrafe*. Quand ce sera le cas, prévenez-moi, nous rectifierons. Vous aurez un tarif plus intéressant.

— Tout va être aussi compliqué ?

— Non. C'est cette partie qui est la pire.

Elle m'apporte un petit plateau avec une tasse en carton, un sachet de sucre, une touillette et une mini-madeleine sur une serviette en papier.

Dopée par la caféine et le sucre, j'avance dans les documents, vérifiant à chaque fois les mêmes données : nom, code d'identification fiscale, date et lieu de naissance, nationalité, adresse, numéro de téléphone, e-mail, IBAN. Au bout d'un moment, Chiara emporte ma tasse et m'apporte un autre café.

— Merci.

— De rien.

Elle me regarde, jusqu'à ce que je repose le dernier formulaire, celui des ordures ménagères.

— Vous avez terminé ?

— Oui, ouf !

— Des questions ?

— Je ne saurais pas quoi demander.

Elle rit.

— Ne vous faites pas de souci. D'ici un an, vous maîtriserez parfaitement la paperasserie italienne. Au fait, tout se passe bien avec Marco ?

— Oh oui, il est génial.

— N'est-ce pas ? C'est un type sérieux. Plus exactement, il prend son travail au sérieux. Je sais que je peux lui envoyer des clients, avec lui ils sont entre de bonnes mains. Et il est disponible. Je veux dire serviable, ne vous méprenez pas ! En italien, c'est ce qu'on dit quand quelqu'un est toujours prêt à rendre service, comme lui. « *Disponibile* ».

— Je comprends ce que vous voulez dire.

En effet, bien qu'il soit très occupé, Marco a toujours trouvé du temps pour moi, il m'a rappelée chaque fois que j'ai laissé un message. Mon rythme cardiaque s'accélère un tantinet. Je me rends compte que je meurs d'envie de demander à Chiara si Marco est vraiment « disponible ». Ce qui est parfaitement ridicule, bien entendu, puisque je viens à peine d'échapper à Duncan. J'apprécie d'être seule, libre, et de faire ce que je veux, sans avoir à me soucier de quelqu'un d'autre. Je ne vais quand même pas me mettre à fantasmer sur un homme qui est gentil avec moi parce que c'est son boulot !

— Il est très professionnel, ajouté-je.

— Exactement. Et gentil, aussi. Je crois que toutes ses clientes tombent amoureuses de lui.

Chiara éclate de rire.

C'est bien ce que je pensais. Ridicule.

— En tout cas, merci encore de me l'avoir conseillé. Avons-nous terminé avec les formalités pour aujourd'hui ?

Chiara prend une enveloppe blanche dans un tiroir et me la tend.

— Oui. Voici votre bail, dûment enregistré. Ne l'égarez pas, vous en aurez besoin pour l'*Anagrafe*.

— Merci.

Je mets l'enveloppe dans mon sac.

— Pas de souci. Et, je sais que je me répète, mais n'hésitez pas à m'appeler en cas de besoin. Mes clients anglais pensent que je le dis pour la forme, mais c'est sincère. C'est notre façon de travailler ici. D'accord ?

— Entendu.

Nous échangeons une poignée de main et je redescends dans la chaleur de midi.

Le bureau de Chiara est sur la rive sud de l'Arno, via dei Serragli. J'avais onze ans quand Granny a commencé à m'emmener avec elle. Les rues étaient encore bordées de magasins à l'ancienne, de petits bars et de *trattorie* traditionnelles. On allait au café, je sirotais une orangeade sicilienne douce-amère tandis qu'elle bavardait avec un flux ininterrompu d'amis qui allaient et venaient, l'embrassaient et s'exclamaient en me voyant. Je ne comprenais pas vraiment les conversations. Sous sa houlette, mon italien s'améliorait rapidement, mais il restait très insuffisant au milieu d'un groupe de Toscans volubiles.

Je regrette de ne pas avoir cherché à progresser. J'aurais mieux fait d'écouter avec attention au lieu de me laisser bercer distraitement en me demandant quand on irait acheter une glace. Plus tard, quand j'ai été assez grande pour qu'elle puisse me laisser seule quelques heures, je traînais sur le Ponte Vecchio à regarder les boutiques tandis qu'elle allait au café retrouver ses amis. Je me souviens du plaisir que j'éprouvais à être traitée en adulte. Je savourais cette liberté, qui s'accroissait année après année, chaque fois que nous revenions. En même temps, le café où elle retournait toujours, ces gens qui étaient ses amis, tout cet aspect de la vie de ma grand-mère m'échappait désormais. Maintenant qu'elle a disparu, ce lieu hante ma mémoire.

J'emprunte la rue étroite qui descend vers l'Arno, cherchant du regard un endroit qui me semblerait familier. Il y a encore quelques vitrines vieillottes mais elles disparaissent entre les salons de tatouage, les bars et les restaurants branchés, avec la tuyauterie apparente et des toiles abstraites sur les murs. Je ne vois aucun signe du café de Granny et je me demande si ma mémoire ne me joue pas des tours. Peut-être n'était-ce pas via dei Serragli, après tout. Le soleil cogne et j'ai faim, vraiment faim, pour la première depuis je ne sais combien de temps. C'est une sensation agréable. Comme si recommençait à germer mon ancien moi, la jeune fille qui adorait la *pasta* et était prête à traverser la ville à pied pour la meilleure glace à la pistache.

Il y a un petit restaurant sur ma droite, ouvert sur la rue. Des tables en bois, quelques photos en noir et blanc sur les murs. Un lieu très animé à l'heure du déjeuner. Je le contemple un moment, tentant de voir s'il reste une table de libre. Le propriétaire – je suppose – me remarque et accourt vers moi.

— *Buongiorno*, *Signora*.

— *Buongiorno*. Auriez-vous de la place pour moi ?

D'un geste, l'homme m'indique une petite table près de la porte, que je n'avais pas vue.

— Installez-vous, je vous apporte la carte. De l'eau ?

— Plate, merci.

— *Subito*.

Je viens à peine de m'asseoir quand il revient avec une bouteille d'eau et le menu, une simple feuille A4 avec quelques plats écrits à la main. Je commande des bruschettas, des spaghettis carbonara et un verre de vin rouge du patron. Puis je sors ma tablette et me mets à écrire. Depuis ma conversation avec Richenda, je note tout ce qui m'arrive, presque en temps réel. Autrement dit, je fais ce à quoi j'aurais dû m'atteler dès le début. C'est de la bouillie pour chats, certes, mais j'ai déjà presque quatre mille mots de cet acabit, et plus j'écrirai, plus j'aurai de texte à retravailler pour produire quelque chose digne de lui être envoyé. Du moins, c'est ainsi que je raisonne.

J'ai pondu à peu près une page lorsque arrivent mes bruschettas. Deux fines tranches de pain, où il semble y avoir plus de trous que de mie, recouvertes de dés de tomate rouge vif arrosés d'une huile verte translucide.

Ça a l'air délicieux. Je mords dans la première. Le pain se désagrège, les dés de tomate tombent et s'éparpillent. Je gobe le reste, sachant que mes manières laissent à désirer, mais je m'en moque, parce que la tomate est parfumée, l'huile a des notes poivrées. Et parce que je suis à Florence, que j'écris, et que la journée est magnifique. J'avale une gorgée de rouge tannique, puis engloutis l'autre bruschetta d'une bouchée.

La via dei Serragli se remplit. La pause-déjeuner bat son plein. Je contemple les passants. Seuls, ou se tenant par la main. Jeunes couples branchés, les bras tatoués à l'unisson, cadres en costume ou tailleur, touristes élégantes en lin écru, avec des pantalons courts et amples, arborant la teinte de rouge à lèvres de rigueur cette saison et d'énormes lunettes de soleil. Au moment où on dépose devant moi l'assiette de carbonara, je reconnais Marco de l'autre côté de la rue. Costume bleu nuit, veste jetée sur l'épaule. À ses côtés, Chiara. Elle est accrochée à son bras et garde les yeux levés vers lui en marchant. Ils sont en grande conversation.

Bon, c'est normal. Ils se connaissent depuis des années, ils sont proches et, de toute évidence, elle l'adore. Pourquoi ne seraient-ils pas ensemble, après tout ? Ce ne sont pas mes oignons. Je ne suis qu'une cliente, et même plus pour très longtemps. Marco occupe son temps libre comme il l'entend, cela ne me concerne pas. Pas du tout.

— *Signora ?*

Je me suis perdue dans mes pensées. La carbonara a refroidi dans l'assiette et le patron s'inquiète.

— Il y a un problème ? Cela ne vous plaît pas ? Si vous voulez, je peux vous apporter un autre plat.

Mon italien semble s'être évaporé.

— Non, non, je suis juste… Je n'ai juste pas très…

Là, il est vraiment alarmé.

— Vous êtes souffrante ?

— Non, pas du tout… La carbonara est excellente, mais… j'ai vu quelque chose, quelqu'un… Je suis désolée.

Zut, je bafouille et je me sens idiote. Je n'ai rien vu qui justifierait cela et pourtant, je suis tracassée.

Il opine du chef et pose sa main sur mon épaule. Sa gentillesse m'émeut, j'en ai les larmes aux yeux. Il y a longtemps que je n'ai pas pleuré. Deux jours, au moins.

— Ne vous inquiétez pas. Prenez votre temps. Je vous apporterai une autre assiette quand vous voudrez. La carbonara, ce n'est pas bon froid.

Il me tapote l'épaule, prend mon assiette et s'éloigne. Après quelques respirations profondes, je rallume ma tablette. Quitte à avoir des réactions émotionnelles absurdes, autant tenter d'en faire de la littérature.

Une serveuse arrive et remplit mon verre.

Décidément, j'adore l'Italie.

9

Tout comme les ancêtres calvinistes de Duncan, j'ai repris à mon compte la maxime selon laquelle « travailler est bon pour l'âme ». Je n'ai pas vraiment le choix étant donné que la date limite fixée par Richenda tombe dans trois jours. Du coup, j'ai déjà écrit presque neuf mille mots. Il y a pas mal de rectifications à apporter au texte, mais dans l'ensemble, ça tient la route. Et pour tout dire, je commence à me prendre au jeu. J'ai décidé de parler de Granny : de notre complicité, de nos voyages à Florence, et de mon retour ici, seule, pour essayer un nouveau départ. Après tout, Richenda n'a-t-elle pas dit que tout reposait sur mon histoire personnelle ?

J'ai l'habitude de traverser l'Arno et de passer mes après-midi chez Ditta Artigianale, celui qui se trouve dans la via dello Sprone. Non seulement on y sert du thé – je ne suis pas une grande fan du café – mais il y a aussi une immense baie vitrée avec des tabourets hauts et un comptoir d'où il est possible de bosser tout en contemplant le spectacle de la rue. Je suis arrivée à 14 h 30. Il est 17 heures à présent et j'ai écrit… trois cents mots.

Pas une journée très productive. J'ai passé presque tout mon temps à essayer de me remémorer le bar de la via dei Serragli où Granny se rendait sans moi. Mais les souvenirs se sont émoussés avec les années, et tout est un peu confus dans mon esprit.

Mon téléphone vibre. C'est Charlie qui m'envoie une photo de son vieux toutou, Chomsky. Allongé sur le dos, il porte un minuscule tee-shirt avec la légende « MADE IN DOGGENHAM ». Sublime ! Je photographie ma théière avec une vue de la rue en toile de fond. Je l'ai à peine envoyée que mon téléphone se remet à vibrer. Marco.

« *Ciao, come va?* Vous avez réussi à joindre le comptable ? »

« Oui, merci. On s'est vu hier. Il est très consciencieux ! J'y ai passé des heures. »

« Bien. Un comptable n'est jamais assez sérieux, croyez-moi. Et à part ça, tout va bien ? »

Sans même réfléchir, je lui envoie la photo de la théière.

« Je bosse dur, comme vous pouvez le voir. »

Il commence à écrire, s'arrête, puis recommence. L'attente est insupportable, et j'ai soudain l'impression d'avoir des papillons dans le ventre. Juste au moment où je m'apprête à remiser prudemment mon téléphone tout au fond de mon sac, le message s'affiche.

« Eh, vous êtes chez Ditta Artigianale ! Je suis à deux pas. Ça vous dirait de prendre une petite pause ? C'est moi qui invite. »

J'ai à peine fini de lire le texto qu'un deuxième s'affiche.

« J'ai des nouvelles pour vous. »

Bah, si c'est pour parler affaires…

« Entendu. »

« J'arrive. *A prestissimo* 😊 »

Je pose mon téléphone retourné sur le comptoir et me concentre avec détermination sur mon *laptop*. Je ne supporte pas de regarder la rue – l'idée de le voir arriver dans ma direction me met littéralement au supplice sans que j'arrive à comprendre pourquoi. Et d'ailleurs, je préfère ne pas comprendre. Mettez-vous à ma place. Prendre un pot avec son avocat mettrait n'importe qui mal à l'aise, non ?

Dix minutes passent. Une éternité. Et soudain, il se tient à côté de moi et m'embrasse sur la joue, comme si nous nous connaissions depuis toujours.

— Oups ! s'exclame-t-il. Je ne suis pas trop familier, j'espère ?

— Non, non, dis-je, en me sentant devenir écarlate.

— J'ai beau savoir que je ne suis pas censé faire la bise à mes amis anglais, je l'oublie régulièrement. C'est tellement ancré dans les mœurs ici.

Il ôte sa veste et je perçois une note citronnée de savonnette ainsi qu'une pointe de transpiration. Et les papillons recommencent à s'agiter dans mon ventre.

— Beaucoup de travail ? m'enquiers-je sur un ton qui se veut nonchalant.

— À chaque fois que la BBC parle de No Deal, je reçois une vingtaine d'e-mails.

— *Qualcos'altro ?* demande Gianni, le barista, en récupérant ma théière et ma tasse, qu'il dépose sur un plateau.

— Je prendrai un gin tonic, dis-je en italien, sans trop de difficulté.

Je ne suis pas peu fière d'avoir réussi cet exploit en présence de Marco.

— Vous avez une préférence ? poursuit Gianni en étirant son bras tatoué en direction du comptoir pour désigner un pan de mur entièrement tapissé de bouteilles de gin.

— Oh, mon Dieu, il y en a tellement. Je m'en remets à vous, déclaré-je avant qu'il se lance dans une dissertation sur les différents procédés de fabrication.

— Et vous, monsieur ?

— Un double Talisker, demande Marco. (Il a l'air un peu surpris.) Votre italien progresse à toute allure, commente-t-il tandis que Gianni s'éloigne.

— C'est grâce à ma grand-mère. Chaque fois que nous venions à Florence, elle m'obligeait à toujours parler italien. Cependant, ces dernières années, nous n'avons pas pu nous y rendre – je ne pouvais pas me dégager de mes obligations – et je craignais d'avoir tout oublié. Mais en fait, non.

— Votre accent est excellent.

— Disons que je me débrouille. Mais de là à tenir une vraie conversation et pouvoir dire tout ce que je voudrais… Les gens sont très patients avec moi, mais je suis consciente que je ne m'exprime pas correctement.

— Comment le savez-vous ? Je vous trouve sévère avec vous-même.

— Je le sais parce qu'ils ne cessent de se répandre en compliments. Granny disait que c'est lorsque les gens cessent de vous couvrir d'éloges que vous avez vraiment atteint votre but.

Il me fixe du regard et je sens monter une bouffée de chaleur depuis mon cou jusqu'à mes oreilles. Oh, mon Dieu, pourvu que je ne devienne pas rouge comme une pivoine !

Gianni nous apporte nos verres.

— *Grazie*, dit Marco, puis il lève son whisky dans ma direction. Nous devrions porter un toast à votre Granny. *Cin cin !*

— *Cin cin !*

Je prends une longue gorgée de mon gin. Il a un goût floral, anisé, très agréable.

— Vous devriez écrire sur elle.

— C'est ce que je fais. Ou plus exactement, j'écris à propos de ma venue à Florence. C'est grâce à elle que j'ai décidé de m'installer ici. Elle m'a appris à aimer cette ville.

— C'est formidable.

— Oui, mais c'est aussi très frustrant. Il y a tant de choses que j'ai oubliées et dont je n'arrive pas à me souvenir.

Marco continue de me fixer du regard. Gênée, je me tourne vers la rue où un chihuahua est en train d'aboyer après une fille en Vespa. Sa maîtresse prend le roquet dans ses bras et le fourre dans sa besace, où il continue de grogner, le poil hérissé, comme une marionnette en colère.

— Il y avait un bar où elle m'emmenait souvent, dis-je. On allait un peu partout, mais ce bar-là était son préféré. J'ai essayé de me rappeler où il était situé et à quoi il ressemblait, mais sans succès. C'était il y a si longtemps. Je l'ai cherché, mais j'ai l'impression qu'il n'existe plus.

— Où était-ce ?

— Via dei Serragli, ou peut-être via Romana. C'était une rue très longue et pas loin d'ici, ça, j'en suis sûre.

Marco sort son téléphone et commence à pianoter sur l'écran.

— OK, donc une de ces deux rues. Vous vous souvenez du nom ?

— Juste de l'enseigne au-dessus de la porte, avec écrit BAR.

— Pas très original. De quoi d'autre vous souvenez-vous ?

— C'était un petit local, avec un comptoir tout en longueur et des tables et des chaises métalliques. On y vendait aussi des cigarettes et des billets de loterie.

Il y avait une télévision dans un coin, qui diffusait les nouvelles et le sport.

— Un *bar tabaccheria* typique en somme, dit Marco.

— Oui. Pas vraiment le genre d'endroit que fréquentait ma grand-mère habituellement. On y prenait le petit déjeuner ou un apéritif, ou parfois une assiette de pâtes pour le déjeuner. Elle connaissait les habitués. Ils l'adoraient, et réciproquement. Ils l'appelaient Rita, ce que je trouvais très drôle, parce que personne, pas même mon grand-père, n'avait le droit de l'appeler autrement que Margaret. Je ne comprenais pas pourquoi, mais je ne lui posais pas de questions. C'était son monde à elle, et ça ne me regardait pas. Mais maintenant elle est morte et il est trop tard pour que je l'interroge. Vous allez trouver ça idiot, mais j'ai toujours le réflexe de décrocher mon téléphone pour l'appeler. Comme si mon cerveau n'arrivait pas à comprendre qu'elle n'est plus là.

Marco me prend la main. Son geste est tellement naturel que, l'espace d'un court instant de pur délire, je m'imagine me tournant vers lui pour l'embrasser et respirer le parfum citronné qui émane de sa peau.

— C'est normal, dit-il. Quand on a perdu quelqu'un de cher.

— Sans doute.

En disant cela, je porte mon regard sur l'écusson sculpté qui surplombe la porte de l'autre côté de la rue, et je me dis que je suis seule.

— Et sinon, vous avez d'autres souvenirs ? Par exemple, les patrons du bar ?

J'inspire profondément.

— C'était un couple, qui devait avoir son âge, de sorte qu'ils me paraissaient très vieux. Lui s'appelait Giuseppe, et elle, Maria.

— Sans blague ? rétorque Marco, pince-sans-rire.

— Je sais. Mais c'étaient les noms de l'époque. Marie et Joseph.

— Attendez. Ils avaient un fils, je parie.

— Ça, je ne sais pas, mais ils avaient un petit-fils qui s'appelait Niccolò. Il était étudiant et venait leur donner un coup de main au bar. C'était le plus beau gosse que j'aie jamais vu.

— Je comprends mieux pourquoi vous ne vous souvenez de rien d'autre, dit Marco, et il m'étreint doucement la main.

Oh, mon Dieu !

— Eh oui, j'étais ado. J'avais mes priorités. En tout cas, je me souviens que Maria et Giuseppe étaient des gens adorables. Mais c'est à peu près tout… Comme vous le dites vous-même, c'était un établissement tout ce qu'il y a d'ordinaire. Un bar comme il y en a des milliers.

Soudain, je revois Niccolò debout derrière le comptoir, sa frange lui tombant devant les yeux. Il y a une photo encadrée derrière lui.

— En fait, il y a un détail qui me revient, mais c'est probablement anodin.

— Quoi donc ? demande Marco.

— Une photo de voiture accrochée au mur.

— Une voiture ?

— Oui, ça ressemblait à une voiture de course.

Il lâche ma main, et je m'efforce de cacher au mieux ma déception.

— Genre Formule 1 ? demande-t-il.

— Peut-être.

Il pianote sur son téléphone, puis me montre un de ces monstres high-tech au châssis abaissé qui filent au ras du bitume.

— Comme celle-ci ?

— Pas du tout. C'était un vieux tacot.

— D'accord. Donc voyons les classiques. (Il recommence à faire défiler les images sur son téléphone.) Et ce modèle-là ?

Cette fois, c'est une voiture rutilante, avec des sièges en cuir et une grosse calandre à l'avant qui aurait pu appartenir à un gangster des années 1920.

— Non, un peu plus moderne tout de même. Je ne sais pas comment la décrire. Disons qu'elle était… bizarre. Une sorte d'invention folle. Comme dans *Les Fous du volant*.

— *Les Fous du volant* ?

— Oui, le dessin animé avec des voitures de course et un chien déjanté. Peut-être que ça ne passait pas ici.

— *La corsa più pazza del mondo !* Si, si, je m'en souviens, j'adorais ça ! Voyons voir… Et celle-ci ?

Cette fois, je la reconnais. Bleu flashy avec une forme cylindrique, un peu comme un tube à cigare.

— C'est exactement ça !

— Sérieux ? C'est une Bugatti 251, dit-il, comme s'il s'agissait d'une évidence.

— Mais encore ?

— C'est la dernière voiture à être sortie des usines Bugatti. Tout au moins dans sa version originale. Elle a fait un flop terrible. Vous êtes sûre que c'est ce modèle ?

— Il me semble bien. En tout cas, elle lui ressemble diablement.

— Croyez-moi, rien ne ressemble à une Bugatti 251. (Marco éteint son téléphone et le range.) Voici donc quelle est ma théorie…

— Parce que vous avez une théorie ?

— C'est un bien grand mot, mais quand vous avez mentionné la voiture, je me suis dit que si je parvenais à identifier précisément le modèle, je pourrais peut-être découvrir qui la conduisait, et si cette personne avait des parents à Florence.

Il s'interrompt soudain et secoue la tête.

— Mais non, c'est idiot, maintenant que j'y pense. C'est un fantasme de gamin.

Il sourit, mais je vois bien qu'il est déçu. Je pourrais facilement lui prendre la main, comme il l'a fait avec moi, mais je n'ose pas. Je siffle ce qu'il reste de mon gin tonic et le regarde descendre son verre de whisky. *Chiara, sacrée veinarde.*

— Je crois bien que c'est une fausse piste, reprend-il, mais vous pourriez essayer d'en savoir plus sur la vie de votre grand-mère à Florence. Vous avez des lettres d'elle ? Ou un journal intime ?

J'étais tellement obnubilée par la date limite que m'avais fixée Richenda que je n'y avais même pas pensé.

— Je n'ai rien ici avec moi, mais j'imagine… qu'elle a dû laisser quelque écrit derrière elle. Ma mère le saura certainement. C'est elle qui s'occupe de vider la maison.

Je visualise le merveilleux cottage de style Arts and Crafts tel que je l'ai connu, plein de livres et de tableaux, et de cartons remplis des horribles aquarelles de Granny. Dieu seul sait ce que ma mère va faire de tout ça, mais j'espère que Granny aura légué ses objets les plus précieux aux personnes qui les chérissaient vraiment.

— Votre mère pourra peut-être vous aider à mener l'enquête, suggère Marco.

Je ris plus fort que je ne le voudrais.

— Désolée, mais elle n'était pas proche du tout de ma grand-mère. Et elle n'est pas particulièrement proche de moi non plus d'ailleurs. Mais s'il y a des écrits quelque part, elle va certainement les débusquer.

— Je présume que vous n'avez pas envie de l'appeler pour lui poser la question, dit Marco.

— Non. Mais je vais y réfléchir, rétorqué-je tout en sentant monter l'anxiété en moi.

Il me sourit.

— En tout cas, si vous avez besoin d'aide, n'hésitez pas à m'appeler. En dehors des heures de bureau. C'est l'ami qui vous parle, pas l'avocat. *Capito ?*

— Compris, acquiescé-je. Merci. Au fait… vous n'aviez pas quelque chose à m'annoncer ?

— À vous annoncer ? Oh mais oui, bien sûr ! Je me suis renseigné afin de trouver quelqu'un qui pourrait vous conseiller en matière de divorce et je suis tombé sur une consœur qui a suivi ses études de droit à Milan et à Édimbourg. C'est l'ex-femme d'un de mes vieux copains de fac.

— J'espère qu'elle a obtenu une bonne pension alimentaire.

— Je ne l'ai rencontrée qu'une ou deux fois, mais elle m'a beaucoup impressionné. Je pense qu'avec elle, vous serez entre de bonnes mains. Je vais vous texter ses coordonnées.

Marco pianote sur son clavier. Le nom AMBRA KURTI s'affiche sur mon écran, ainsi qu'une adresse e-mail et un numéro de téléphone avec l'indicatif d'Édimbourg.

— Oh ! Merci mille fois ! dis-je. Vous m'enlevez une belle épine du pied.

— C'est bien normal. Et si vous ne la sentez pas ou si vous voulez que je vous recommande quelqu'un d'autre, dites-le-moi, d'accord ?

— D'accord.

Marco enfile sa veste d'un geste élégant – il n'est pas le genre d'homme qui tâtonne pour trouver les emmanchures – puis se lève.

— Vous allez de quel côté ?

— Je pense que je vais rester encore un peu ici, dis-je. Pour avancer dans mon boulot.

— Vous êtes assidue. J'approuve. Je vais régler en sortant.

Il dépose un baiser légèrement parfumé au whisky sur chacune de mes joues. Je sais que je devrais l'imiter, mais je ne réagis pas assez vite.

— Je vous laisse travailler. À très vite, lâche-t-il avant de se diriger vers la caisse d'un pas résolu.

Je viens juste de rouvrir mon ordi quand Gianni paraît avec un second gin tonic.

— De la part de votre petit ami, dit-il en me décochant un clin d'œil. À la vôtre !

— Ce n'est pas mon… protesté-je avant de m'arrêter net parce que Gianni est déjà en train de s'éloigner.

De toute façon, ça ne le regarde pas, si ? La seule personne que ça intéresse, c'est moi. Or, Marco m'a laissé clairement entendre que nous étions amis, et rien d'autre. Simplement, les Italiens sont plus extravertis… et bien moins constipés que les Anglo-Saxons comme moi.

Je repense au patron de restaurant posant sa main sur mon épaule ; à Chiara me disant de l'appeler en cas de besoin. Je repense à Granny serrant affectueusement Giuseppe et Maria dans ses bras. Elle était anglaise jusqu'au bout des ongles, mais elle savait comment on se comporte en Italie. « À Florence, fais comme les Florentins. » Elle laissait les gens l'embrasser et l'appeler Rita, mais jamais – de cela je suis certaine – elle n'interprétait leurs gestes comme des avances quand ce n'était pas le cas.

Je vide mon verre tout en contemplant la rue. Je commence à me sentir pompette, un état qui n'est pas déplaisant, sans être pour autant agréable. Je ramasse mes affaires, adresse un *ciao* à Gianni et me dirige vers la via de' Giucciardini et le Ponte Vecchio. Ce n'est pas encore l'été, mais le pont grouille déjà de monde. À côté du buste de Benvenuto Cellini, un musicien de rue interprète « Lay, Lady, Lay ». Je me fraie un passage dans la foule des promeneurs et des étudiants qui prennent des selfies. Une fois de l'autre côté du fleuve, j'oblique vers une allée tranquille et j'appelle Charlie.

Elle décroche à la première sonnerie.

— Tori, tout va bien ?

— Est-ce que Granny a laissé des écrits ? demandé-je sans préambule. Un journal, des lettres ou autres ?

— Oh, dit Charlie, visiblement dépitée. Je ne sais pas. C'est Maman qui gère le cottage et je n'ai pas encore trouvé le temps de lui donner un coup de main. Il faudrait que je lui demande. Mais pourquoi cette question ? questionne Charlie.

— Rien, c'est pour le livre.

— Mais je croyais que ton livre avait trait à la vie dans les Highlands. Tori, ne me dis pas que ton projet est tombé à l'eau ?

— Non, non, protesté-je, soudain sur la défensive. (Ma sœur a le don de me rabaisser.) Mais il y a eu un changement de programme. Richenda veut que j'écrive sur Florence.

— Tu veux dire que Richenda est au courant de la situation ?

— Évidemment. J'ai été obligée de tout lui raconter.

Il y a un bref silence, et je sens que Charlie ravale une réflexion désagréable.

— Bien, finit-elle par dire. C'est logique que tu écrives sur Florence, étant donné que c'était votre truc à toi et à Granny.

Elle a l'air vexée, et j'ai envie de répliquer : *Tu aurais pu venir, toi aussi. Ce n'est pas ma faute si tu étais toujours prise par tes tournois de tennis, tes compétitions d'aviron et de cross-country et tes opérations de nettoyage des rivières*. Mais je m'abstiens parce que je sais qu'elle a raison – c'était notre truc à Granny et à moi. J'étais plus proche d'elle que Charlie ne l'avait jamais été.

— Je pense que tu devrais t'en charger toi-même, réplique Charlie. Ce sont les conséquences de tes actes après tout. Il n'y a pas de raison que je parle à Maman à ta place. J'estime m'être donné assez de mal comme ça.

Sa voix s'est radoucie cependant. Je sens qu'elle va céder.

— Je sais, et je t'en suis infiniment reconnaissante. Vraiment.

— Ouais, ouais. (Elle soupire.) Je dois parler avec Maman demain de toute façon. J'en profiterai pour lui poser la question. Je lui dirai que les jumeaux travaillent sur un projet d'histoire familiale à l'école.

— Nous ne sommes que quatre, cependant. Tu ne crois pas que Maman risque de flairer l'embrouille ?

— Oh, s'il te plaît.

Maman ne s'est jamais beaucoup investie dans son rôle de parent et elle ne va pas changer parce qu'elle est grand-mère.

— Merci, Charlie. Tu n'as pas idée comme ça me dépanne.

— De rien. Mais entre nous, je me demande comment tu t'en sortirais si je n'étais pas là. Tu vas devoir apprendre à te débrouiller seule désormais. Oh, mince, le kasha est en train de brûler. Ben ! *Ben !*

Et elle raccroche.

10

Stella

Quand je vivais chez mes parents, la grasse matinée était exclue. J'allais à l'école six jours par semaine et le dimanche à la messe. Pendant les vacances scolaires, c'était moi qui préparais le petit déjeuner pour tout le monde, avant d'accomplir toute une série de tâches domestiques. Je n'avais le droit de rester couchée que lorsque j'étais malade et, à l'époque, je jouissais d'une santé robuste. Pour autant que je me souvienne, cela n'arriva qu'une seule fois en 1944, et cette grippe fut providentielle.

Vers la fin mars, je rentrai du lycée avec la tête affreusement lourde, annonciatrice d'un refroidissement. Maman m'envoya me coucher sur-le-champ et je ne protestai pas. Au matin, je toussais et j'avais de la fièvre. Un regard lui suffit, elle m'ordonna de rester au lit. Elle préviendrait mon père que je restais à la maison. J'étais trop groggy pour la remercier. Je replongeai dans le sommeil. Bientôt, un bruit de cris au rez-de-chaussée me réveilla : Maman, Papa et Achille.

Au début, je ne tentai pas d'écouter. C'était encore une de leurs disputes et je leur en voulais de me déranger. Puis j'entendis le mot « *rastrellamento* », et je fus immédiatement sur le qui-vive. Il s'agissait d'une rafle, de celles que les nazis organisaient périodiquement en fouillant toutes les maisons. Parfois, ils prenaient seulement les hommes en âge d'être réquisitionnés, parfois des gamins de quatorze ou quinze ans, et ils les déportaient tous en Allemagne pour le travail obligatoire.

Soudain, je retrouvai ma clarté d'esprit. Je me levai, m'habillai en vitesse et descendis à la cuisine où la querelle battait son plein. Papa fut le premier à remarquer ma présence. Il leva la main pour faire taire ma mère et Achille.

— Stella, ma fille, que fais-tu ici ? Retourne te coucher.

Je secouai ma tête endolorie.

— Je veux savoir ce qui se passe.

— Les SS sont à San Damiano, lança Achille avant que mon père pût l'interrompre. Apparemment, ils remontent toute la vallée.

— Alors, nous serons les prochains, conclus-je.

Ma mère se signa. Achille acquiesça d'un hochement de tête.

— Je rassemble quelques affaires pour partir à Santa Marta, annonça-t-il.

— Quelle idée ! s'exclama ma mère. Pourquoi veux-tu te mettre encore plus en danger ? Tu dois aller à Mercatale avec ton père. Vous pouvez vous réfugier dans la petite ferme de ma tante Giovanna, qui est à l'écart dans le Val di Pesa.

— Je ne suis pas un lâche, protesta Achille. Si je dois m'enfuir, autant aller là où je pourrai me rendre utile. Je servirai mieux la Résistance à Santa Marta qu'en restant caché entre des bottes de foin.

Mon père frappa du poing sur la table.

— Alors selon toi, je suis un lâche ?

— C'est toi qui le dis, pas moi.

Papa rugit et Maman dut l'agripper par les épaules pour le retenir. Je sortis discrètement de la cuisine et me précipitai vers la porte de derrière. Je me chaussai en hâte et pris au passage un vieux manteau de ma mère. J'avais une mission à accomplir.

À l'arrière de la maison, il y avait un appentis qui servait de remise. Achille y garait sa moto, et moi mon vélo. J'y avais caché dans une caisse quelques armes qu'on avait données au réseau, prévoyant de les apporter la prochaine fois que je ferais une livraison. Un vieux revolver de service qui avait appartenu au père d'une camarade, une poignée de cartouches, du cordon détonant. Rien d'encombrant, Dieu soit loué. Je réussis à fourrer le tout dans mes poches puis m'éloignai de la maison en catimini avant d'enfourcher ma bicyclette en direction de Saint-Christophe.

Les rues étaient presque désertes. Il me semblait que tout le bourg retenait son souffle. Ou était-ce le fruit de mon imagination ? Même les Allemands au barrage de la via Senese avaient l'air tendus. Ils scrutaient la route, comme par anticipation. Peut-être craignaient-ils que les SS ne leur reprochent leur vigilance défaillante. Ils me regardèrent approcher, mais je les ignorai et garai ma bicyclette sous le portique de l'église. En voyant celle de don Anselmo, je fus soulagée.

Je le trouvai agenouillé à un banc, en pleine prière. Je me demandai quel était le meilleur moyen d'attirer discrètement son attention, toussoter ou bien traîner des pieds sur les dalles, mais il avait senti ma présence. Il se signa, se releva et se tourna vers moi avec cette expression bénigne qui le caractérisait. Quiconque ne le connaissait pas l'aurait pris pour un gentil benêt.

— Stella, ma chère enfant. Que puis-je pour toi ?

— Pouvons-nous parler à l'abri des regards ? demandai-je, même si nous étions seuls dans l'église.

— Bien sûr. Allons dans la sacristie.

Il referma la porte derrière lui. Je sortis de mes poches le pistolet, les cartouches et le cordon détonant et les posai sur la table, à côté du vin de messe et de l'eau bénite. Don Anselmo les contempla et hocha la tête.

— Parfait. Je vais les déposer en bas, avec le reste.

— Vous êtes au courant de l'opération des Allemands. Les armes sont-elles en sécurité ? Et s'ils trouvent le tunnel ?

— Oh, cela ne m'inquiète guère. Disons que j'assume ce risque. C'est pour toi que je me fais du souci, Stella. Tu m'as l'air souffrante.

— Oui. Non. Euh… ça va.

En réalité, cela n'allait pas du tout. L'adrénaline était retombée et je me sentais flageolante. Et surtout, une pensée était en train de me submerger telle une vague glaciale. Je ne savais pas où était Enzo. Avait-il été informé du *rastrellamento* ? Aurait-il le temps de se réfugier en lieu sûr ? J'en étais malade, des taches noires dansaient devant mes yeux.

— Mon enfant !

Don Anselmo se précipita pour me faire asseoir sur l'une des chaises alignées contre le mur.

— Penche-toi en avant et mets la tête entre les genoux. Voilà, comme cela. Maintenant, respire aussi lentement que tu peux.

Il extirpa un grand mouchoir blanc de sa soutane et me le tendit. J'y enfouis mon visage tandis que la vague de nausée froide, après avoir enflé, refluait. Quand enfin je levai les yeux, je vis dans ses mains une petite flasque d'argent.

— Bois. Juste quelques petites gorgées. Maintenant.

Il me regarda avaler une gorgée de cognac, puis une deuxième, une troisième, et encore une autre. Le liquide mettait ma gorge en feu et me faisait venir les larmes aux yeux.

— Je crois que c'est la bonne dose, dit-il en me reprenant la flasque avec douceur. Bon, tu as un frère, n'est-ce pas ? Et votre père, il est toujours parmi vous ?

Une quinte de toux me prit avant que je puisse répondre.

— Oui.

— Tu as un endroit où te réfugier jusqu'à ce que tu sois sur pied ?

— Oui.

J'avais encore les échos de la dispute familiale dans les oreilles.

— C'est une bonne chose. Tu sais, la nouvelle s'est répandue comme une traînée de poudre. Si tu t'inquiètes au sujet de quelqu'un en particulier, dis-toi bien que cette personne aura eu le temps de se mettre à l'abri.

Je me contentai de hocher la tête. Je me sentais soudain exténuée.

— Tu as très bien fait de venir aujourd'hui. Penses-tu pouvoir rentrer sans encombre chez toi ou préfères-tu que je t'accompagne ?

J'étais déjà assez mortifiée d'avoir manqué de m'évanouir devant lui.

— Non merci, mon père, je vais me débrouiller.

— Comme tu veux, mon enfant.

Il ouvrit la porte de la sacristie et nous regagnâmes l'église.

En rentrant, je vis que le garage était fermé et que le vélo d'Achille avait disparu. Ma mère était assise dans la cuisine, plongée dans sa déprime. Elle ne leva pas la tête à mon arrivée. Je savais qu'il était vain de tenter de parler avec elle. Je montai dans ma chambre, me dévêtis, ne gardant que ma combinaison, et me couchai. Quelques minutes plus tard, je dormais.

Un soleil violent me réveilla. Je me sentais faible, flottante, comme lessivée. C'était la fièvre qui s'était déclarée. Achille était installé dans un fauteuil à côté de la fenêtre. Il lisait *Le 18 Brumaire de Louis Bonaparte*, de Marx. Je tentai d'articuler son nom, mais il ne sortit de ma gorge qu'une quinte de toux. Achille posa son livre et vint s'asseoir sur le lit à côté de moi.

— Salut, sœurette. Comment te sens-tu ?

Il prit la carafe sur la table de chevet, remplit un verre d'eau et me le tendit. Je le portai à mes lèvres d'une main tremblante. L'eau me parut glacée.

— Tu es déjà revenu, lui dis-je dès que je réussis à parler.

— Je suis rentré ce matin. Les SS ne se sont pas éternisés ici, dirait-on. Il faut dire qu'il n'y a pas grand-chose à chercher dans ce bled. Tous les hommes de moins de quatre-vingts ans se sont évanouis dans la nature, et ce sont les hommes qui les intéressent. D'après Maman, ils ne sont restés que quelques minutes dans la maison.

— Ils sont entrés ici ?

— Oui, pour jeter un œil sur toi. Tu roupillais, a dit Maman. Cela valait sans doute mieux.

Je remontai la couverture sur mon cou. J'étais soulagée de ne pas avoir dû subir le regard des Allemands.

— Où est Enzo ? Il est parti à Santa Maria avec toi ?

— Bien entendu. Même si là-haut, au bout du compte, nous n'avions pas grand-chose à faire. On a juste attendu que les Allemands s'en aillent. Sandro est rentré avec moi, mais Enzo a décidé de rester. J'ai pensé en faire autant, puis je me suis dit que je serais plus utile ici. Malgré tout, je l'envie. Il est là où ça se passe.

Je n'arrivais pas à parler. J'avais la gorge enflammée… et serrée. Le garçon que j'aimais, le premier à m'avoir tenu la main, à m'avoir embrassée, à m'avoir fait rêver, était parti sans me dire au revoir. Et qui savait quand je le reverrais ?

— Je vais devoir avouer la vérité à Papa. Il n'a aucune idée qu'Enzo est communiste. Stellina, ne prends pas cet air inquiet ! Enzo est un tireur hors pair, il s'en sortira comme un chef.

La sollicitude de mon frère m'était insupportable.

— Ce n'est pas le problème. Je suis contente qu'il soit resté. C'est juste que… J'aimerais bien me rendre utile. Je devrais être au travail, pas clouée au lit.

Achille me caressa l'avant-bras.

— Ne t'inquiète pas. Tu seras debout très vite. D'ici là, j'ai fait passer un message à Agnese. Elle sait que tu es malade, et elle aura beaucoup de travail pour toi le moment venu. Mais avant, tu dois te rétablir complètement, entendu ? Nous avons besoin de toutes tes forces.

Agnese était la femme qui avait remplacé Berta.

— C'est d'accord.

— Est-ce que je dis à Maman que tu es réveillée ? Elle voudra sans doute te monter de la soupe.

— Non, je n'ai pas la force. Pas encore.

Achille se pencha sur moi et m'embrassa sur le front.

— Je comprends. Repose-toi bien, sœurette.

Il se leva et sortit de la chambre en refermant la porte sans bruit. J'enfouis mon visage dans l'oreiller et pleurai tout mon saoul, à gros sanglots, comme une petite fille. Je ne pouvais imaginer ma vie sans Enzo près de moi. Je ne voyais pas comment réussir à faire face.

Je m'en tirai, bien sûr. Après quelques jours, j'étais sur pied, et je me retrouvai avec mille tâches à accomplir. La guerre s'intensifiait de jour en jour, c'était palpable même à Romituzzo. Pas uniquement dans les manifestions concrètes – voies ferrées qui sautaient, lignes électriques sabotées, gares fourmillant de soldats, ordres affichés sur les murs et les portes des maisons, avec leur sinistre refrain « sera puni de mort » – mais aussi avec les nouvelles qui parvenaient au village par le bouche-à-oreille et la presse clandestine. Un compagnon capturé par les fascistes et immolé vivant. Une jeune femme enceinte qui transportait des armes, emprisonnée et torturée. Une épouse abattue tandis qu'elle tentait de faire descendre son mari d'un camion. Une famille juive, qu'un voisin cachait dans le quartier, dénoncée aux SS par un autre voisin. Ces histoires étaient notre pain quotidien.

Un jour, en sortant de la gare de Castelmedici avec mon cartable bourré de munitions, je vis des corps pendus aux arbres de la place. Deux hommes et deux femmes, jeunes, vêtus de hardes dépareillées. À leur cou était accroché un panneau avec une inscription tracée en méchantes lettres noires : « PARTISAN ». Sous eux, les Allemands tenaient à distance les familles venues pleurer leurs morts. Tandis que je passais en hâte, la tête baissée, le cri d'une femme éclata.

— Rendez-moi ma fille ! Votre message est clair. Maintenant, laissez-moi l'enterrer.

L'un des soldats fit un geste menaçant avec la crosse de son fusil, et le petit groupe de femmes se resserra en maugréant. Si je n'avais pas déjà été dans la Résistance, je l'aurais rejointe ce jour-là.

Jamais de ma vie je n'eus autant à faire que durant les mois qui suivirent. Outre mon travail pour le réseau, j'aidais don Anselmo. Il me demandait parfois de collecter de la nourriture ou des médicaments dans une boutique tenue par un sympathisant. De temps en temps, je devais aussi prendre ou rendre un livre de sa part, à Castelmedici ou à San Damiano, « mais seulement si c'est sur ton chemin ». Sans compter les courses pour don Mauro, ou les messages à lui transmettre quand j'allais à Sainte-Catherine. J'acceptais toujours, et ne demandais jamais d'explication. C'était déjà bien assez que je sois au courant des armes dans le tunnel.

Il m'arrivait de partir à l'aube pour ne rentrer qu'au couvre-feu. À la maison, personne ne me posait de questions. Je trouvais le temps d'accomplir les corvées domestiques, même si je devais me lever bien avant qu'il fasse jour. Avec Enzo absent, et Achille encore plus sollicité que d'habitude, mon père devait s'occuper seul du garage. Ma mère hantait la maison, attendant le retour de son fils. Elle se moquait bien de savoir à quoi je m'occupais.

Au début, je demandais systématiquement à Achille des nouvelles d'Enzo quand il revenait de Santa Maria. Sans entrer dans les détails, bien entendu, il m'assurait que son ami allait bien et qu'il avait lui aussi demandé de mes nouvelles. Je ne suis pas convaincue que c'était le cas, du moins pas à chaque fois. Achille était gentil avec moi. Il lui arrivait même de transmettre un message à Enzo pour moi, griffonné sur le papier à cigarette que nous utilisions tous. Parfois, je recevais une réponse. Puis un jour, les réponses cessèrent, et j'arrêtai d'écrire. Et au bout d'un moment, je cessai de demander des nouvelles.

11

Tori

— À présent, je crains que nous ne devions parler gros sous, déclare Ambra Kurti.

Jeune, l'air sérieuse, elle porte un tailleur anthracite avec un rang de perles, ses cheveux noirs noués en chignon. Depuis la fenêtre de son bureau, on aperçoit le Royal Mile.

— Pouvez-vous m'expliquer comment fonctionnaient les finances dans votre foyer ?

Je ne m'attendais pas à cette question dès notre première visioconférence, et je ne suis pas prête. Me voyant hésiter, elle sourit.

— Je n'ai pas besoin que vous rentriez dans les détails. Si vous décidez de divorcer, votre époux et vous allez devoir remplir une déclaration de patrimoine. Mais tout ce que vous pourrez d'ores et déjà me dire m'aidera à me faire une idée de la situation.

— Eh bien, nous avions un compte joint pour tout ce qui concernait les dépenses courantes, expliqué-je. Mes revenus de pigiste allaient sur ce compte.

— Ce qui représente quoi ? demande Ambra. Que dit votre déclaration de revenus de l'année dernière ?

— Oh, je n'ai pas encore rempli ma déclaration. Mais mon travail d'auteure m'a rapporté *grosso modo* deux cent cinquante livres par mois, à quoi il faut rajouter d'autres petits boulots. Au total, ça représente dans les… quatorze, quinze mille livres. Plus la première avance sur mon livre, soit cinq mille. Mais il s'agit d'une rentrée d'argent exceptionnelle.

Ambra hoche la tête tout en prenant des notes.

— Bien. Et je présume que Duncan alimentait lui aussi le compte joint de son côté ?

— Il mettait trois cents livres par mois sur le compte joint. C'est le chiffre que nous nous sommes fixé quand on s'est marié, en 2008. Soit à peu près l'équivalent de mes revenus d'auteure de l'époque. Ça nous semblait équitable. En théorie tout du moins, car en réalité, il a dû couvrir la plupart de nos dépenses durant les deux premières années.

— Est-ce à dire qu'après cela votre contribution au compte joint n'a cessé d'augmenter mais pas la sienne ?

J'opine pendant qu'elle écrit, avant d'enchaîner :

— Si j'ai bien compris, il a contribué beaucoup moins que vous, sans même parler de votre avance sur droits d'auteure. Et en plus, le coût de la vie a considérablement renchéri depuis 2008.

— Oui, mais il n'avait pas les moyens de contribuer davantage. Le domaine engloutit jusqu'au dernier sou de ce qu'il gagne. On était constamment dans le rouge. Certains mois, il n'arrivait même pas à mettre ses trois cents livres sur le compte joint.

Ambra continue de prendre des notes, puis demande :

— Et à combien estimeriez-vous sa dette ? Combien d'argent vous devait-il quand vous avez quitté le domicile conjugal ?

— Je ne sais pas.

Ambra pose son stylo et me regarde.

— Vous ne vérifiez pas les comptes ?

— Euh, non, avoué-je. J'ai essayé, au début, de m'intéresser à la façon dont fonctionnait le château. Mais je voyais bien que Duncan se débattait pour essayer de garder la tête hors de l'eau et je ne voulais pas en rajouter. Si bien qu'au bout d'un moment j'ai fini par jeter l'éponge.

— Mais l'argent que vous gagniez servait à couvrir les dépenses courantes ?

— Oui.

— C'est-à-dire la nourriture, les vêtements, ce genre de choses ? Ou bien votre argent allait-il en partie au domaine ?

— En fait, il y a toujours des imprévus sur un domaine. Réparations, rénovations…

Ambra m'invite à continuer et je m'efforce de dresser l'inventaire de toutes les dépenses de ces derniers mois. Quand j'en viens aux clubs de golf, elle fronce les sourcils et souligne quelque chose dans son carnet.

— Quelle proportion de vos revenus était consacrée au domaine ?

— Presque tout. J'essayais de mettre de l'argent de côté pour payer les impôts, mais c'était ric-rac.

— Est-ce que Duncan vous consultait sur la manière dont le budget était ventilé ? Vous demandait-il l'autorisation de puiser dans vos économies ?

— Au début, oui. Mais ensuite… non. Et puis, il est vrai que je ne m'occupais guère des affaires du domaine. J'ai grandi dans une ville et je ne connais rien à l'élevage des saumons, à l'exploitation forestière ou à la chasse. Il allait donc de soi que Duncan s'en charge avec son administrateur. À part rapporter des sous, et à peine assez pour joindre les deux bouts, je ne pouvais guère l'aider.

— Hum… (L'expression d'Ambra demeure résolument neutre.) Tori, avez-vous participé d'une manière ou d'une autre à l'administration du château ? Vous avez mentionné des réceptions de mariages et des parties de chasse tout à l'heure. Vous étiez mise à contribution pour cela ?

— Oh, mais oui, je participais à la tenue de ce genre d'événements. Je jouais les maîtresses de maison.

— C'est-à-dire ?

— Eh bien, je veillais à renouveler les stocks des boissons, à établir des plans de table où les gens ne risquaient pas de s'étriper, à tranquilliser les jeunes mariées au bord de la crise de nerfs, à superviser le personnel… Et bien sûr, quand des jeunes couples ou autres venaient faire un repérage des lieux, c'était moi qui leur servais de guide. Je faisais essentiellement de la figuration.

— De la figuration, répète Ambra. Moi, je trouve au contraire que c'est un rôle de premier plan.

— C'est vrai que, par moments, ça pouvait être très prenant. La plupart du temps en fait. Mais comparé à toute l'énergie dépensée chaque jour par Duncan, ce n'était rien.

— Cela n'a rien à voir, déclare-t-elle d'un ton ferme. C'est une autre sorte d'activité. Mais ça n'en reste pas moins un travail, Tori. Engager des traiteurs, recevoir des hôtes, leur servir de guide… Il est nécessaire d'avoir un certain savoir-faire pour cela. Et si vous n'aviez pas été là, Duncan aurait dû payer quelqu'un pour s'en charger. À moins qu'il ne vous ait versé une compensation financière ?

— Non. Mais n'est-ce pas le rôle d'une femme mariée ? C'était ma contribution au domaine. À en croire Duncan, tout du moins.

— Le point de vue de Duncan est sans importance, affirme Ambra. Ce qu'il pense ou non ne nous intéresse pas, Tori. Il faut que vous vous mettiez ça dans le crâne. Tout l'argent que vous avez injecté dans le ménage, tout le travail que vous avez effectué sans contrepartie, ce n'est pas rien. Nous allons devoir estimer à combien cela revient précisément quand nous établirons la convention de divorce. Mais Duncan n'a pas été fair-play avec vous s'il vous a donné l'impression de n'être bonne à rien. Vous comprenez ?

Je ne comprends pas, tout du moins pas vraiment. Pas encore. Mais quelque chose, comme une sorte de colère froide profondément enfouie en moi, commence à me prendre aux tripes.

— Oui, sans doute, acquiescé-je.

12

Les dix mille mots sont enfin prêts le matin de la date limite fixée par Richenda. Je peaufine le texte comme je peux et le lui envoie. Elle me répond presque dans l'instant :

« Merci, mon chou. On se parle ASAP. Et maintenant, prends un peu de bon temps. »

C'est exactement ce que je devrais faire. Voilà plusieurs semaines que je suis à Florence et j'ai passé le plus clair de mon temps les yeux rivés sur l'écran de mon ordi. Le problème, c'est que je n'ai pas envie d'arrêter. Le projet m'enthousiasme, infiniment plus que *Ma vie de châtelaine*, que rédiger des articles sur les meilleures vestes en tweed à moins de cent cinquante livres ou pondre du texte pour le site d'un fournisseur d'alliages métalliques. Je n'ai pas ressenti une telle excitation depuis mes jours à Oxford, quand j'écrivais des essais pendant la journée et, le soir, des articles pour le *Cherwell*, la revue étudiante. J'espère que Richenda va réagir rapidement, et que je pourrai continuer.

Sans son feu vert, il ne rime à rien d'aller de l'avant. Sans compter que je suis sur les rotules. En fait, je suis arrivée ici totalement épuisée, et seule l'adrénaline me permet de tenir. Dès que je fais une pause, que je ferme les yeux et oublie le bourdonnement productif de mes neurones, l'épuisement s'abat sur moi. Et la tristesse. Une partie de moi n'a qu'une envie, se coucher et rester au lit pendant des jours. Mais c'est un luxe que je ne peux pas me permettre. Ici, je n'ai personne sur qui me reposer ; personne qui me préparera à dîner ou me réconfortera si je suis trop angoissée pour fonctionner. Mon instinct me souffle que je dois me préserver.

Quelle serait la réaction de Granny ? Ou, plus exactement, que ferais-je si Granny était avec moi ? Facile : j'irais au musée. Voilà qui devrait m'occuper, tout en me permettant de prendre un peu d'exercice. Et, avantage non négligeable, je me débarrasserais de la vague culpabilité que je ressens à vivre dans une des villes les plus culturelles du monde sans en profiter. Je ne vais cependant pas me coltiner les Offices, ni le Duomo, ni un autre de ces sites où je risque de devoir faire la queue. Heureusement, Florence regorge de musées qui, inexplicablement, restent sous les radars des touristes « esthètes », tout de lin vêtus.

Une recherche rapide sur mon téléphone m'indique que le plus proche est le Bargello, qui dans mon souvenir est charmant, pour autant que cette épithète puisse convenir à une ancienne prison médiévale. Il renferme de beaux bronzes, et je me rappelle avoir été émerveillée par un ensemble de sculptures – de Giambologna, si ma mémoire est bonne, ou un autre artiste dont le nom évoque de la charcuterie – qui représentait toutes sortes d'oiseaux, des hirondelles aux hiboux en passant par un énorme paon. Adjugé ! Ce sera le Bargello.

Au moment où je rassemble mes affaires, mon téléphone vibre. C'est un message de Charlie :

« Maman a les papiers de Granny. Veux-tu que je les passe en revue ? Mais je suis archi-occupée. »

Elle joint une photo qui montre une pile de boîtes d'archivage. Mon cœur fait un bond. J'espérais bien qu'il y en aurait, mais je ne m'attendais pas à un tel volume.

Je tape une réponse en vitesse.

« Waouh, merci de les avoir trouvés ! Peux-tu me les expédier ? Je sais que c'est galère, évidemment je te rembourserai. Tu me rendrais un super service. »

Charlie réplique en un éclair.

« D'accord, mais il y en a des tonnes. Granny ne jetait rien. Ça va te coûter un bras. »

« Pas de souci. Enfin, si ça ne te dérange pas de t'en occuper. Ils me seront très utiles. »

Elle met une plombe à envoyer le message suivant. Du moins, c'est ce qu'il me semble. Je m'attends à une de ses diatribes habituelles. Mais c'est une simple question.

« Ton adresse ? »

Ouf. Mes mains tremblent un peu.

« Via Dianora, 43, 50122 Firenze, Italie. Merci mille fois. Tu m'aides grave. Xxxxxxx. »

« OK, mais je t'aurai prévenue ! J'espère que tu as assez de place dans ton minuscule appart ! X. »

Elle dramatise, comme toujours ! Bien sûr que j'ai de quoi caser quelques boîtes. Il suffira de pousser un peu le canapé.

Le moral remonté à bloc, je pars d'un pas serein pour le Bargello. En arrivant en vue des sévères tours de pierre, je suis distraite par une de ces petites boutiques à touristes comme il y en a partout dans la ville, débordant de sacs à main de toutes les formes et de toutes les couleurs, tous estampillés de la fleur de lys florentine. Dehors, il y a un portant de fourre-tout dans des teintes estivales pastel, rose, jaune, lilas, vert amande, avec un carton indiquant cinquante euros au feutre rouge. Ils valent beaucoup moins, c'est clair, mais ils ont de l'allure, et sont assez grands pour contenir un ordinateur portable. Et puis surtout, ils sont jolis. Je m'approche pour jeter un œil. Le boutiquier sort et me regarde en souriant.

— Vous avez besoin d'un conseil ? me demande-t-il, en anglais, cela va de soi.

Je me suis résignée à ce que jamais, absolument jamais, on ne me prenne pour une Italienne. Au cas très improbable où des Italiens achèteraient dans cette boutique.

— Merci, je regarde ceux-là.

— C'est la nouvelle collection. Ils sont beaux et très pratiques. Voulez-vous en voir un ?

Il m'a répondu en italien, et je suis pleine de gratitude envers lui, comme chaque fois qu'on prend mes efforts linguistiques au sérieux.

J'hésite. Je ne suis pas sûre de pouvoir justifier un achat frivole alors que je ne tiens encore rien de tangible. Mais le propriétaire a déjà défait la chaîne. Il prend le premier, d'un jaune délicat, et l'ouvre pour me montrer l'intérieur. Basique. Le cuir n'est pas doublé et les coutures ne sont pas très régulières, mais c'est du solide. Il y a une poche fermée par une fermeture Éclair assez grande pour mon porte-monnaie, et une autre pour le téléphone. Un lacet en cuir assorti fait office de fermoir.

— Essayez-le !

C'est un ordre. Il pousse le sac dans ma main. Cela a beau être *cheap*, le cuir est moelleux comme du beurre. Je l'accroche à mon épaule, celle qui ne tient pas le Fendi de Granny. Les courroies sont longues et épaisses, l'ensemble a l'air robuste. Maman dirait que c'est de la camelote, bien entendu ; quant à Duncan…

— Quarante-cinq. Quatre-vingts pour deux.

Le vendeur a pris mon hésitation pour une tactique de marchandage.

Je décroche le sac de mon épaule et le contemple. Le jaune me plaît, il est gai. Le rose aussi. Et le vert amande. Ils me font penser à des dragées, ou à des œufs de Pâques.

— Et pour trois, c'est combien ?

— Écoute, me dit Chiara. Une séparation, c'est toujours difficile. Mais je ne comprends pas comment tu as pu épouser Duncan. Tu ne savais pas à quel genre d'homme tu avais affaire ?

Nous sommes installées à la terrasse de Procacci, via Tornabuoni. Chiara a bu à peine la moitié de son spritz et vaguement grignoté un de leurs fameux petits pains à la truffe. J'en ai englouti quatre, plus deux ou trois aux anchois, et attaqué mon deuxième verre. Je suis de bonne humeur. Cela ne fait pas de mal de se faire du bien pour une fois. Je n'ai aucune envie de parler de Duncan, ni de me justifier, et Chiara, qui manifeste son incompréhension en écarquillant les yeux, m'agace un tantinet.

— Il n'a pas toujours été comme cela. Quand nous avons commencé à sortir ensemble, il était charmant. Pas dans un sens superficiel. Nous étions très connectés. J'avais l'impression qu'il comprenait qui j'étais comme personne d'autre n'en serait jamais capable. Sans compter qu'il était super canon. Il l'est toujours, d'ailleurs.

— Vraiment ? Tu as une photo ?

— Une, oui.

Je fais défiler les photos sur mon portable. Je la trouve, le seul cliché de Duncan et moi que je n'ai pas pu me résoudre à effacer. Notre mariage, à l'église locale. Nous sommes dans les bras l'un de l'autre, lui trop beau, en kilt, et moi, rouge de joie dans ma robe de mariée toute de dentelle arachnéenne. Et là, sur le côté, c'est Granny. Une mèche argentée s'est détachée de son élégant chignon, elle tient une coupe de champagne, sa troisième, et agite l'autre main, en grande conversation avec le pasteur. C'est le cliché d'elle que je préfère, hélas.

— Grands dieux ! Il semble sorti tout droit d'*Outlander*. Je l'épouserais sans hésiter… enfin, si ce n'était pas un abruti.

— Soyons juste, à l'époque, il ne l'était pas, abruti. En tout cas, il ne donnait pas cette impression. C'est après le mariage que ça a changé.

— Comme ça, du jour au lendemain ? Il a cessé d'être un type sympa et compréhensif, et en plus avec un look de top-modèle ?

— Non, là est le problème, justement. C'est arrivé peu à peu. Au début, tout semblait normal. La lune de miel n'a qu'un temps, après tout. On se tapait sur les nerfs. En fait, c'était surtout moi qui l'irritais. On se chamaillait, puis on se réconciliait. Mais cela n'a fait qu'empirer. Des insultes, des critiques constantes, à petite dose, comme une perfusion. J'avais beau faire du mieux que je pouvais, il avait sans cesse quelque chose à redire, je ne trouvais jamais grâce à ses yeux. Jusqu'à ce qu'il aille trop loin.

— Les obsèques.

— Oui. Mais cela n'a été que la dernière goutte d'eau. Déjà, je n'en pouvais plus. Et lui, il était fâché contre moi en permanence. J'avais le moral dans les chaussettes. Je pense que j'ai été longtemps dans le déni.

Je me disais que tout s'arrangerait si je m'améliorais, si je travaillais plus dur… jusqu'au moment où c'est devenu intenable.

— Je comprends.

Il est clair que Chiara ne comprend rien. Elle me regarde avec la commisération stupéfaite d'une femme qui a toujours été traitée normalement et qui n'hésiterait pas un seul instant à larguer un type s'il se mettait à se conduire comme une brute avec elle. Je m'efforce de chasser Marco de mon esprit.

— Duncan est vraiment un enfoiré, conclut-elle.

— Certes.

— Ta famille devait le détester.

Une vague de honte me submerge.

— En fait, non. À part Granny. Ce qui explique qu'il l'ait toujours tenue à distance. Cependant, le reste de la famille… En fait, tout le monde ou presque le trouvait génial. Ses employés, ses amis, mes amis… enfin, ceux qui ont fait sa connaissance. Il se montrait charmant avec chacun. Gentil, travailleur, loyal, un vrai pilier de la communauté. Moi, qui le trouvais détestable, je croyais que je devenais folle. Parfois, j'ai encore des doutes.

— Je suis désolée pour toi.

Elle l'est, c'est évident. C'est d'ailleurs pour cette raison qu'elle m'a invitée à boire un verre et qu'elle n'arrête pas de me poser gentiment des questions sur ma vie privée depuis une demi-heure. Je me sens nulle.

— Nous allons devoir te trouver un Italien sympa, enchaîne-t-elle.

Zut, je pique un fard.

— Mais non ! C'est le dernier de mes soucis ! Vraiment, je n'ai qu'une envie, être seule.

Gros mensonge.

— Arrête. Ma mère, qui est française, dit toujours qu'un clou chasse l'autre… Désolée, dit comme cela, cela semble vulgaire. Ce n'était pas mon intention.

— J'aime bien les expressions de ta mère.

— Ah bon? Elle était convaincue qu'elle avait toujours raison. Et en l'occurrence, ce n'est pas faux. Les mecs bien ne manquent pas ici. À quoi bon rester fixée sur les autres ?

— Marco en fait partie, j'en suis sûre.

Je souhaite juste lui faire comprendre que je sais qu'ils sont ensemble et que cela ne me pose aucun problème, même si ce n'est pas l'exacte vérité. Le fait qu'elle m'ait dit que toutes ses clientes tombaient amoureuses de lui continue à me chiffonner.

Le visage de Chiara s'illumine.

— C'est clair, Marco, il est top ! Son genre, on aime ou on n'aime pas, mais c'est un amour. Drôle, gentil… et fidèle, bien sûr. Très intelligent en plus. Au lycée, c'était toujours lui qui récoltait les meilleures notes. C'est un miracle qu'il ne soit pas devenu arrogant et imbu de lui-même.

C'est pigé, pas la peine de remuer le couteau…

J'articule faiblement.

— Super. C'est vrai, il est génial.

Le portable de Chiara sonne.

— Quand on parle du loup… C'est lui, nous avons prévu de dîner ensemble. Il arrive. Au fait, pourquoi ne viendrais-tu pas avec nous ? J'ai réservé dans un resto qui fait un steak à la *fiorentina* à tomber par terre. Tu dois absolument goûter ça.

Elle est tout sourire, apparemment sincère. Mais l'idée de tenir la chandelle entre Marco et Chiara est au-dessus de mes forces. Je prends mon ton le plus convaincant.

— Désolée, j'adorerais mais je dois me remettre au travail. Une autre fois peut-être.

— Ton livre, je comprends. Beaucoup de pression, j'imagine.

Elle prend son porte-monnaie, je lui fais signe de me laisser la note.

— J'insiste.

— D'accord, mais la prochaine fois, c'est mon tour. Tu pourras tout me raconter sur ton travail. J'ai hâte de lire ce que tu écris. *Ciao ciao.*

Elle se lève et je la vois descendre la via Tornabuoni d'un pas alerte, en direction de l'Arno. Il ne fait aucun doute qu'elle est soulagée de ne pas avoir à se farcir ma présence par charité chrétienne, tandis qu'elle va rejoindre le génialissime amour de sa vie.

La nuit tombe mais il fait encore chaud. Je me demande comment je vais tenir tout l'été. J'ai beau me tartiner d'écran total dix fois par jour, mes bras sont couverts de taches de rousseur et j'ai cette teinte rose autour de l'encolure qui est la marque des pâles Anglaises quand elles s'aventurent au sud. Voilà qui me rappelle une fois encore que je resterai toujours une étrangère ici, et la tristesse qui rôdait à l'orée de ma conscience s'engouffre dans la brèche.

13

Je suis sans nouvelles de Richenda depuis presque une semaine. Les jours rallongent, il fait de plus en plus chaud. Malgré une folle envie de me prélasser au lit, je résiste et cours les musées – au minimum un par jour. Je m'oblige à contempler les armures, les bustes de marbre et les tableaux de gens nus dans des situations improbables, mais je garde mon téléphone à la main, et chaque fois que je reçois une alerte de message, je sursaute.

Je suis (pour la énième fois) au Palazzo Vecchio quand un message de Chiara me parvient :

« *Ciao !* Un ami à moi organise un vernissage ce soir, ça te dit ? Je pense qu'on va bien s'amuser. »

Mon cœur chavire. Chiara m'a appelée plusieurs fois pour me proposer de déjeuner ou de prendre un pot ensemble, et chaque fois j'ai décliné son invitation en invoquant mon travail. Ce n'est pas correct, je sais, mais je suis une boule de nerfs et je n'ai pas envie d'imposer mes états d'âme à quiconque.

Je réponds :

« Désolée ! J'ai un boulot urgent sur le feu, mais c'est très gentil à toi de m'inviter. Tous mes vœux de succès à ton ami. »

Elle répond presque instantanément :

« Tu es sûre de ne pas pouvoir venir, même pour quelques minutes ? Marco sera là et il sera ravi de te voir. »

Gloups. J'ai reçu un e-mail de Marco depuis la fois où nous nous sommes vus à Ditta Artigianale. Il voulait savoir comment ça s'était passé avec Ambra et si j'allais choisir de divorcer selon la loi écossaise ou italienne. J'ai répondu la loi écossaise et qu'Ambra était géniale. Il a dit : « super, j'espère que tout ira bien ». C'est cool de sa part, bien sûr, mais ça n'est pas non plus une déclaration du style « je crève d'envie de te revoir ». En outre, plus j'apprends à connaître Chiara – une chic fille, un chouia envahissante, mais déterminée à devenir ma copine –, moins je me vois passant la soirée avec son petit ami me tenant la main. Même si je suis certaine que c'était un geste parfaitement innocent de la part de Marco. Et si ça ne l'était pas, c'est encore pire. Non, décidément, je ne le sens pas.

Je réponds :

« Navrée. J'aurais adoré venir, mais ce n'est pas possible. »

Puis je fourre mon téléphone tout au fond de mon sac à main vert pistache, là où je suis sûre qu'il ne me dérangera pas.

Une demi-heure plus tard, je suis dans la salle des Lys en train d'admirer les murs ornés de lys d'or sur fond azur quand je perçois très distinctement une vibration contre ma jambe. C'est une longue vibration annonçant un appel entrant. Je repêche mon téléphone et constate qu'il y a trois appels manqués, tous de Richenda. Merde. Je me rue vers les escaliers. Quand j'atteins la cour d'entrée, mon cœur bat à tout rompre et je sue à grosses gouttes dans mon joli petit haut fleuri. J'enfonce la touche de rappel et ferme les yeux.

— Tori ! Merci de me rappeler. (Elle a l'air de bonne humeur, ce qui est rassurant.) Je ne t'interromps pas en pleine nouba au moins ?

— Non, non. J'étais… au musée, en fait. Désolée.

— Bon sang, tu ne sais vraiment pas t'amuser. Écoute, dit-elle, l'air soudain grave. Il faut qu'on parle de ces feuillets que tu m'as envoyés. Je ne peux pas décemment montrer ça à Tim Swithins.

— Je vois.

J'ai besoin de m'asseoir. Je cherche un banc des yeux, mais n'en voyant aucun, je m'adosse à une colonnade, dans une attitude faussement nonchalante.

— Je ne suis pas en train de dire que c'est terrible, déclare Richenda. Je vois clairement ce que tu cherches à faire. Mais Tori, ma poulette… ce truc de marcher dans les pas de ta grand-mère – qui était certainement quelqu'un d'adorable, cela dit –, c'est… tellement intimiste. En demi-teinte. Anita Brookner aurait pu l'écrire.

— Oh, merci, dis-je, quelque peu reboostée par ce que j'interprète comme un compliment.

— Non, non, on s'est mal comprises. Tu sais que j'adore ta façon d'écrire, mais tu n'es pas Anita Brookner et, pour être tout à fait franche, je ne vois pas pourquoi tu cherches à l'imiter. Tu sais bien que ce qu'attend Swithins, c'est de la légèreté. Un truc agréable à lire, enlevé, pertinent et un poil sexy. Pourquoi n'y a-t-il pas de sexe du tout, d'ailleurs ? Je ne demande pas *Cinquante nuances de Grey*, ni rien de ce genre, mais un peu de piment ne serait pas de trop.

— Il n'y en a pas… parce que c'est le calme plat ici.
— Quoi ! Pas même une touche ? Mais, et ce Marco ?
— C'est juste un ami.

Mes tempes commencent à bourdonner et une oppressante sensation de chaleur m'envahit la poitrine.

— Vraiment ? renifle Richenda. Dans ce cas, comment se fait-il que je sache quelle est la marque de son parfum ?

Argh.

— Et donc, on décide quoi ?

— Pour ton bout d'essai ? Ma foi, même si Swithins était d'accord – ce dont je doute –, on est très loin du compte. Je sais que tu n'avais que quelques jours et que personne ne s'attendait à un premier jet parfait, mais il faudrait que tu trouves une ligne directrice forte, pour qu'on sache dès les premières lignes où tu veux en venir. Je l'ai lu et relu, et ça ne m'a pas convaincue. Je n'arrive pas à savoir où tu emmènes le lecteur. Je n'ai pas l'impression que tu le saches toi-même.

— Je vois.

J'ai dit ça d'une voix d'outre-tombe, mais j'ai la gorge serrée et les yeux qui picotent. Je n'ai pas envie de fondre en larmes, ici, en public, parmi toutes ces fresques.

Richenda laisse passer quelques secondes de silence.

— Je suis navrée, dit-elle d'une voix radoucie. Je sais ce que tu ressens et tu as beaucoup de mérite d'avoir abattu tout ce travail en ces moments difficiles. Tu as beaucoup de courage. Mais je ne peux pas leur remettre un bout d'essai qui risquerait de te disqualifier à leurs yeux. Ce ne serait bon ni pour toi ni pour moi. Tu comprends ?

— Oui.

— Bien. Donc, voici ce que je te propose. Tu vas prendre ton week-end et réfléchir sérieusement à ce que tu veux raconter dans ton livre : à propos de toi, ta grand-mère, et tout ce qui t'intéresse. Ensuite, tu vas synthétiser au maximum. Pas en une page ou un paragraphe, mais en une simple phrase. Et lundi, tu vas me rappeler pour me dire ce qu'il en est, et on essaiera de rendre quelque chose d'impeccable.

— Mais on n'a pas le temps, protesté-je.

— On n'en a pas beaucoup mais on a une marge, car il se trouve que Tim est en vacances quelque part dans les Alpes françaises, ou suisses, jusqu'à vendredi prochain, autrement dit lundi de la semaine suivante. Alors, quoique sans aucune garantie, il n'est pas dit qu'on n'y arrive pas.

— OK, dis-je. Merci, Richenda.

Elle rit.

— Oh, ma poulette, tu as l'air au quatrième dessous. Essaie de bien dormir cette nuit, siffle-toi un negroni ou deux au besoin. Les idées viennent plus facilement quand on est reposé. Tu promets ?

— Je te promets.

— Et passe donc un coup de fil à ce charmant Marco, parce qu'il est évident que tu en pinces pour lui. *Ciao ciao.*

Elle raccroche avant que j'aie pu protester.

Après ça, je file *illico* à la maison, je me couche et je dors comme une souche. Il est presque midi quand je me réveille. Toujours à demi endormie, je suis en train de me préparer un café quand la sonnette retentit avec insistance.

— Oh non, maugréé-je, en espérant que l'intrus va renoncer et tourner les talons.

Mais la sonnette continue de carillonner et mon téléphone se met à sonner de son côté.

— Purée ! (Je m'approche en titubant de la porte.) C'est pour quoi ?

— *Corriere !* aboie une voix d'homme dans l'interphone.

Le courrier ? Aurais-je fait du shopping en ligne dans mon sommeil ? Je reste un moment sans réagir, abasourdie et groggy, puis la sonnette se remet à tinter à petits coups stridents qui vous tapent sur les nerfs. J'enfonce le bouton et entends s'ouvrir la grande porte du rez-de-chaussée. J'entrebâille discrètement la porte palière et jette un coup d'œil dans la cage d'escalier.

Il y a deux coursiers dans le hall. Deux coursiers avec des caisses pleines de paperasse. L'un des deux hommes – un rougeaud trapu – lève la tête et m'aperçoit.

— *Arrivo !* me lance-t-il en commençant à gravir les marches.

Mince ! Ce sont sûrement les lettres de Granny. Oh, mon Dieu !

L'homme entre et demande :

— Je mets ça où ?

— Ici, je vous prie, dis-je en désignant un endroit dans le séjour, à côté de la table basse.

Il me lance un regard incrédule.

— Dans ce cas, il va falloir trouver de la place.

Il balance les caisses à terre et entreprend de repousser le sofa contre le mur.

— Eh, Carmine ! s'écrie une voix derrière moi. Où est-ce que je mets ça ?

Le deuxième coursier est moins trapu, mais tout aussi rougeaud.

— Là, indique Carmine en pointant le petit espace libre.

L'autre fait la grimace.

— Mais vous êtes sûre que ça va tenir ? s'inquiète-t-il, tout aussi incrédule que son collègue.

— C'est tout l'espace dont je dispose, expliqué-je tandis que les deux hommes échangent un regard consterné.

— Il n'y a pas d'ascenseur, malheureusement, m'excusé-je, sincèrement désolée.

Carmine secoue la tête.

— C'est nous qui sommes désolés pour vous, dit-il, puis il disparaît dans l'escalier avec son collègue.

Après plusieurs allées et venues, toutes les caisses sont là. Quand ils ont terminé, mon séjour ressemble à un labyrinthe. Carmine et son comparse – qui s'appelle Andrea – prennent une tasse de café avec des tonnes de sucre, puis s'en vont en me souhaitant bonne chance.

Il y a tout de même une consolation, songé-je en contemplant la montagne de caisses. S'il existe une source d'inspiration, un truc irrésistible pour raconter mon histoire et celle de Granny, elle ne peut être qu'ici. Et j'ai le week-end pour la trouver.

14

Le problème, c'est qu'il n'y a pas de système. Pas l'ombre d'un fichu système.

Les boîtes ne sont même pas étiquetées. Ça commence mal. Quant au contenu, lettres et papiers en tout genre, il a été jeté là pêle-mêle, de sorte qu'un billet manuscrit de 1965 voisine avec un carton d'invitation à une soirée en 1984. La personne qui a rassemblé le tout – Maman, ou quelqu'un sous ses ordres – ne s'est aucunement préoccupée d'y mettre de l'ordre. Bon, je devrais sans doute lui être reconnaissante qu'ils n'aient pas fini dans la broyeuse.

Je change de position sur le plancher, afin de ramener à la vie mes jambes et mon postérieur engourdis. La nuit va bientôt tomber. Depuis le départ de Carmine et Andrea, j'ai passé en revue le contenu de quelques boîtes. J'ai mis de côté ce qui pouvait sembler intéressant, le classant par ordre chronologique. Plus ou moins. Presque toute la correspondance privée est en italien. Super, mais le problème, avec ces lettres, c'est précisément qu'elles sont privées. Chaque fois que je tente d'en lire une, je tombe sur des noms qui me sont inconnus, des signatures indéchiffrables et des événements qui ne m'évoquent rien. Sans compter tous les mots que je ne comprends pas. J'ai vidé trois grandes tasses de café et englouti une quantité excessive de biscuits au chocolat, j'ai un début de torticolis, et toute cette entreprise m'apparaît de plus en plus insensée. Sauf si j'ai un sacré coup de chance et que, par exemple, le prochain papier est une lettre d'amour du pape, je n'aurai rien à donner à Richenda lundi. Il me faudrait de l'aide.

En théorie, il y a deux personnes auxquelles je peux faire appel. Marco et Chiara. Marco, c'est exclu. Certes, c'est lui qui m'a donné l'idée des archives, et oui, l'idée semblait l'enthousiasmer, mais je l'évite. D'ailleurs, il ne m'a pas rappelée. N'oublions pas qu'il est en couple avec Chiara. Tous deux forment un tout, socialement. Je ne peux pas appeler son jules et lui demander de venir chez moi examiner les lettres de ma grand-mère. Ce serait chelou, comme si je l'invitais dans ma chambre pour admirer mes estampes japonaises.

Il reste donc Chiara. Mais toute la semaine, j'ai esquivé ses invitations. Je ne me vois pas trop lui passer un coup de fil du genre : « Écoute, je sais que je n'étais pas dispo ces jours-ci, mais, au fait, tu n'aurais pas envie de passer ton samedi soir à m'aider à fouiller dans un énorme tas de vieux papiers sans intérêt ? La pizza est pour moi. »

Je contemple la pile de boîtes en carton. Et le tas de lettres par terre. Depuis quelques semaines, je trouve ma vie géniale. Que va-t-il advenir de moi si je romps le premier contrat que j'aie jamais obtenu pour un livre ? Je risque d'être condamnée à écrire sur les vestes de pêche ou les alliages de nickel pour le restant de mes jours.

Je prends mon portable.

*

— *Madonna !*

Chiara est figée sur le pas de ma porte, un sachet de traiteur à la main.

— Je sais. Il y en a une montagne. Je n'ai pas le temps de tout passer en revue, mais si tu pouvais parcourir certaines des lettres que j'ai mises de côté et me dire si tu vois quoi que ce soit d'intéressant, je t'en serais éternellement reconnaissante. Tu iras beaucoup plus vite que moi.

Chiara pose le sachet sur la boîte la plus proche et vient voir les papiers que j'ai entassés sur le canapé.

— Pas de souci. C'est ce que tu as sorti du lot jusqu'à présent ?

— Oui. Je ne compte pas y trouver grand-chose, mais je me dis qu'il y a peut-être un détail ou deux qui pourraient intéresser mon éditeur.

Elle me lance un regard perplexe. Je lui explique en vitesse l'histoire de *Ma vie de châtelaine* et les tentatives de Richenda pour garder mon contrat.

Chiara s'assied sur un accoudoir du canapé. Elle montre une certaine stupéfaction, presque blessée.

— Je n'imaginais pas. Tu dois être stressée grave.

— Je ne t'en ai pas parlé. J'aurais dû, sans doute.

— Oui. Pourquoi ne m'as-tu rien dit, Tori ?

— Excuse-moi. Je suis la dernière des idiotes.

— C'est toi qui te sens idiote ? J'essayais de te trouver un plan pendant que tu te débattais au milieu de cette pagaille ! Tu as dû me prendre pour une emmerdeuse de première.

— Comment cela, me trouver un plan ?

Chiara écarte les papiers pour faire de la place et s'installe sur le canapé.

— Oh, c'est bête, mais je me suis dit que tu serais parfaite pour Marco. Même si tu as clairement beaucoup trop à faire pour penser aux mecs. Même si… je ne sais pas, il n'arrête pas de me parler de toi et, vu ce que tu me dis de lui… je pensais qu'il y avait un plan dans l'air.

— Quoi ?

Chiara lève les deux mains.

— Oui, je sais, je me mêle de ce qui ne me regarde pas. Je suis presque pire que ma mère.

— Non, ce n'est pas ce que je voulais dire. Mais, Marco et toi, vous n'êtes pas ensemble ?

— Moi avec Marco ? (Elle éclate de rire.) Mais non, il n'est pas du tout mon genre. Moi, j'aime bien les… (Elle esquisse la forme d'une armoire à glace.) Je sais, un peu macho. Cela dit, je suis sûre qu'il n'est pas… qu'il peut… *Oddio !*

Le fou rire la prend pour de bon cette fois, et je commence à me sentir légèrement vexée.

Elle sort un Kleenex de sa poche.

— Merde, mon mascara ! Bon, Tori. Entre Marco et moi, c'est autre chose. Nous nous connaissons depuis toujours. Littéralement. Nos mères étaient amies avant notre naissance. Il était enfant unique, et moi, je n'avais qu'une demi-sœur, beaucoup plus grande que moi, qui n'avait aucune envie de se farcir la compagnie d'une morveuse de mon espèce. Du coup, avec Marco, on jouait tout le temps ensemble. Puis nous sommes allés à la même université. Je l'adore, mais il est comme un frère pour moi. Je ne peux pas l'imaginer autrement. Toi, en revanche…

Elle me lance un regard avisé.

Je souris. Béatement.

— OK, Tori, je ne vais pas m'en mêler davantage. Je suis ravie de pouvoir t'aider avec tes papiers. Ou bien…

— Ou bien quoi ?

— Garde les sandwichs, ouvre une bonne bouteille et appelle la personne à laquelle tu avais pensé en premier. Je ne me formaliserai pas le moins du monde. S'il dit non, je reste avec toi, bien entendu. Mais mon petit doigt me souffle qu'il va accepter. Et reconnais-le, je ne me suis pas trompée jusqu'à présent. Tu ne vas pas me priver du plaisir d'avoir encore raison ?

Marco ne refuse pas. D'ailleurs, dès que je lui raconte que j'ai récupéré les papiers de Granny, et qu'il y en a une tonne, il me propose immédiatement son aide.

— Peux-tu venir ce soir ?

— Bien sûr. J'arrive.

— C'est génial. Merci mille fois.

Chiara, qui attendait près de la porte, lance un poing en l'air et esquisse une petite danse de victoire. « J'y vais, bonne chance », articule-t-elle silencieusement. Elle disparaît avant que j'aie le temps de la remercier et referme la porte sans bruit derrière elle.

— Qu'est-ce que je peux apporter ? demande Marco.

— Rien du tout. Déjà, tu me rends un immense service en venant. Je suis sous pression. Je dois parler avec mon agente lundi et… bon, je t'expliquerai quand tu seras là. Je te préviens, nous allons en avoir pour un moment. J'ai du vin et des sandwichs, et je pourrai commander des pizzas. Ou ce dont tu as besoin pour carburer.

— Je vois. Un texte à rendre le lendemain, des recherches, des pizzas… Tu me ramènes direct en fac de droit ! plaisante Marco. C'est bon. À toute.

J'ai à peine le temps de me brosser les cheveux, de changer de tee-shirt, d'ouvrir la bouteille et de disposer les sandwichs sur une assiette que Marco est déjà là. Je m'attendais à le voir dans un de ses costards parfaits, ou une tenue *casual* chic sortie de *Vogue Hommes*, mais non. Il est en jean et tee-shirt noir et je dois dire que… ça le fait ! Je ne l'avais jamais vu bras nus. Il est musclé juste ce qu'il faut et, Dieu du ciel, il a même un tatouage ! Une simple forme géométrique sur le biceps droit.

— On mange un morceau avant ? lance-t-il en brandissant un sac en papier.

— Avant ? répété-je, un rien hébétée.

— Oui. Je me concentre mieux quand j'ai le ventre plein et ce que j'ai apporté est meilleur chaud.

Il me plante une bise sur la joue et file droit vers le coin cuisine. Il pose le sac sur le plan de travail, en retire plusieurs barquettes et un tas de serviettes en papier.

— Je suis passé chez mon traiteur sicilien préféré. J'ai pris des *arancini* et un assortiment de croquettes frites. Ça se mange avec les mains.

Il retire les couvercles. Un parfum appétissant parvient à mes narines.

— Miam ! Ça a l'air délicieux.

— Et ça l'est ! Mais un peu de vin s'impose pour la santé de nos artères. Je vois que tu as déjà ouvert la bouteille. Bravo pour l'organisation.

— Merci.

En fait, je me dis que j'ai mal joué. J'aurais bien aimé le voir manier le tire-bouchon.

Il remplit un verre et me le tend. Je prends quelques assiettes, répartis les sandwichs et les spécialités siciliennes, et nous nous frayons un chemin jusqu'au canapé entre les caisses d'archives.

— Alors, raconte. Qu'est-ce que je dois faire ?

— Attends.

Je viens d'engouffrer une bouchée d'*arancino*. Un mélange de riz, de viande et de mozzarella fondue. C'est délectable, et brûlant. Je dois avaler une gorgée de vin pour me rafraîchir la bouche. Quand je peux parler, je lui raconte le premier livre abandonné, puis le nouveau projet, et le reste.

— Ah, je comprends mieux pourquoi tu n'as pas donné signe de vie.

— Moi ?

Je suis tendue, hyperconsciente de sa présence physique à côté de moi. Du coup, j'ai pris un ton vexé, plus que je ne le voudrais.

Il se contente de me sourire.

— Je voulais prendre des nouvelles et te proposer d'aller boire un verre, mais je savais que tu étais très occupée. Chiara n'arrêtait pas de me dire que tu étais débordée et qu'elle n'arrivait même pas à te convaincre de sortir avec elle. J'ai préféré te ficher la paix. J'espère que tu n'as pas imaginé que je te battais froid.

— Non. Pas du tout.

Pur mensonge.

— Bon, quoi qu'il en soit, j'attends tes ordres. Tu peux me demander ce que tu veux.

Il y va fort ! J'ai l'impression que tout mon corps pique un fard.

— Eh bien…

— C'est pour l'italien, n'est-ce pas ? Peut-être que je peux parcourir à ta place les documents qui te semblent intéressants. Cela permettra de gagner du temps.

J'avale une autre gorgée de vin, même si je ne suis pas certaine que ce soit une bonne idée.

— J'en ai déjà mis quelques-uns de côté. Ils sont empilés sur ta droite.

— D'accord. Et qu'est-ce que je dois chercher, exactement ?

— À dire vrai, je ne sais pas. N'importe quoi qui sort de l'ordinaire, qui te donne envie d'aller voir de plus près.

— Je vois que ma mission est un peu vague. (Devant mon regard noir, il ajoute :) Mais ouverte, intéressante. Pas de souci, Tori. Après tout ce que tu m'as raconté, je suis convaincu que nous allons trouver une pépite en moins de deux. Ta grand-mère avait un tas d'amis, dit-il en commençant à parcourir les documents.

— Je sais.

— Ils lui écrivaient des lettres interminables. Tous avaient de graves problèmes de santé on dirait.

— Je sais.

— Et ils signent de leur prénom. Toujours. Pas un seul nom de famille.

De ma position sur le plancher, je lève les yeux vers lui. Il est affalé dans le canapé, une main devant les yeux, une lettre sur ses genoux. Il semble aussi éreinté que moi, et, franchement, je ne peux pas lui en vouloir.

Il est minuit passé et il ne nous reste que deux boîtes. Notre recherche n'a rien donné. Il y a diverses lettres signées « Maria », mais elles sont de plusieurs écritures, et aucune ne mentionne Giuseppe, ou Niccolò, ni rien qui pourrait suggérer que certaines sont de la Maria que je connaissais.

— C'est étrange. Je pensais qu'il y en aurait plus.

— Plus d'archives ? Tu plaisantes, j'espère.

— Non, plus de références aux gens dont je me souviens. Elle retournait encore et toujours au même café chaque fois que nous venions à Florence. Mais il n'y a pas la moindre mention du couple qui le tenait. Je ne comprends pas.

— Peut-être qu'ils ne sont pas importants. Pas pour ton projet, en tout cas.

— Peut-être. Mais c'est bizarre.

Marco soupire, pose la lettre à côté de lui et étire son dos en levant les bras au-dessus de sa tête. Je me force à ne pas le regarder.

— OK. Passons à la boîte suivante.

Je lâche un gémissement.

— Non. Ça suffit.

— Allez, Tori. On est presque au bout. Il nous reste quoi ? À peu près une heure de travail. On peut y arriver.

— Toi, peut-être. Moi, j'y suis depuis ce matin.

Je me hisse sur le canapé et m'y vautre, reposant la tête contre le dossier. Il est trop bas, et ça me fait mal au cou.

— Au fait, monsieur l'avocat, d'après la loi italienne, est-ce que j'ai le droit de remplacer le canapé dans une location meublée ?

— Oui, mais tu devras confier celui-ci au garde-meuble à tes frais. Bon, on s'y remet. Juste une boîte, une dernière. On ne sait jamais. On va peut-être tirer le gros lot.

Je me tourne vers lui. Il est épuisé mais conserve une étincelle d'enthousiasme.

— Je ne te comprends pas.

— Écoute, si les défis m'effrayaient, ou que j'étais allergique au travail, j'aurais évité les études de droit.

— C'est bon. Mais si on ne trouve rien dans celle-là, tu me devras un negroni.

— Et si on trouve une perle, tu m'en devras deux.

— Marché conclu.

Je tire vers moi l'une des deux boîtes restantes et retire le couvercle.

— Waouh, elle ne ressemble pas aux autres !

En effet, elle est remplie à ras bord de classeurs. À l'ancienne, en carton. J'ouvre le premier. Il est plein de lettres manuscrites en italien.

— C'est pour toi, annoncé-je en déversant le paquet sur ses genoux.

— Super ! Je sens que je vais gagner mes deux negroni.

Je souris et tire un autre classeur. Je suis en train de le passer en revue quand j'entends Marco s'exclamer.

— Attends !

— Qu'est-ce qu'il y a ?

— C'est incroyable. Absolument incroyable. Regarde !

Je me tourne vers lui. Il tient un feuillet du bout des doigts, avec précaution, comme si c'était une relique ou une grenade dégoupillée. C'est d'ailleurs ce qu'on pourrait croire à en juger par son expression.

— Qu'est-ce que c'est ?

— Une lettre… Bon sang, je n'en crois pas mes yeux… Une lettre signée de Guido Comacchi.

— Qui ça ?

— Guido Comacchi. « Le » Guido Comacchi.

— Tu veux dire… comme les voitures ?

— Oui. Le constructeur automobile. L'équipe de Formule 1. Tu le connais forcément.

— Peu importe. Que dit la lettre ?

— Oh… Voyons un peu. « Ma chère Rita… » Tori, tu es sûre que tu veux entendre la suite ?

— Évidemment. Pourquoi ne voudrais-je pas ?

— C'est peut-être intime. Très intime. Comacchi était réputé comme…

— Un homme à femmes ?

— Quelque chose dans ce genre-là.

— Raison de plus pour que j'aie envie de savoir !

— Bon, puisque tu insistes… (Il s'éclaircit la voix.) « Ma chère Rita, la nouvelle du décès de notre cher Achille m'a bouleversé. Je ne l'ai pas fréquenté longtemps, mais j'ai vu en lui un être rare, et je me sentais très proche de lui. J'espérais… waouh !… J'espérais le convaincre de faire partie de mon écurie un de ces jours. Hélas, cela n'arrivera pas. Mais c'est surtout pour vous que je suis triste, vous qui avez perdu un fiancé aussi exceptionnel. Nous vous adressons toutes nos condoléances. Si jamais je peux faire quoi que ce soit pour vous, n'hésitez pas à m'en informer. Je reste votre dévoué… *et cætera.* »

Marco s'essuie les yeux du revers de la main. Moi aussi, je suis très émue.

— Je me demande qui c'était, cet Achille si valeureux.

— J'ai comme une idée.

Marco repose la lettre et prend son portable. Quelques tapotements sur l'écran, et il me montre une photo en noir et blanc. Un jeune homme souriant, la tignasse brune ramenée sur le sommet de la tête, qui pose fièrement à côté d'une voiture de course ancienne. Il est en salopette et arbore un air quelque peu fanfaron. Il exprime une audace irrésistible, comme ces pionniers de l'aviation qu'on voit dans les vieux films. Une masculinité triomphante.

— Achille Infuriati. Le Diable rouge du Valdana. Le pilote champion de la *Scuderia Guelfa*. Et, apparemment, quelqu'un de très important pour ta grand-mère.

15
Stella

Ce printemps-là a été marqué par un événement que je n'oublierai jamais : la fois où Achille a tué l'Allemand. C'était une soirée de mai tout ce qu'il y a d'ordinaire.

J'avais fini mes devoirs et j'étais en train de récurer la cuisine afin de prendre de l'avance sur les tâches ménagères du lendemain. Achille était allé à Santa Marta pour régler une affaire. Ma mère se trouvait dans le salon, comme à son habitude, et mon père finissait de dîner à la table de la cuisine. Lui et moi gardions un œil sur la pendule, car l'heure du couvre-feu approchait – et se faire cueillir dans la rue après le couvre-feu, comme tant d'autres choses, était puni de mort.

— Je vais aller voir si Maman a besoin de quelque chose, ai-je dit, tandis que la grande aiguille poursuivait inexorablement sa course sur le cadran.

Papa a secoué la tête.

— Mieux vaut ne pas la déranger.

Comme je m'approchais pour débarrasser son assiette, il m'a agrippé le bras et l'a serré brièvement.

Au même instant, le vrombissement nasillard de la moto a retenti, suivi du cri de ma mère. Mais cette fois, au lieu d'un cri de joie, c'était un cri d'horreur. La porte s'est ouverte à la volée et Achille est entré, son foulard rouge de travers et le plastron de sa chemise éclaboussé de sang.

— Ce n'est pas le mien, le sang ! s'est-il exclamé. (Et quand Maman s'est approchée, affolée, il lui a dit :) Laisse-moi tranquille ! S'il te plaît, je n'ai pas besoin de ça.

Papa s'est levé. Maman s'est précipitée pour se blottir dans ses bras, comme une gamine apeurée.

— Que s'est-il passé ? a demandé Papa d'une voix impérieuse.

On ne cherchait pas à répliquer quand il prenait ce ton.

Achille a inspiré profondément, puis il a déballé toute l'histoire d'une traite. Il était en train de rentrer à la maison quand il a reconnu le rugissement d'une moto BMW derrière lui. C'était une estafette allemande.

— J'étais piégé. Il était plus rapide que moi, et nous étions dans une ligne droite – il aurait pu m'abattre à bout portant sans problème. J'ai pensé qu'avec un peu de chance il s'agissait d'un hasard et que nous allions tous les deux dans la même direction. J'ai pris à gauche au premier croisement, puis au nord, pour voir… Et il m'a emboîté le pas. J'ai à nouveau bifurqué à gauche, et il m'a suivi. Il était bel et bien à mes trousses.

— À quoi peux-tu t'attendre avec ce chiffon rouge autour du cou ? a dit ma mère.

Achille n'a pas relevé.

— J'ai compris que j'allais devoir prendre par les collines et rouler sur de petites routes, car ainsi j'aurais l'avantage, même si je ne savais pas comment j'allais pouvoir m'en dépêtrer. J'ai continué à tourner et à virer mais il me suivait toujours. Et c'est quand j'ai vu le panneau de Sant'Appiano que j'ai su ce que je devais faire.

— La maison des Rossi, a complété mon père.

Achille a hoché la tête.

— Tout juste.

Comme Maman et moi n'avions pas l'air de comprendre, il nous a expliqué que près du village de Sant'Appiano, de l'autre côté du campement des monarchistes, se trouvait une sorte de ville fantôme : une ferme à l'abandon, à la suite de la faillite de ses propriétaires dans les années 1920. La route pour aller là-bas était étroite et flanquée de petites maisons en rangée où étaient logés les ouvriers agricoles à l'époque.

— Enzo, Sandro et moi, on allait souvent traîner là-bas, a poursuivi Achille. Il y a un virage sans visibilité à cet endroit, et au bout du virage, la première masure de la rangée déborde sur le sentier, si bien que si on ne le sait pas, on fonce droit dans le mur. Moi, je l'ai évitée, mais pas lui.

À présent, son visage s'animait. En dépit du choc, il commençait à prendre plaisir à raconter.

— Comme je voulais qu'il reste parfaitement dans ma trajectoire, je n'ai pas trop accéléré. À plusieurs reprises, j'ai rétrogradé pour faire rugir le moteur et donner l'impression que j'avais un problème avec ma boîte de vitesses. Il est tombé dans le panneau. Il m'a suivi et s'est pris le mur de plein fouet.

— Ah ! Bravo, mon garçon ! s'est exclamé Papa.

— Il s'est retrouvé en travers du chemin avec sa moto sur lui. Il serait mort de toute façon, mais je ne voulais pas prendre de risques. Sa main s'est posée sur l'étui à pistolet qui contenait son Beretta accroché à sa ceinture. (Et il a répété :) Je ne voulais pas prendre de risques.

Pendant un moment, plus personne n'a rien dit. On connaissait par cœur la liste des sanctions en pareil cas. Pour chaque soldat allemand tué par un partisan, dix personnes seraient condamnées à la pendaison. J'ai repensé à ce que j'avais vu à Castelmedici.

— Qu'as-tu fait du corps ? ai-je demandé.

Tous les trois m'ont regardée comme si j'avais surgi de nulle part. Ils avaient oublié que j'étais là.

— Je l'ai fait rouler à l'écart de la route et recouvert avec des branches, a dit Achille. Avec un peu de chance, les sangliers vont le trouver. J'ai pris son casque et ses plaques d'identité.

— Et la moto ? a voulu savoir mon père.

— Je l'ai planquée dans une des masures, avec son flingue. Je pourrai y retourner quand… quand la voie sera libre. Papa, il faut que tu voies cette bécane. C'est un vrai bijou !

— Pas question de ramener ce machin à la maison, s'est insurgée Maman. S'ils le trouvent, on est morts.

— Dans ce cas, je vais chercher un endroit où la planquer. Il y a une vieille grange juste en haut de la colline.

— En voilà assez, a coupé Papa. Ce n'est pas le moment de parler de ça. Il faut déjà voir ce qui va se passer… (Il s'est éclairci la voix avant d'ajouter :) Les représailles et tout. Et maintenant, mon garçon, tu vas faire une bonne toilette et nettoyer tout ce sang.

Maman a acquiescé.

— Stella, fais chauffer de l'eau pour le bain de ton frère. Je vais faire tremper sa chemise. Donne-moi ça.

Elle a tendu la main et Achille a ôté sa chemise sans rechigner. Puis elle a filé avec à la buanderie, Papa à sa suite.

Je ne pouvais pas regarder Achille dans les yeux. Sans quoi je me serais mise à pleurer ou à crier ou même à le frapper. J'ai commencé à remplir d'eau un grand chaudron que j'ai posé ensuite sur le poêle. Et c'est alors que j'ai entendu un bruit derrière moi – comme un gémissement.

— Stella, a dit Achille. (Il était livide.) Stellina, je… je…

Son visage s'est crispé et il s'est élancé vers moi comme un gamin.

Bien sûr, je l'ai serré dans mes bras tandis qu'il pleurait en répétant qu'il était désolé, qu'il n'avait voulu mettre la vie de personne en danger. Mais au fond de moi, je pensais : *Espèce d'idiot, pourquoi ne l'as-tu pas laissé mourir au lieu de l'achever d'une balle ?*

Les jours suivants ont été éprouvants. Achille continuait de vaquer à ses occupations, mais quand il rentrait le soir, il était à bout de forces et apeuré. Je ne l'avais jamais vu dans un tel état. Il sursautait au moindre bruit et marchait d'un pas lourd, comme quelqu'un qui porte un terrible fardeau. Au début, il ne voulait même plus avoir son pistolet sur lui. J'ai dû insister pour qu'il le prenne avec lui. Je n'aimais pas l'idée qu'il puisse sortir sans être armé.

Mais contrairement à lui, je n'avais pas peur. Cela peut paraître absurde, mais le fait de savoir que dix personnes risquaient d'être condamnées – dont j'aurais pu faire partie moi-même alors que je n'avais commis aucune faute – m'avait en quelque sorte immunisée. Un fatalisme froid s'était emparé de moi. À quoi bon avoir peur désormais ? Qu'est-ce que cela aurait changé ?

Les semaines s'écoulaient, et peu à peu l'atmosphère s'est détendue chez nous. Le corps de l'Allemand n'avait toujours pas été retrouvé. Allez savoir ce que ses supérieurs ont pensé – peut-être croyaient-ils qu'il avait déserté ou peut-être étaient-ils trop occupés pour tenir le compte exact de leurs hommes ? Toujours est-il qu'aucune sentence de mort n'a été prononcée.

On l'avait échappé belle. Achille commençait à reprendre du poil de la bête et à porter de nouveau son foulard rouge, en dépit des protestations de ma mère. Il redevenait lui-même et je m'en réjouissais.

Un dimanche, alors que je revenais de la messe, je l'ai croisé sur le seuil, prêt à sortir, son lance-pierre dans sa vieille besace de chasseur. Mais à ma grande surprise, sa moto, dont il ne se séparait jamais, était dans l'appentis.

— Je vais attraper un ou deux lapins pour le dîner, m'a-t-il dit. (Puis, abaissant la voix :) Et je vais en profiter pour aller jeter un coup d'œil à la BMW. Je ne peux pas la laisser rouiller là-bas.

— Dans ce cas, je viens avec toi.

— Stellina…

J'ai insisté.

— Je veux la voir. La moto légendaire qui a failli nous coûter la vie.

Achille n'a pas cherché à argumenter. Il a hoché la tête et nous avons pris ensemble la direction des collines. Il faisait chaud, et je n'avais pas pris de petit déjeuner à cause de la messe, si bien que je commençais à me demander si j'avais bien fait de l'accompagner. Les vieux souliers de ma mère me blessaient les pieds et je mourais de soif. Mais il était hors de question que je rebrousse chemin.

Dieu merci, les bois étaient déserts. Le dimanche, les gens se réunissaient autour d'un repas de famille, ou ce qui en tenait lieu en ces temps de famine, et les Allemands en profitaient pour relâcher un peu leur surveillance. Nous n'avons croisé personne à part un vieil homme qui promenait son chien et un groupe de filles qui cueillaient des fleurs sur le bord de la route. Je les ai imitées, afin d'avoir un alibi.

Quand nous avons atteint le virage qui menait à Sant'Appiano, Achille m'a agrippée par le bras et a dit :

— On est presque arrivés.

Je l'ai suivi le long d'un petit sentier en lacets et quelques instants plus tard, nous y étions : l'angle mort, et au-delà, la ville fantôme avec sa rangée de masures collées les unes aux autres, leurs volets pendant sur leurs gonds, leurs portes béantes pareilles à des mâchoires édentées. Il subsistait quelques traces noires sur la route, là où la moto de l'Allemand avait dérapé.

— Il doit être en état de décomposition avancée, a dit Achille, les lèvres blêmes. Le corps. Mais je vais y jeter un coup d'œil.

— Je peux y aller, si tu préfères.

Compte tenu des circonstances, un cadavre me semblait être la chose la moins terrifiante qui puisse exister. J'ai lancé :

— Dis-moi où chercher.

Achille a secoué la tête.

— Non. Attends-moi ici.

Il a traversé le sentier, puis s'est baissé pour ramasser un bâton et a disparu dans les bois.

Quand il est revenu, il était livide et transpirait à grosses gouttes.

— Dieu merci pour les sangliers. Le corps est toujours là – tout du moins ce qu'il en reste – mais il n'a plus figure humaine, ni allemande. Tu as un mouchoir ?

Je lui ai tendu le mien et il s'est essuyé la bouche avec.

— Tu es sûr que ça va ?

— Oui, oui. Et maintenant, allons voir la moto.

Il a commencé à se diriger vers une petite maison un peu plus loin. La porte jadis peinte était à présent couverte de mousse et gonflée par l'humidité. Achille a donné un coup d'épaule dans le panneau de bois vermoulu, et à la troisième ou quatrième tentative il a réussi à l'ouvrir.

La moto de l'Allemand était dans l'entrée. Achille a arraché le vieux drap mité qui la recouvrait, tel Michel-Ange dévoilant David.

— Vise-moi un peu ça ! N'est-ce pas qu'elle est magnifique ?

Je regardai sans comprendre. La MM 125 rouge d'Achille – la vieille bécane de mon père – était un engin de course qui ressemblait à un vélo. Elle avait même des pédales et une petite selle triangulaire. Mais celle-là était d'un tout autre acabit : massive et râblée, avec des sacoches de cuir et deux larges sièges placés l'un derrière l'autre. La marque BMW ressortait, bien visible, sur le fond noir du réservoir, comme l'insigne en forme de tête de mort que portaient les SS sur leurs casquettes. Horrible.

Achille tournait à présent autour de la moto, l'inspectant sous tous les angles, remplissant le réservoir à essence et à huile avec les bidons qu'il avait apportés dans sa besace.

— Elle est prête à partir, a-t-il dit pour conclure. Je vais devoir la retaper un peu, mais rien de méchant. Eh, regarde ça ! (Il a ouvert l'une des sacoches. Elle contenait le casque de l'Allemand, ses lunettes, une paire de gants en cuir et une arme de poing dans son étui.) Un Luger. Je vais faire passer tout ça aux gars de Santa Marta. Ils manquent d'équipement de protection.

— Tu ne vas pas emporter ce… cette chose à la maison, ai-je protesté.

— Ah, mais non ! (Il était déjà en train de pousser la moto vers la porte.) Je vais la mettre dans la vieille grange dont je t'ai parlé. Ce que Maman ne voit pas ne peut pas lui faire de mal.

Il savait que je n'allais rien dire à notre mère. Entre lui et moi, il y avait cette connivence qu'entretiennent les enfants face aux adultes. Il m'a lancé :

— Prends le flingue, tu veux ?

Je me suis retournée et j'ai vu un fusil posé debout au pied de l'escalier. Il avait l'air neuf et bien astiqué, contrairement aux vieux tromblons dont nous nous servions. Je l'ai ramassé et balancé tant bien que mal sur mon épaule. Dehors, Achille était déjà en selle et prêt à partir.

— Allez, monte ! m'a-t-il dit en criant presque à cause du boucan de l'engin.

J'ai secoué la tête.

— Non merci. Je rentre à pied.

— Tu es sûre ? Je n'ai pas envie que tu te farcisses le chemin du retour toute seule.

Je savais qu'il était sincère, mais qu'il commençait à piaffer d'impatience. Il avait hâte de partir.

— Certaine, ai-je rétorqué. Emporte la moto sur les sentiers pour voir de quoi elle est capable. On se retrouve à la maison. Mais tu te charges de ça.

Je lui ai tendu le fusil et il l'a passé en bandoulière.

— Et n'oublie pas les lapins pour Maman.

Il m'a décoché un grand sourire.

— Non, t'inquiète. À très vite, petite sœur !

Il a enfoncé l'accélérateur et disparu avant que j'aie pu lui dire d'être prudent.

Achille et sa moto sont devenus une véritable légende. Les gens trouvaient ça romantique. Pas moi, même si je dois bien reconnaître qu'il en a fait bon usage. Grâce à elle, il pouvait transporter un tas de trucs – munitions, nourriture, vêtements, voire un passager à l'occasion, ainsi que sa boîte à outils. Et je crois bien qu'il prenait un malin plaisir à la conduire sous le nez des Allemands.

— S'ils m'attrapent, je suis bon pour la potence de toute façon, avec ou sans cette moto, me disait-il lorsque je me disputais avec lui. Et d'ailleurs, je me fiche de mourir.

Achille a continué de se servir de la BMW même après la guerre. Ce n'était pas une moto de course, elle était beaucoup trop lourde, mais il l'a peinte en rouge, comme sa MM 125, et s'amusait à sillonner la campagne autour de Romituzzo avec. Quand il est parti s'installer à Florence, il l'a laissée chez mes parents en attendant de pouvoir la prendre avec lui. Et bien sûr, il ne l'a jamais reprise. Quelques années plus tard, quand mes parents ont eux aussi déménagé, un homme s'est présenté à la maison pour s'enquérir de la moto. C'était un Américain, un ancien GI, mécanicien de son état, qui avait préféré s'établir en Italie plutôt que de rentrer dans son pays et y subir la ségrégation.

Mon père l'a presque chassé. Il ne comprenait pas comment un homme qui avait combattu les nazis pouvait avoir envie d'acheter un engin ayant appartenu à l'armée ennemie. Jusqu'au moment où l'homme lui a expliqué que ce n'était pas parce qu'elle était allemande qu'il voulait la moto, mais parce qu'elle avait appartenu à Achille.

— Vous avez sans doute le sentiment que je cherche à acheter une partie de vos souvenirs. Et si c'est le cas, je m'en excuse. Dites-moi de partir et je ne vous embêterai plus. Mais j'ai un client à Florence qui veut cette moto à tout prix. Maintenant, si vous êtes d'accord pour vous en débarrasser, je suis prêt à payer le prix fort. Je peux vous verser une avance dès aujourd'hui.

Et il a sorti une liasse de billets qu'il a tendue à mon père.

Papa n'a même pas demandé à combien s'élevait le prix final. Car il détestait cette moto et avait besoin d'argent, n'étant plus capable de continuer à travailler. Il se serait volontiers contenté de l'avance, qui était plus que ce fichu engin ne valait à ses yeux. Mais le solde est arrivé quelques jours plus tard, et il était si généreux que mes parents ont pu en vivre jusqu'à la fin de leurs jours.

Je me suis souvent demandé qui était le mystérieux client du mécanicien. Un ami de Pierfrancesco, le sponsor d'Achille, ou peut-être Pierfrancesco lui-même ? Ou tout simplement un riche étranger fasciné par la légende d'Achille, qui voulait à tout prix posséder cette précieuse relique. Il a toujours eu cet effet-là sur les gens, Achille. Et c'est encore vrai aujourd'hui.

16

Tori

— Je suis en retard ? demande Marco. Ma réunion de 10 heures a débordé. Je suis absolument désolé.

— Pas de souci.

Je m'écarte pour le faire entrer. Il a retrouvé son look habituel, costume élégant sans cravate, et il est un rien énervé, ce qui le rend encore plus séduisant.

— J'ai un entretien prévu avec Richenda dans… une minute exactement. Zut !

Il me pose une main sur l'épaule.

— Tout va bien se passer. Nous avons revu ta présentation une bonne vingtaine de fois.

C'est vrai. Nous sommes lundi matin, et Marco a passé l'essentiel de son dimanche ici à m'aider avec les dernières caisses. Nous n'avons pas eu le temps de tout lire, mais avec ce que nous avons parcouru, et quelques recherches bien ciblées en ligne, nous avons réussi à concocter une histoire convaincante. Le plus difficile sera de faire en sorte que Richenda l'écoute jusqu'au bout. Je m'installe sur le canapé et ouvre la visioconférence sur mon ordi. Je vérifie de quoi j'ai l'air à l'écran.

— Tu es superbe ! lance Marco.

Il s'assied à côté de moi et je me sens rougir. Le cliché total, je sais.

— Pousse-toi. Si Richenda te voit, elle va poser dix mille questions, et l'histoire d'Achille passera à l'as.

— D'accord.

Il glisse à l'autre bout du canapé. J'inspire profondément et appelle mon agente.

— Tori ! Tu as ton texte ?

Elle est assise à son bureau, l'air harassée, un mug de café entre les mains. Pas génial, comme entrée en matière.

— Oui. Mais avant, il faut que je te raconte une histoire.

Elle lève les yeux au ciel.

— Tori…

— Je sais, ce n'est pas ce que tu me demandes et je vois bien que tu es sous pression. Mais tu dois absolument m'écouter. Tu vas comprendre. Je te le garantis.

— Tu me promets que tu n'en as pas pour plus de dix minutes ?

— Absolument.

— Alors, d'accord. Vas-y.

Elle se recule sur son siège.

— Le 20 février 1928, dans le village de Romituzzo, situé dans le Valdana au sud de Florence, est né un sportif extraordinaire. Il s'appelait Achille Infuriati.

— Jamais entendu parler de lui.

— Tu n'es pas adepte de Formule 1, que je sache.

— Ah, pas du tout. Mon premier mari oui, hélas. Un ennui mortel. Cela dit, j'ai toujours eu un faible pour James Hunt. En revanche…

Je coupe court.

— Achille Infuriati est une légende dans le monde de la course. Il est connu – et vénéré – comme l'un des plus grands pilotes qu'ait jamais comptés l'Italie. Achille était beau, intrépide et doué, comme le héros dont il portait le nom. Et, comme lui, il est mort jeune.

Mon laïus me semble artificiel, plat, convenu, mais je constate que Richenda m'écoute avec attention. Je lance un bref regard en direction de Marco qui me sourit.

Je continue.

— Il a grandi au milieu des voitures. Son père était garagiste, et dès qu'Achille a été en âge de tenir une clef anglaise, il a bricolé des moteurs. Pendant la guerre, il s'est engagé dans la Résistance italienne. Il risquait sa vie tous les jours pour approvisionner les partisans et réparer leurs moteurs dans le maquis du Valdana. Il sillonnait les collines sur la vieille moto rouge de son père. Ce n'était pas très discret, mais il se débrouillait pour ne pas croiser les nazis. Jusqu'à ce qu'un jour, un motard de la Wehrmacht le repère et le prenne en chasse.

— Et alors ?

Richenda a mordu à l'hameçon. Je souris, sans me forcer cette fois.

— On ne sait pas exactement. Toujours est-il qu'après, Achille ne circulait plus que sur une BMW R12 de l'armée allemande.

— Waouh !

— Achille était ainsi. Bien sûr, après la guerre, il a dû trouver autre chose pour le faire vibrer. Il a commencé à courir sur sa vieille moto rouge. C'est elle, et ses convictions politiques, qui lui ont valu le surnom de « Diable rouge ». Il a rapidement engrangé les prix, mais cela ne lui suffisait pas. Il avait besoin d'un nouveau défi. Il voulait piloter des voitures. À l'époque, les courses automobiles étaient réservées aux riches, et dominées par l'aristocratie et les grands industriels. Achille était un gars de la campagne, un ouvrier d'un village toscan. Il n'avait pas de quoi se payer une voiture de course, ou des amis fortunés qui auraient pu le parrainer. Mais il en fallait davantage pour l'arrêter. Grâce à ses relations dans la Résistance, il a réussi à se procurer une vieille Alfa Romeo qui pourrissait dans le garage d'un fasciste disparu. Il a passé tout son temps libre à la retaper. Puis il a commencé à participer à des courses sur route, et à les gagner !

Je fais une pause. À ma grande stupéfaction, Richenda ne profite pas du silence pour mettre son grain de sel. Elle écoute, sa tasse de café toujours dans les mains.

— La Formule 1 en était à ses balbutiements. Les équipes italiennes étaient à l'affût de pilotes talentueux montrant assez de motivation et de sang-froid pour gagner une course. Il n'a pas fallu attendre longtemps avant qu'Achille attire l'attention. Il a été courtisé par les plus grands noms de l'époque. Le plus important, et le plus déterminé, était Guido Comacchi.

— Comacchi, comme les… ?

— Les voitures, oui. Le constructeur automobile. Comacchi, une forte personnalité pour le moins, était habitué à obtenir ce qu'il voulait. Avec Achille, il a eu à faire à forte partie. Le jeune homme était un communiste fervent et il refusa d'accepter l'argent d'un industriel qui, à ses yeux, avait collaboré ouvertement avec le régime fasciste. Comacchi plaida sa cause auprès de lui, ce qui pourtant n'était pas dans ses habitudes. Il argua qu'il n'avait joué le jeu que pour survivre, tandis qu'il aidait des partisans en les laissant cacher des armes et du matériel dans ses locaux. Mais pour Achille, c'était presque pire, et il rétorqua que jamais au grand jamais il ne courrait pour un *doppiogiocchista*, un type qui jouait un double jeu. Comacchi, bien que furieux, continua de poursuivre Achille de ses assiduités. Son désir de l'intégrer à son écurie était tel qu'il était prêt à digérer les insultes. Mais il ne parvint pas à ses fins. Par ailleurs, l'éditeur marxiste Pierfrancesco Legni était passionné de voitures et il appartenait à l'une des familles les plus fortunées d'Italie. Il ne demandait pas mieux que de parrainer un ancien partisan. Il offrit donc à Achille toutes les ressources et tout le soutien nécessaire pour constituer sa propre écurie.

Je reprends mon souffle. Mon cœur bat la chamade et je me demande comment je vais m'en sortir avec la suite de l'histoire. Richenda se penche vers mon image à l'écran.

— Et alors ?

— C'était un contrat de rêve. À l'hiver 1953, la *Scuderia Guelfa* vit le jour. La seule écurie de gauche qu'ait jamais connue l'Italie. Désormais, Achille ne voulait plus perdre de temps. Il décida qu'il ferait ses débuts dans la Formule 1 avec le Grand Prix d'Argentine, qui se courait en janvier. Cela lui donnait un peu plus d'un an pour s'entraîner. En outre, Legni lui avait promis une équipe, et c'était ce qu'il voulait. Ainsi, tandis qu'il participait à toutes les courses possibles et imaginables dans le but d'améliorer ses résultats, il prospectait sur les circuits avec Legni à la recherche des meilleurs pilotes et des meilleurs mécaniciens. Il essayait des voitures, les adaptait ; il dessinait même les uniformes. Son ambition était sans limites, à l'instar de sa témérité. Avec son talent et l'argent de Legni, ils auraient pu réussir.

— Je sens que ça va mal se terminer, interrompt Richenda.

— En effet. Achille restait toscan, *romituzzano* de cœur. Il avait beau se préparer pour une nouvelle carrière qui l'aurait amené à sillonner la planète, pour rien au monde il n'aurait manqué la Coppa Valdana. C'est une course sur route qui a lieu en septembre et part de Romituzzo. Cette année-là, il revenait au village pour courir en héros. Les habitants l'adoraient, et il le leur rendait bien. Tout le monde était très ému. Le matin de la course, il faisait beau et chaud, la foule était d'humeur joyeuse. Tu peux imaginer l'enthousiasme quand Achille s'est aligné sur la ligne de départ dans son Alfa Romeo adorée. Son ami d'enfance Enzo Sangallo, ancien partisan lui aussi, lui servait de copilote. Les spectateurs venus de tout le Valdana et au-delà étaient massés le long de la route, tous voulaient apercevoir le Diable rouge. Il a pris la tête dès le début de la course, et l'a conservée, jusqu'à ce que…

Je dois faire une nouvelle pause pour me reprendre un instant. Richenda ne me quitte pas des yeux.

— Le parcours traversait le village médiéval de San Damiano. La côte qui mène au bourg est sinueuse, bordée d'arbres, avec quelques groupes de maisons. Quand on vient de Romituzzo, il y a un large bas-côté sur la droite, où s'étaient massés les spectateurs, et sur la gauche, la colline descend en pente raide. Achille approchait du village quand une petite fille a échappé à ses parents et s'est faufilée sous la barrière. Achille a donné un coup de volant pour l'éviter.

— Non !

Richenda plaque une main sur sa bouche.

— L'Alfa est partie sur la gauche, a heurté un arbre et a fait plusieurs tonneaux avant de s'écraser dans le fossé. La petite fille n'a pas été touchée. Enzo s'en est tiré avec quelques fractures et des contusions, mais Achille…

Des images surgissent dans mon esprit, ces photos de presse à gros grain qui montrent du métal tordu et des éclats de verre. Je reprends avec difficulté.

— Achille a été tué sur le coup, il s'est empalé sur la colonne de direction. Cela a été immédiat, en tout cas je l'espère. Il a eu droit à des funérailles de héros, bien sûr. Ses anciens camarades, ceux qui avaient survécu à la guerre, défilaient derrière le cercueil tête baissée, arborant leur foulard rouge. Le cercueil était couvert du drapeau rouge, auquel on avait ajouté les couleurs de la toute nouvelle *Scuderia Guelfa*. Au petit cimetière de Romituzzo, sa tombe reste fleurie de roses rouges toute l'année.

J'ai eu beau répéter ma dernière ligne plusieurs fois, je ne peux empêcher les larmes de me monter aux yeux.

— Et maintenant, il est temps que je te donne l'accroche dont je t'ai parlé.

Avant de répondre, Richenda attrape un Kleenex et s'essuie les yeux.

— L'accroche ? Ah oui. Je t'écoute.

— En décembre 1953, Achille Infuriati a été invité à une soirée chez les Legni, où il a fait la connaissance d'une jeune Anglaise qui séjournait à Florence pour apprendre le dessin. Elle se nommait Margaret Craye, et c'était ma grand-mère.

— Bon sang ! Je suppose que…

— Oui.

— Et qu'il…

— Oui.

Elle reste un moment à me fixer sans rien dire, puis, soudain, reprend d'un ton ultra-professionnel :

— Et quel est ton angle d'attaque ? Je veux dire, ton livre, c'est quoi ?

— Une histoire d'amour. Un point c'est tout. Une histoire d'amour qui transcende les classes sociales et les différences culturelles, dans le contexte troublé de l'après-guerre à Florence.

— Je vois. C'est faisable ? Quelles sont tes sources ?

— J'ai deux caisses remplies à ras bord de papiers de Granny : lettres, coupures de journaux, photographies, journal intime, entre autres. En outre, il existe certainement des documents concernant Achille et sa sœur Stella dans les archives de l'ANPI, l'Association des partisans. Stella était agente de liaison dans la Résistance. Pierfranco Legni est décédé il y a quelques années mais il a certainement laissé des documents, et peut-être que sa famille m'autorisera à les consulter.

— Existe-t-il encore des survivants qui l'ont connu ?

— Certains de ses anciens camarades, ce n'est pas impossible. La plupart étaient jeunes, même si Achille comptait parmi les benjamins du groupe. On sait que Stella a survécu. Il y a peu de renseignements sur elle, toutefois. Elle avait un an de moins que son frère, et tout indique qu'elle était aussi courageuse que lui, mais après 1945, elle a comme disparu des radars. Si elle vit encore, je la retrouverai.

Je n'en suis pas sûre du tout, mais Richenda semble convaincue.

— Ta connaissance de l'italien est suffisante ?

— Je me débrouille plutôt bien. Et je pense avoir trouvé un assistant de recherche, ajoutai-je d'un air innocent sans oser regarder dans la direction de Marco.

— Tu ne perds pas de temps ! Peux-tu m'envoyer une synthèse de toutes ces infos ?

— Le document est déjà prêt. Un instant.

J'ouvre une nouvelle boîte de message et joins le fichier que Marco et moi avons compilé pendant nos recherches. Je presse « envoi », et un petit « ding » retentit du côté de Richenda.

— C'est bon, je l'ai reçu. Je vais envoyer le tout à Tim et plaider ta cause. S'il est d'accord, je tâcherai de t'obtenir un délai suffisant pour que tu aies le temps de l'écrire. Nul ne sait ce qu'il décidera, mais moi, je trouve que c'est génial. Au fait, une dernière question.

— Oui ?

— Quand ta mère est-elle née ? Ce type est mort en 1955, n'est-ce pas ?

— Non, en 1954. Et Maman est née en 1958.

— Zut, pas de scandale en perspective. Bon, on ne peut pas tout avoir. Je te tiens au courant dès que j'ai la réponse de Tim. OK, mon chou ?

— Ça marche. Merci.

Elle a déjà raccroché. Je ferme l'ordinateur et me tourne vers Marco.

Il me regarde sans bouger, avec une drôle d'expression sur le visage. Un instant, je pense qu'il est atterré et que j'ai complètement foiré ma présentation. Ou que j'ai quelque chose de coincé entre les dents. Mais il s'éclaircit la voix et lance :

— Waouh !

— Qu'est-ce qu'il y a ?

— C'est la première fois que je t'entends parler comme cela. Tu étais si… pleine de vie !

Il darde ses yeux dans les miens. Je n'arrive pas à soutenir son regard.

— En général, ce n'est pas le cas ?

— Franchement, non. Tu parles toujours d'une voix douce, tu restes calme, tu détournes les yeux. Comme maintenant. Comme si tu te censurais. Mais je commence à me dire que la Tori que je viens de voir, celle qui a narré l'histoire d'Achille avec toute cette passion, qui avait les larmes aux yeux en racontant sa mort, c'était vraiment toi, en toute liberté. Et ça me plaît. En fait, Tori, tu me plais depuis le début. Libre à toi de me montrer ce que tu veux de toi. Mais ce que je viens de voir… waouh !

Cette fois, je le regarde dans les yeux. Sa bouche se fend d'un petit sourire en biais, le même qui m'avait fait craquer la première fois que je l'ai vu.

— Comme cela, bien.

Je tremble, mon cœur bat à tout rompre. Dans ma tête, mille doutes tourbillonnent, mais j'ai tellement envie de lui que, pour une fois, je m'en moque. Je me rapproche de lui sur le canapé et il me prend dans ses bras. Je ne sais pas qui commence à embrasser l'autre, peu importe, ça le fait. Jamais depuis des années un baiser ne m'a semblé aussi évident. Il m'embrasse, je sens son savon, sa peau tiède et un parfum citronné, comme dans un fantasme, en mieux. En beaucoup mieux. Puis, soudain, c'est comme si quelque chose se brisait, et la panique me saisit.

Je me détache de lui.

— Désolée.

— Ça va ?

Marco scrute mon visage, ce qui me met mal à l'aise. Je me sens piégée par son regard. Je me lève et lisse mon chemisier.

— Tout va bien. C'est juste que c'est un peu… trop pour moi. Là, tout de suite.

Il hoche la tête, comme s'il prenait note.

— D'accord. Je suis désolé.

— Ce n'est pas ta faute. Vraiment. C'est moi qui suis à cran, ces derniers jours ont été très stressants. Euh… tu ne m'avais pas dit que tu avais rendez-vous quelque part pour déjeuner ?

Je lui ai parlé d'un ton brusque que je déteste mais je m'efforce de le tempérer d'un sourire.

— OK. Oui, il faut que j'y aille, répond-il après avoir regardé sa montre.

Il se lève et ramasse sa veste qui était pliée avec soin sur l'accoudoir du canapé.

— Tu me tiens au courant ?

— Bien sûr. Mais rien ne dit que l'éditeur sera partant.

— Ils seraient fous de refuser un projet pareil. Et puis, continue-t-il avec un petit sourire, si, pour une raison incompréhensible, tu n'avais pas le feu vert, je te rappelle que ta grand-mère a reçu des lettres de condoléances d'Alberto Ascari, Juan Manuel Fangio, Peter Collins, Stirling Moss… En les vendant, tu aurais largement de quoi rembourser ton avance. Mais je doute que ce soit nécessaire.

— J'espère bien.

— J'attends des nouvelles.

Il m'embrasse une fois sur chaque joue. Deux bises de courtoisie, à l'italienne, parfaitement respectables. Et il sort.

17

— Combien de temps va-t-il te falloir pour finir ton livre ? me demande Chiara.

Nous roulons dans sa petite Fiat en direction de Sienne. La route est entourée des deux côtés par des collines parsemées çà et là de maisons et d'églises, de vignobles et d'oliveraies.

— Dix-huit mois, dis-je. Ça va être ric-rac. Merci encore de m'emmener à Romituzzo.

— Oh, mais c'est bien naturel. C'est sur la route de San Damiano où je dois aller de toute façon.

— C'est tout de même très sympa de ta part. Je devrais songer à m'acheter une voiture maintenant que j'ai pris la décision de rester.

— Pour quoi faire ? Ça va te coûter un bras, et tu n'en as pas vraiment besoin à Florence.

— Je sais. Mais je pense que je vais devoir passer beaucoup de temps à explorer la Toscane. J'aimerais sillonner les routes qu'Achille empruntait. En respectant les limitations de vitesse naturellement.

— Dans ce cas, si tu tiens absolument à t'acheter une voiture, demande à Marco de te conseiller. Il est intarissable sur le sujet.

Oh, mon Dieu. Je n'ai vraiment pas envie de parler de Marco et quelque chose me dit que Chiara n'a envie de parler que de ça.

— Et tu dois aller à San Damiano pour quoi ?

— Des clients anglais sont en train de chercher une maison là-bas. Ils en possèdent déjà une en ville – pas très loin de chez toi, d'ailleurs – mais ils voudraient avoir une villa à la campagne en plus. J'ai trouvé deux ou trois biens qui m'ont l'air de convenir et que j'aimerais visiter. Je vais parler avec les propriétaires, prendre quelques photos, inspecter les environs… Mes clients ont des exigences bien précises. C'est pourquoi je dois procéder à une première sélection avant de la leur soumettre.

— Ils ont l'air exigeants, dis donc.

Chiara hausse les épaules.

— Ils savent ce qu'ils veulent. Et c'est plus simple pour moi, dès l'instant où ils ont un budget en conséquence. Et qu'ils ont conscience de ce que signifie vivre à la campagne. Certes, la vue est spectaculaire, le vin n'est pas cher et le soleil est gratuit, mais le débit internet n'est pas au top. Sans parler des autorités locales et des sangliers qui ne se gênent pas pour saccager votre jardin.

— On croirait que tu parles des Highlands. Mis à part le vin pas cher, le soleil et les cerfs et les lapins, plutôt que les sangliers.

— Ça te manque ? demande Chiara. Pas Duncan, à l'évidence, mais la campagne ?

— Oh, l'endroit est magnifique, dis-je avec un pincement de nostalgie. On vivait au nord-ouest, du côté de Fort William, et c'était tout simplement… sublime.

Pas le domaine lui-même – je ne suis vraiment pas taillée pour les travaux des champs – mais la campagne, les gens du cru et la côte.

— Mais pas ton mari ni son exploitation agricole.

— Non.

— Ni le climat. (Chiara fait mine d'être parcourue d'un frisson.) Je ne pense pas que je pourrais supporter toute cette pluie.

— Non, c'est sûr. Mais n'est-ce pas le prix à payer ? En Toscane, vous avez la canicule et les moustiques.

Je commence déjà à souffrir de la chaleur et je sens la transpiration dégouliner dans ma nuque. Je sors mon éventail pour tenter de me rafraîchir.

— On est presque arrivées, m'informe Chiara.

Devant nous surgit un grand panneau indiquant ROMITUZZO. Je tends le cou pour essayer d'apercevoir le bourg, mais je ne vois qu'un centre commercial.

— C'est devenu une petite ville, explique Chiara. Avec beaucoup de constructions neuves.

— Je vois ça.

De toutes parts, on aperçoit des stations-service, des magasins de déstockage, des quincailleries et, sur la gauche, un gigantesque hypermarché.

— Je présume que tes clients ne cherchent pas souvent des maisons à Romituzzo.

— Absolument jamais. C'est trop urbanisé.

Elle se gare devant l'arrêt de bus de la grande surface. Puis, sortant son téléphone, elle ouvre le plan de la ville et m'indique notre position.

— Et donc, nous sommes dans la zone commerciale et industrielle. Tout ça, c'est sorti de terre dans les années 1960. Du temps d'Achille, ce n'étaient probablement que des champs et des bois. Tu veux aller dans la vieille ville ? Tu vois ce pont, là-bas ?

À travers la vitre côté passager, elle me montre un pont en béton qui surplombe le lit d'une rivière.

— Et de l'autre côté, tu vois le campanile ?

— Oui.

— Tu traverses la rivière et tu te diriges tout droit vers le clocher. Là, à une centaine de mètres, tu verras la gare de chemin de fer et la passerelle qui mène directement au centre historique. Je te texterai quand je serai de retour et on se retrouvera quelque part dans la via Senese, l'artère principale de Romituzzo, qui traverse la ville du nord au sud.

— Merci, Chiara, dis-je en ouvrant la portière.

— De rien. Et si tu veux, on pourrait aller déjeuner quand j'aurai fini ma tournée. Comme ça, on pourra vraiment parler. *Ciao ciao.*

Elle redémarre.

La route qui mène au centre historique monte en pente raide et en plein cagnard. Quand j'atteins enfin la place devant la gare, où trône un monument aux morts entouré de fontaines, je suis en nage et épuisée. Je dors mal ces jours-ci, et le manque de sommeil commence à se faire sentir. Je m'assieds à l'ombre sur un banc de pierre, sors mon téléphone et ouvre le plan de Romituzzo.

L'appli m'indique que je me trouve sur la piazza Achille Infuriati. Rien de surprenant. Je zoome et repère la piazza Garibaldi, deux rues plus loin, ainsi que l'église Sainte-Catherine d'Alexandrie – et son campanile – et, juste à côté, la médiathèque Infuriati. Au nord, à droite, il y a le club des travailleurs « A. Infuriati ». Au sud, sur la via Senese, sont indiqués l'église Saint-Christophe et le cimetière où Achille est enterré. Un peu plus loin, à la sortie de la ville, se trouve la salle de sport et le stade Achille Infuriati.

Je jette un coup d'œil autour de moi. La zone commerciale grouille de monde et le parking de l'hypermarché est plein à craquer. Il est 10 heures au clocher, et je me rends compte que je devrais me mettre en route avant que le soleil monte au zénith.

Cela dit, j'ai besoin de boire un café. Et de l'eau. Plein d'eau fraîche. À l'autre bout de la place, il y a un *bar-pasticceria* Achille (ça vous étonne ?). Je fonce m'y réfugier en bénissant l'air conditionné.

— *Buongiorno*, me lance l'homme souriant qui se tient derrière la caisse.

Il doit avoir la quarantaine bien sonnée et porte un tee-shirt noir et un tablier.

— *Buongiorno*, dis-je en retour, avant de me figer sur place.

Ce bar est un véritable sanctuaire à la mémoire d'Achille. Le mur derrière le comptoir est tapissé de photos et de gros titres de journaux avec, au milieu, une énorme bannière violette sur laquelle figure un cheval ailé et légendée SCUDERIA GUELFA.

— Qu'est-ce que je vous sers ? me demande l'homme en italien, ce qui me revigore un peu.

— Un café, s'il vous plaît.

Il pose une soucoupe et un verre devant moi.

— Vous voulez juste un verre d'eau ou vous préférez une petite bouteille ?

— Une grande bouteille, si vous avez. Bien froide ?

— Mais bien sûr.

Il me sourit et sort un litre d'eau minérale rangée sous le comptoir, puis se tourne vers le percolateur et commence à préparer un expresso. Je me sers un verre que je sirote tout en étudiant les photos sur le mur, au cas où il y en aurait une de Granny. Eh oui, je la vois : un foulard sur ses cheveux blonds, elle se penche pour embrasser Achille assis au volant de son Alfa Romeo !

Au-dessus, la légende indique : LE DERNIER AU REVOIR D'INFURIATI. Je suis parcourue d'un frisson.

— C'est Achille Infuriati, le pilote automobile. Vous en avez entendu parler ? (Je hoche la tête.) Et elle, c'est Rita, sa petite amie, raconte le serveur en posant mon expresso sur la soucoupe. Elle était anglaise. Vous savez que vous lui ressemblez ?

— Merci pour le compliment, dis-je en remuant ma petite cuillère dans ma tasse. (Je n'ai pas envie de raconter ma vie à un parfait inconnu, fût-il charmant.) Vous êtes *romituzzano*, comme Achille ?

— Non, je suis de Palerme. Aucun Toscan ne pourrait confectionner des *cannoli* comme ceux-ci, croyez-moi. (Il sourit en désignant un plateau couvert de petits gâteaux cylindriques fourrés à la ricotta.) Je m'appelle Salvatore, Totò pour les intimes.

Il me tend la main et je la serre.

— Victoria. Mais on m'appelle Tori. C'est vrai que ces *cannoli* ont l'air appétissants. Puis-je en avoir un au chocolat ?

— Bien sûr. Un autre expresso ?

— Volontiers.

Pendant que je mange le *cannolo* en buvant mon café, Totò m'explique qu'il n'a repris le bar que depuis peu, même si sa famille est venue s'installer à Romituzzo quand il était adolescent.

— C'est parce qu'au Nord, il y a plus de travail qu'au Sud, concède-t-il. Il y a des Siciliens en veux-tu en voilà dans le coin, et aussi des Napolitains, des Apuliens et des Calabrais. Mais ce bar est typique de la région. L'ex-proprio est décédé il y a deux ans. C'était un fondu de course automobile mais sa femme ne voulait pas s'encombrer de tous ses trophées, si bien qu'elle m'a tout laissé quand j'ai repris l'affaire. Ce n'est pas la déco que je préfère, mais comme j'aime bien la course automobile, tout comme la clientèle qui vient ici, j'ai tout gardé.

— J'imagine que vous avez dû apprendre tout ce qu'il y a à connaître sur Achille Infuriati en un temps record.

— Oh, mais non, je le connaissais déjà. Et même bien avant de venir m'installer ici. Quand mon père était tout gamin, à Palerme, il a fait la connaissance d'Achille, qui était venu courir au Targa Florio. Achille s'était accroupi devant lui et lui avait serré la main. Mon paternel en parle encore aujourd'hui. Venez ici à 5 heures de l'après-midi n'importe quel jour de la semaine, et vous aurez droit au récit intégral des aventures d'Achille. Même si, entre nous, je doute que vous ayez envie que tous ces vieux barbons vous rebattent les oreilles avec leurs histoires de bagnoles. Chacun y va de son petit couplet sur Achille. Et quand ce n'est pas Achille Infuriati, c'est Achille Varzi, ou Tazio Nuvolari, ou Giuseppe Farina, ou Enzo Ferrari. Même s'ils n'ont jamais mis les pieds ici, ils connaissent quelqu'un qui les a connus !

Il m'adresse un large sourire et je lui souris en retour.

— Totò, puis-je vous demander une faveur ?

— Dites toujours.

— Je suis auteure et j'écris un livre sur Achille – en partie tout du moins. En réalité, c'est un livre au sujet de ma grand-mère.

Mes yeux se tournent vers la photo de Granny, et Totò suit mon regard.

— Oh, dit-il, comme s'il venait de comprendre qui j'étais.

— Écoutez, je n'ai pas beaucoup de temps aujourd'hui, mais si je reviens un autre jour vers 5 heures, vous pensez que votre père serait d'accord pour me raconter son histoire ? Et ses amis aussi peut-être ?

Totò éclate de rire.

— Non, sans blague, vous croyez que mon paternel louperait une occasion de raconter son histoire d'Achille Infuriati à quelqu'un qui ne l'a encore jamais entendue ? Bien sûr qu'il serait d'accord. Si vous appelez avant de venir, je lui demanderai d'apporter son album de photos.

Il prend une carte de visite dans un support à côté du tiroir-caisse et me la tend.

— Formidable ! Oh, merci, merci mille fois !

— Vous changerez peut-être d'avis quand mon père et ses copains vous auront bassinée pendant trois heures avec leurs radotages. Vous désirez autre chose ?

— En fait, je ne serais pas contre reprendre un *cannolo* au chocolat.

Le temps que je finisse mon eau, règle la note, aille au petit coin et remette une couche de crème solaire, le soleil est presque au zénith. En ressortant, j'ai la même impression que lorsque j'ouvre le four pour surveiller le rôti et que la chaleur m'arrive en pleine figure. Mais Chiara va bientôt être de retour et je veux absolument aller me recueillir sur la tombe d'Achille avant de rentrer. Je prends à gauche dans la via Senese et me dirige vers l'église en rasant les murs pour rester à l'ombre. Un peu plus bas dans la rue, j'avise un fleuriste. Sur un coup de tête, j'entre et achète six roses rouges. Les nombres pairs sont réservés aux enterrements – c'est ce que disait toujours Granny.

— Pour le cimetière ? me demande la vendeuse.

— Pour Achille.

La femme hoche la tête et sort un bolduc tricolore. Elle le noue autour des roses puis en fait friser les extrémités.

— Et voilà, dit-elle en me tendant le bouquet.

Juste au moment où je ressors de la boutique, mon téléphone se met à sonner. C'est Marco. Nous ne nous sommes pas parlé depuis notre tentative loupée d'échanger un baiser, même si je lui ai envoyé un SMS pour lui dire que mon livre avançait et qu'il m'a répondu gentiment. Je ne sais si je dois me réjouir ou m'inquiéter de son coup de fil.

— *Ciao*, Marco.

— *Ciao*, Tori. Mauvaise nouvelle : Chiara vient de m'appeler complètement paniquée. Elle a un problème, elle ne m'a pas dit quoi précisément, mais un truc particulièrement stressant lui est arrivé et elle se retrouve coincée à San Damiano pendant au moins plusieurs heures. Elle savait que c'était mon jour de congé, c'est pourquoi elle m'a demandé de venir te chercher. Je ne pense pas qu'elle cherche à mettre son grain de sel, ajoute-t-il. Enfin, peut-être que si. Mais en tout cas, ce n'est pas à cause de ce que j'ai pu lui dire. Il faut que tu le saches.

Nom de nom, comme tout cela est inconfortable.

— Je peux prendre le train.

— Bien sûr que tu peux. Je veux dire, si tu préfères. Mais j'aimerais te voir. Si tu es d'accord. Et puis, nous n'avons pas encore célébré le bouquin.

— Il faut absolument qu'on le fasse, dis-je.

— Super. Tu es où au juste ?

— Euh, en route pour le cimetière.

— Mais bien sûr, dit-il, et j'entends le sourire dans sa voix.

Mon cœur exécute un petit bond dans ma poitrine.

— En fait, je suis presque arrivé à Romituzzo. J'ai dû passer prendre un paquet à Castelmedici. Je devrais être là dans vingt minutes environ. Reste bien à l'ombre surtout, ajoute-t-il. *A dopo.*

Le soleil cogne méchamment et il n'y a pas l'ombre d'une ombre où se réfugier. Mes roses dans les bras, je plonge une main dans mon sac et j'en sors le chapeau dont je ne me sépare plus depuis le jour où, leurrée par la brise, je me suis pris un méchant coup de soleil sur le visage.

Le portail du petit cimetière est ouvert mais il n'y a personne. Les tombes sont alignées en petites rangées bien ordonnées le long du mur couvert de plaques commémoratives. Celle d'Achille n'est pas bien difficile à trouver. Une dalle de marbre blanc avec un bouquet de roses posé sur le dessus, telle une éclaboussure de sang. Pourpres, elles sont desséchées par le soleil. Je lis la plaque de bronze.

ACHILLE INFURIATI
20.02.1928 25.09.1954
« *Vi vedrò di bel nuovo, e gioirà il vostro cuore, e nessuno vi torrà il vostro gaudio.* »
(« Nous nous reverrons, et ton cœur se réjouira, et personne ne pourra prendre ta joie. »)

L'épitaphe me semble familière mais je ne me souviens plus d'où. Dante, peut-être, ou un extrait de la Bible ? J'effectuerai des recherches, mais plus tard. Ça ne me paraît pas correct de sortir mon téléphone ici. Je me baisse et dépose mon bouquet à côté de l'autre.

Le silence dans le cimetière est si total que même le passage des voitures de l'autre côté des murs me parvient comme étouffé. J'ai l'impression que je devrais dire quelque chose. J'ai presque envie de prier, mais je ne sais pas comment. Je me tiens immobile au-dessus de la sépulture d'Achille et me plonge dans mes pensées, si profondément que je me retrouve presque dans un état méditatif. Je ne vois pas le temps passer et je ne remarque la présence de Marco que lorsqu'il arrive à ma hauteur et me lance :

— Tu communiques avec ton ami ?

Je sursaute et reviens au présent. Je sens les larmes monter. Je sors mes lunettes de soleil et les mets en vitesse.

— C'est un peu ça.

— Comme dans les films, dit-il en souriant. La femme mystérieuse avec son chapeau et ses verres teintés, éplorée au-dessus d'une tombe. Oh, mais regarde un peu ça, poursuit-il en se postant à mes côtés. J'aime bien l'inscription.

— Elle est de qui ? demandé-je. Tu le sais ?

— Je crois que c'est un extrait de l'Évangile selon… saint Jean ? Oui, c'est saint Jean. Ma mère était très pieuse, explique-t-il. Quand j'étais petit, je pouvais réciter tout le chapitre par cœur. Mais j'ai quasiment tout oublié.

— Je ne pense pas qu'Achille ait été très pieux, souligné-je. Mais ses parents, peut-être que si.

Je lis encore une fois l'épitaphe. Et soudain, elle me semble terriblement émouvante.

— Peut-être, dit Marco. Mais l'espérance est une chose universelle, tu ne crois pas ? Ils avaient perdu leur fils et voulaient le retrouver.

— Peut-être, acquiescé-je tandis que les larmes se mettent à jaillir.

Je me dépêche de sortir un mouchoir en papier pour m'essuyer les yeux.

— Oh, Tori, je suis désolé, s'excuse Marco, d'une voix si douce que je redouble de pleurs.

— Pourquoi est-ce que je n'arrive pas à retenir mes larmes, bon sang ? Désolée, je pleure pour un oui ou pour un non, et ça ne s'arrête jamais.

— Parce que tu as besoin de t'épancher, je suppose, murmure-t-il avec douceur.

— Mais j'ai horreur de ça ! J'ai envie que ça s'arrête.

— Un câlin pourrait t'aider, tu penses ?

Marco ouvre les bras et je me répands en gros sanglots pas sexy sur son épaule.

— Désolée, marmonné-je quand les pleurs se tarissent un peu. J'ai honte.

— Il n'y a pas à avoir honte, Tori. (Il me caresse le dos lentement avec des mouvements circulaires.) Écoute, dit-il, si tu as décidé de vivre en Italie, il faut que tu apprennes – si possible – à laisser libre cours à tes émotions en présence d'autrui. Personne ne va te juger pour cela.

— Non, bien sûr.

— Je t'assure que c'est vrai. Même si nous n'étions pas seuls, tu penses vraiment que les gens s'offusqueraient du fait que tu oses montrer tes émotions en public ? Tu es en Italie, dans un cimetière, au-dessus de la tombe d'un héros romantique qui a connu une fin tragique. Pour sauver la vie d'un enfant. Et en plus, ta grand-mère a perdu l'amour de sa vie et s'est retrouvée mariée à un Anglais guindé avec qui elle a eu ta mère qui, pour être tout à fait franc, m'a l'air d'une femme odieuse. Si tu ne pleurais pas avec tout ça, je me demanderais si tu as une âme.

— Ah, dis-je.

J'ai les cils poisseux, mon chapeau est tombé et je dois avoir le nez rouge. Mais Marco continue de m'étreindre et j'entends les battements de son cœur, puissants et réguliers. Je ferme les yeux et me laisse bercer.

— Ça t'a fait du bien de pleurer ? me demande-t-il au bout d'un moment.

— Je me sens plus légère, comme si on m'avait passée à l'essoreuse.

— C’est bien. C’est que tu en avais besoin.

— Peut-être.

— Si, si, dit Marco en déposant un baiser sur mon front.

Je m’attends à ce qu’il me relâche mais je n’en ai aucune envie. Je veux rester dans ses bras et fondre à nouveau en larmes tant je me sens bien quand je suis blottie contre lui.

— Je pense qu’on ne devrait pas rester en plein soleil, murmure-t-il.

Je me recule et récupère mon chapeau tombé à mes pieds. Mon corps s’anime d’une façon qui n’est vraiment pas convenable quand on est dans un cimetière à midi. Je lisse mes cheveux et m’oblige à respirer lentement pour calmer mon cœur qui s’emballe, puis je pose la main sur le marbre blanc de la tombe d’Achille.

— Au revoir, dis-je. Je reviendrai bientôt.

Je perçois un mouvement à l’orée de mon champ de vision. Je relève la tête et aperçois une petite femme, frêle comme un moineau, qui se tient à quelques mètres de moi et me fixe du regard. Elle porte un énorme cabas à un bras, et dans l’autre un bouquet de roses.

18

Je sursaute, retire ma main en hâte et me relève. Je me sens coupable, comme si j'avais voulu m'approprier quelque chose qui ne m'appartient pas. Je balbutie :

— *Mi scusi…*

La vieille dame semble émerger de ses pensées. Elle secoue la tête.

— Non, non, c'est moi qui m'excuse. Je vous ai dérangés.

— Pas du tout. Nous devons y aller.

Elle scrute mon visage d'un regard inquiet.

— Comme vous voulez. Vous êtes bien aimable, ajoute-t-elle.

— C'est tout naturel. *Buona giornata.*

— *Buona giornata anche a lei.*

Elle pose les roses avec soin et ouvre son grand sac de toile. Je tourne les talons et me dirige d'un pas vif vers la grille, suivie de Marco. Quand je regarde par-dessus mon épaule, je la vois agenouillée devant la tombe, occupée, semble-t-il, à enlever les fleurs flétries. Je n'ai qu'une envie, faire demi-tour et lui demander quel était son lien avec Achille. Mais elle est tellement absorbée par sa tâche que je n'ai pas le cœur à la déranger.

Marco met sa main sur mon épaule.

— Tu reviendras, me dit-il avec douceur, et alors, tu pourras en apprendre davantage sur elle.

Je suis dévorée par la curiosité, mais je sais qu'il a raison. Il y a sûrement quelqu'un à Romituzzo qui connaît cette femme fleurissant la tombe d'Achille Infuriati. Il faut que je trouve le moyen de la rencontrer et de parler avec elle, sans m'immiscer dans son rituel privé.

— Tu as raison.

Sur le petit parking à l'extérieur du cimetière, un homme bedonnant arborant une casquette de base-ball est appuyé contre une vieille Fiat, une cigarette entre les lèvres, en train de consulter son portable. Il lève les yeux à notre approche. Nos regards se croisent.

— *Buongiorno*, lui lance Marco.

L'homme, qui s'est déjà replongé dans son écran, marmonne vaguement une réponse. Marco le traite d'abruti entre ses dents.

Il n'y a qu'une autre voiture sur le parking. Longue et basse, rouge vif, extravagante. Marco prend des clés dans sa poche et les agite sous mon nez, le sourire aux lèvres.

— Waouh ! C'est la tienne ?

— Une Comacchi Scorpion 1964. C'était pour la prendre que je suis allé à Castelmedici.

— Les bagnoles, c'est ton truc, on dirait.

— Qu'est-ce qui te fait croire ça ?

Il ouvre la portière côté passager.

— *Prego.*

— *Grazie.*

Je me baisse et m'assieds en casant mes jambes chevilles jointes, comme me l'a enseigné Granny. À l'intérieur, c'est un four.

— Désolé. Il n'y avait pas de coin ombragé à des kilomètres à la ronde.

Marco se glisse avec souplesse sur le siège du conducteur. Il abaisse la vitre de son côté et remonte ses manches. Sa chemise est froissée et humide à l'endroit où j'ai pleuré contre lui. Heureusement que j'ai renoncé au mascara ce matin !

— Alors, je t'emmène où ? me demande-t-il.

Je suis incapable de penser.

— Euh… Et toi, où dois-tu aller ?

— Nulle part dans l'immédiat. Mais j'ai envie de la faire rouler un peu. On se trouve un resto pour déjeuner ?

— Bonne idée.

Après ma crise de larmes, mes lunettes de soleil sont mouchetées de sel. Je tente de les essuyer avec mon top, mais le résultat est désastreux. Je laisse tomber et les fourre dans mon sac.

— Si tu n'as pas trop faim, on peut faire un tour. Par San Damiano, par exemple. Il y a plein de restos sympas dans le coin. Tu as sans doute envie de voir à quoi ressemble la route ?

— Pas franchement. J'ai eu ma dose de tragédie pour aujourd'hui. En fait, tu sais de quoi j'ai envie ? D'oublier ce satané bouquin pendant un moment.

— Tu es sûre ?

— Oui. Grâce à Tim Swithins et à ses deux obsessions, à savoir la Seconde Guerre mondiale et les voitures de course, je vais passer un an et demi à ne penser qu'à Achille Infuriati. Allons fêter ça dans un lieu qui n'a absolument rien à voir avec lui.

— Nous pouvons être à Sienne dans une demi-heure.

— Ce n'est pas trop loin ?

— Je n'ai aucun engagement aujourd'hui. De fait, je n'ai rien de prévu jusqu'à demain après-midi. Nous pouvons faire la fête toute la nuit si nous le voulons.

Sa remarque plane quelques instants entre nous.

— Je ne connais pas Sienne. Ce serait sympa.

— Va pour Sienne, alors.

Nous voici donc partis. Vignobles, bosquets, champs, églises et maisons se succèdent, dessinant un paysage aux contours variés. Ces petites routes qui serpentent de colline en colline sont charmantes, mais le souvenir de la fin tragique d'Achille ne me quitte pas et je suis un tantinet nerveuse dans les virages.

— Je me demande qui c'était, la dame avec les roses.

— Un quart d'heure, observe Marco.

— Pardon ?

Il éclate de rire.

— Cela fait un quart d'heure que tu as affirmé vouloir oublier ton bouquin ! C'est un bon score. Je ne pensais pas que tu tiendrais plus de cinq minutes. Mais je suis du même avis que toi. C'était bizarre, au cimetière. Moi aussi j'y repense.

— Je n'arrête pas de rejouer la scène dans ma tête. Elle devait avoir dans les quatre-vingts ans, cette dame.

— Au moins.

— Avec ses roses et son sécateur. Je me demandais…

— Oui ?

— Je me dis que c'était peut-être la sœur d'Achille, Stella. Elle aurait quatre-vingt-dix ans, mais ce n'est pas impossible. Ces vieilles Italiennes sont souvent des forces de la nature.

— Ça, tu peux le dire !

— Et elle semblait la gardienne de la mémoire d'Achille, presque sa propriétaire. De toute évidence, elle souhaitait qu'on la laisse seule. Et puis, pourquoi s'occuper de la tombe par cette chaleur, si elle n'est pas de la famille ?

— Ce pourrait être une ancienne petite amie. Très très ancienne. Ou une camarade de la Résistance.

— Sans doute. Mais ce serait génial si c'était Stella, non ?

Marco soupire.

— Tori, j'allais t'en parler. C'est une des raisons pour lesquelles je voulais qu'on se voie aujourd'hui. En plus du plaisir de ta compagnie, bien entendu.

— De quoi s'agit-il ?

— J'espère que tu ne penses pas que je me mêle de ce qui ne me regarde pas mais j'ai fait quelques recherches, et je pense qu'il n'y a guère de chances que cette femme soit la sœur d'Achille. Parce que, sur le plan administratif, Stella Infuriati n'existe pas.

Je tourne la tête vers lui et contemple son profil imperturbable, concentré sur la route.

— Comment cela, elle n'existe pas ?

— Je sais que cela semble étrange, mais quiconque vivant en Italie, natif ou immigré régulier, a une trace administrative. Tout le monde est obligé de s'enregistrer auprès de l'*Anagrafe* de sa commune, que ce soit Florence, Sienne ou Romituzzo.

— Comme moi, bientôt.

— Exactement. Mais comme tu viens d'arriver, il faut te faire entrer dans le système et c'est un peu plus compliqué. Une fois qu'on est enregistré, en revanche, c'est très simple. Si tu quittes Florence pour t'installer ailleurs – j'espère bien que non –, tu n'auras qu'un ou deux formulaires à remplir, l'administration se chargera du reste, y compris d'informer la municipalité de ton déménagement. Ainsi, pour savoir si quelqu'un est résident en Italie, et vivant, il suffit de savoir que cette personne a habité dans telle ou telle ville à un moment donné. On peut la retrouver avec cette simple information, même si on ne connaît pas son adresse actuelle. Comme nous savons que Stella était à Romituzzo, j'ai téléphoné à l'*Anagrafe* de la ville.

— Vraiment ? On peut appeler et demander des renseignements sur n'importe qui ?

— Oui, mais pour avoir l'adresse de quelqu'un ou pour obtenir une copie des documents d'enregistrement, c'est plus difficile. Cela dit, les informations de base – nom, date et lieu de naissance, ville de résidence – sont publiques. La loi fait obligation à l'*Anagrafe* de les communiquer à quiconque en fait la demande.

— Ça ne me plaît guère.

— C'est la loi et, à dire vrai, cela ne me plaît pas non plus. Quoi qu'il en soit, j'ai parlé longuement avec les employés du service, à Romituzzo, et voici ce que j'ai appris : Stella Infuriati y est née le 1er mai 1929. Elle demeurait, en toute logique, au domicile familial avec ses parents et son frère. Au début de 1955, quelques mois après la disparition d'Achille, ses parents ont déménagé à Florence. Stella ne les a pas accompagnés. J'ai vérifié auprès de l'*Anagrafe* de Florence, au cas où il y aurait eu une erreur administrative. N'oublions pas que rien n'était informatisé à l'époque. Mais il n'y a aucune trace d'elle à Florence.

— Donc, elle est restée quand ses parents sont partis ?

— C'est là que le mystère s'épaissit. Si elle avait continué de vivre à Romituzzo, elle apparaîtrait dans les fichiers administratifs. Soit elle aurait déménagé, soit elle serait devenue la seule résidente de la maison familiale. Si elle était partie ailleurs, dans une autre ville ou un autre pays, cela serait également enregistré.

Mais elle ne figure nulle part. Elle n'est pas partie, elle n'est pas restée, elle n'est pas déclarée décédée ni portée disparue. Son dossier n'a pas été actualisé, et à partir de 1956, c'est une autre famille qui a habité dans la maison de ses parents.

Je me souviens de ce que Marco m'a expliqué au sujet du code fiscal.

— Ne pourrait-elle pas avoir changé de nom ? En se mariant, par exemple ?

— Elle aurait pu prendre le nom de son époux, ce n'est qu'en 1975 que la loi a été modifiée. Mais pour ce faire, elle aurait dû se marier officiellement, et cela serait consigné. La municipalité enregistre tous les grands événements de la vie : naissance, mariage, décès.

— Malgré tout, elle est peut-être partie à l'étranger. Les Italiens ont émigré en masse après la guerre, n'est-ce pas ? Il est probable que certains soient passés entre les mailles du filet, pour ainsi dire.

— C'était ma première idée. Les recherches généalogiques sur les familles d'émigrés sont un secteur très prospère en Italie. On peut consulter les listes de passagers des navires, par exemple, et toutes sortes de bases de données. Stella n'est mentionnée nulle part. C'est un véritable fantôme.

— Fichtre ! Tu as fait toutes ces recherches en quelques jours ?

— Quelques heures m'ont suffi, en réalité. Tu n'as pas idée du temps que je passe à aider des clients américains à retrouver la trace d'un arrière-grand-oncle Giovanni qui vivait dans les environs de Naples autour de 1960. Je pourrais consulter les archives en dormant. J'espère juste que je n'ai pas outrepassé ma mission.

— Bien au contraire. Seule, je n'aurais jamais pu m'y retrouver. Tu me fais gagner un max de temps, sans parler du stress !

— C'était le but. J'aurais quand même dû te demander avant si tu étais d'accord, excuse-moi. Mais surtout, je suis désolé d'avoir fait chou blanc. Je serais apparu en héros si j'avais retrouvé Stella pour toi. Il ne me reste que des hypothèses, assez tirées par les cheveux je dois dire. Tu ne peux pas imaginer les théories farfelues que j'ai échafaudées.

— Raconte. Je rêve de savoir ce que ton cerveau a élaboré.

Marco secoue la tête.

— Non, aucune ne tient la route. Et puis tu voulais oublier le bouquin, rappelle-toi.

— OK, on fait une pause. Parlons d'autre chose.

— Bonne idée.

Du coup, nous nous taisons tous les deux. Marco garde les yeux fixés sur la route, tandis que je digère les informations qu'il vient de me donner. Après quelques minutes, il s'éclaircit la voix.

— J'ai une théorie qui est peut-être moins fantaisiste que les autres. Disons qu'au moins elle laisse un peu d'espoir.

— L'espoir fait vivre.

Je tente de refouler mes fantasmes morbides de corps enterrés dans des caves ou dissous dans un bain d'acide. Ma propre imagination prend vite un tour très sombre.

— C'est très relatif, mais bon, la voici : même si je ne sais pas grand-chose de Stella, on peut dire qu'elle ne plaisantait pas avec ses convictions politiques. Achille avait quinze ans quand il est entré dans la Résistance, ce qui est déjà très jeune, et elle n'en avait que quatorze. Elle ne pétaradait pas sur une moto mais devait passer les barrages et les points de contrôle des Allemands à pied ou à bicyclette. Cela demande un sacré sang-froid.

— En effet.

— Ces derniers jours, en quête d'informations sur Stella, j'ai lu des récits concernant les femmes dans la Résistance, et j'ai constaté que beaucoup avaient vécu des expériences terrifiantes. Quand la guerre a pris fin, la plupart des partisans ont été soulagés de retrouver une vie normale. Mais certains voulaient continuer le combat. Il ne leur suffisait pas d'avoir chassé les nazis. Ils voulaient se battre pour la révolution mondiale.

— Tu penses que c'est le cas de Stella ?

— Je n'en ai pas la moindre idée. Cela dit, elle avait seize ans quand la paix est revenue, et si elle était aussi engagée que son frère, je peux l'imaginer se procurant de faux papiers pour aller continuer la lutte ailleurs. Elle n'avait que l'embarras du choix. L'Argentine, l'Abyssinie, ou bien, de l'autre côté de la frontière, la Yougoslavie.

— Ce qui expliquerait qu'il n'y ait plus aucune mention de Stella Infuriati dans les registres municipaux.

— C'est cela. Je ne dis pas que c'est un scénario probable, mais c'est celui que je préfère.

— Moi aussi. Il y a d'autres exemples, d'ailleurs. Un cousin de Granny est parti clandestinement en Espagne pour rejoindre les Brigades internationales. Il a connu George Orwell, même s'il ne l'appréciait pas.

— Rien que ça !

Marco est impressionné.

— Ma grand-mère m'a raconté son histoire lors de l'un de nos voyages à Florence. J'étais en train de lire *La Ferme des animaux* qu'on étudiait en classe. J'adorais ce bouquin. En écoutant Granny me parler de lui, je me sentais très adulte, même si je ne comprenais pas tout. Une fois rentrée, j'ai demandé à Maman si elle avait connu le cousin Hector, en ajoutant que je trouvais génial qu'il ait combattu à la fois Franco et Staline. Ma pauvre mère en a avalé son chapeau.

— Je commence à comprendre pourquoi Achille s'entendait si bien avec ta grand-mère, contrairement à ta mère.

— Ma mère a toujours préféré le *statu quo*. Pas le groupe de rock, cela va de soi.

— Dommage, ça aurait été un bon point ! ironise Marco. Nous sommes presque arrivés. Regarde, à droite, c'est Monteriggioni.

Je tourne la tête et vois les remparts au sommet d'une colline. Leur ligne est si parfaite, d'une symétrie si équilibrée, que ce paysage a quelque chose d'irréel. Comme si je me trouvais plongée dans le rêve d'une Toscane idéale.

— Sienne est aussi belle ?

— Encore plus. C'est une ville magnifique, même si, en tant que Florentin, je ne devrais pas le dire. Nous sommes censés rester fidèles à nos dissensions historiques.

La route monte en pente raide, et mon moral est à l'avenant.

— Je te propose un pacte : dès que nous entrerons dans Sienne, et jusqu'à ce que nous repartions, pas un mot sur le livre.

— D'accord.

19

Stella

Pas plus que durant la Résistance, je ne me suis distinguée par mes faits d'armes au moment de la Libération.

Niché au fond d'une vallée étroite bordée par un affluent mineur de l'Arno, Romituzzo était à l'abri des pires exactions commises par l'occupant. Nous n'étions pas loin des points stratégiques les plus importants tels que San Gimignano, Poggibonsi, Certaldo, Castelfiorentino, Empoli, situés de l'autre côté des collines, dans la vallée Elsa, où les combats faisaient rage. La mère d'Enzo et ses collègues furent tuées par une bombe « perdue ». Mais nous n'avons jamais subi directement les bombardements et n'avons jamais eu à nous ruer dans des abris souterrains pour émerger ensuite dans un monde en ruine. Chez nous, les dommages étaient collatéraux, et pour ainsi dire marginaux.

Quand les Alliés repoussèrent les Allemands vers le nord, à la fin de l'été 1944, ce furent San Gimignano, Poggibonsi, Certaldo, Castelfiorentino et Empoli qui essuyèrent les pires pertes. À mesure que les nazis se repliaient dans le Valdana, ils massacraient et brûlaient tout sur leur passage. Mais si notre village n'avait jamais eu à les affronter, notre bout de vallée n'étant sans doute pas suffisamment important à leurs yeux, nous avons malgré tout pris les armes pour combattre les milices fascistes, qui ne voulaient pas céder un pouce de terrain. C'était le prix à payer pour recouvrer notre liberté.

Le matin où les affrontements éclatèrent à San Damiano, Achille vint frapper à ma porte peu après le lever du soleil.

— C'est parti, me dit-il. Descends à Saint-Christophe et attends les ordres. C'est le principal point de ralliement.

Aussitôt, j'allai chercher mon pistolet dans le tiroir de ma commode.

— Tu seras posté où ?

— À Santa Marta. Bon sang, ne me dis pas que tu comptes abattre les fascistes avec cette minuscule pétoire ?

— C'est tout ce que j'ai, protestai-je, prenant la défense du cadeau de don Anselmo. De toute façon, on va m'en donner un autre à Saint-Christophe.

Achille fit la moue.

— À ta place, je ne compterais pas là-dessus. Tiens, prends plutôt ça.

Il sortit son Beretta de l'étui qu'il portait à sa ceinture et me le tendit.

— Achille, non, je ne peux pas accepter.

— J'ai un flingue allemand. S'il te plaît, Stellina. Prends-le, sinon, je vais me ronger les sangs. Tu te souviens comment on tire au pistolet ? Tu fais tourner le barillet à fond – tu presses la détente, dans ce sens-là. Oh, et vise l'abdomen !

— Compris, dis-je.

Je devais avoir l'air abasourdie, parce qu'Achille m'a souri et serrée brièvement dans ses bras.

— T'inquiète, petite sœur. On se retrouve sur le champ de bataille.

Il tourna les talons et dévala les escaliers. La porte d'entrée claqua, et quelques instants plus tard, j'entendis démarrer la MM 125 et ma mère qui criait :

— Achille ! Achille !

Comprenant que je n'échapperais pas à un interrogatoire, je défis la ceinture avec le Beretta, l'enveloppai dans un vieux fichu et la fourrai dans ma sacoche. Puis je m'habillai en vitesse avec ce qui me tombait sous la main. Ma mère m'intercepta dès que j'eus atteint le bas de l'escalier.

— Où est donc parti vadrouiller ton frère si tôt le matin ? Il te l'a dit ?

— Tu sais bien que non, Maman. Il n'est pas censé nous dire ce genre de choses.

— Mais le soleil est à peine levé, protesta Maman, livide, avec une lueur de panique dans les yeux. Il ne part jamais de si bonne heure. Et puis c'est dangereux de s'aventurer dehors. Je sais que les Allemands ne sont plus là, mais les fascistes…

— Je sais. Je suis certaine qu'il va rester à l'abri jusqu'à ce que les combats soient terminés. (J'enlaçai ma mère dans mes bras et lui dis aussi calmement que je le pouvais :) Allons, viens t'asseoir au chaud. Je vais te préparer un petit déjeuner.

Mais elle se recula pour m'inspecter de la tête aux pieds.

— Et toi, où est-ce que tu vas comme ça ? Et pourquoi tu emportes ton cartable ?

Il y avait belle lurette que j'avais appris à mentir à mes parents. Je n'eus même pas besoin de réfléchir.

— Je vais à l'église, dis-je. Don Anselmo a installé un abri dans la crypte. Vous devriez venir, toi et Papa.

C'était un coup de poker, mais Maman mordit à l'hameçon. Elle secoua la tête et répondit, comme je m'y attendais :

— Ton père et moi allons garder la maison. Mais tu dois aller retrouver don Anselmo. (Elle me caressa la joue.) Vas-y et que Dieu te préserve.

Ce fut la dernière caresse que je reçus de ma mère. Je l'embrassai et sortis. Les rues étaient désertes et on sentait que tout le village était en émoi, comme le jour du *rastrellamento*. De temps à autre, je percevais un mouvement à l'orée de mon champ de vision, comme si des gens m'épiaient depuis une fenêtre ou une allée privative. Étaient-ils dans notre camp ou dans celui de l'ennemi ? Quoi qu'il en soit, je ne devais pas avoir l'air bien menaçante.

Les portes de l'église étaient fermées, mais un brouhaha confus me parvint depuis la nef. On était en train de célébrer la messe du matin. Un groupe de fascistes à l'air renfrogné montait la garde là où se trouvait jadis le point de contrôle allemand, comme des gamins impatients d'en découdre. Je me faufilai à l'intérieur de l'église et m'agenouillai sur le premier prie-Dieu qui s'offrait à moi, puis glissai mon cartable sous le banc. Le service était presque terminé, et don Anselmo entamait les dernières oraisons. J'éprouvai un certain désenchantement. Je m'étais attendue à quelque chose de plus exaltant, et puis j'aurais aimé communier afin de m'attirer ne serait-ce que quelques miettes de la grâce divine en un jour comme celui-là. Je fermai les yeux et laissai les mots s'échapper de mes lèvres, tandis que la voix chantante de don Anselmo récitait les psaumes.

— … *et vidimus gloriam eius, gloriam quasi unigenti a patre plenum gratiæ et veritatis*, conclut don Anselmo.

— *Deo gratias*, répondirent les fidèles tandis que l'orgue, avec un temps de retard, entamait un *Ave Maria* tonitruant.

Don Anselmo leva la main.

Derrière moi, un grincement métallique résonna : quelqu'un tirait les verrous des grandes portes monumentales. Les fidèles se levèrent comme un seul homme, sortant fusils et grenades dissimulés sous les bancs et se débarrassant de leurs épais manteaux d'hiver sous lesquels ils dissimulaient leurs revolvers et cartouchières.

À deux rangées de moi, Agnese était en train de donner des ordres à un petit groupe de femmes qui s'étaient réunies autour d'elle.

— Je suis là, lançai-je, en fendant la foule. Je suis prête !

Agnese était une femme bien en chair, du même âge que ma mère. Nous étions habitués à la voir en tablier de ménagère, son éternel cabas à la main, mais aujourd'hui, elle portait un pantalon et une chemise d'homme avec un brassard tricolore et un fusil à l'épaule. À côté d'elle, dans ma robe en coton et mes souliers éculés, je me sentais toute petite.

— Stella, commença-t-elle. Contente de te voir. On t'a dit quoi faire ?

— Euh, non.

Elle me dévisageait comme si ma présence parmi elles lui semblait incongrue.

— Je suis venue pour prendre mes ordres, expliquai-je.

— Je vois. Ma foi, je ne suis pas sûre que nous ayons besoin de toi ici. Si tu veux bien aller voir don Anselmo…

— Je suis venue pour me battre ! m'écriai-je. Je suis armée.

Je sortis le Beretta de ma sacoche.

Les yeux d'Agnese s'arrondirent.

— Tu sais t'en servir au moins ?

— Oui. Je veux dire : je sais tirer au pistolet. Je suppose que celui-là n'est pas différent des autres.

— Tu as déjà tiré sur… quelqu'un ?

— Non, concédai-je.

— Pas même un lapin ?

— Non.

— Quelqu'un t'a déjà tiré dessus ?

— Non, mais…

— C'est trop risqué. (Elle secoua la tête.) Si tu avais quelques années de plus, ou un peu d'expérience – même à la chasse –, mais dans ces circonstances… je refuse de t'envoyer au casse-pipe.

— Mais je veux me battre ! protestai-je.

J'étais sincère. Je n'étais pas une tête brûlée comme Achille, mais après tout ce que j'avais vu, j'aurais pu tuer des fascistes à mains nues.

Agnese me tapota l'épaule.

— Je sais, et je sais que tu es courageuse – et tu n'as pas idée combien c'est utile à notre organisation. Mais nous devons te protéger et te garder saine et sauve pour la suite. Donne-moi ton pistolet et va trouver don Anselmo.

Docilement, je lui tendis mon arme – que je le veuille ou non, c'était Agnese qui commandait – puis j'allai retrouver don Anselmo. Ce dernier était dans la sacristie, occupé à compter des cartouches en compagnie d'une jeune femme coiffée d'un foulard blanc.

— Pardonnez-moi, dis-je en haussant légèrement la voix pour être entendue malgré l'orgue qui venait d'entonner l'*Ave Maris Stella*.

— Ma chère enfant, déclara don Anselmo. Je suis heureux que tu sois là. Mais viens, approche, j'ai des tâches importantes à te confier ici même, au centre de commandement. (Avant que j'aie pu réagir, il me prit par le bras et m'entraîna vers la porte du tunnel, qui était grande ouverte.) Et maintenant, vite ! Don Mauro aura bientôt épuisé tout le répertoire et je crains que nos amis les fascistes, qui montent la garde dehors, ne flairent anguille sous roche avant longtemps.

— Que voulez-vous que je fasse ? demandai-je en dévalant les escaliers à sa suite.

— Seconder notre médecin. Tu supportes la vue du sang au moins ?

— Oui.

Avec Papa et Achille qui se blessaient à tout bout de champ, j'étais habituée à soigner des brûlures ou nettoyer et panser des plaies.

À l'entrée du tunnel, un barbu élancé, le cou ceint d'un foulard rouge, était en train de fourgonner dans un vieux paquetage de soldat.

— On a assez de gaze, tout du moins pour l'instant, dit-il. Mais on va avoir besoin de davantage de garrots. Au pire, tu en tailleras dans la nappe d'autel. Et nous avons aussi besoin de treuils, de stylos, de cuillères ou de couteaux à beurre, ou n'importe quels autres instruments du même genre qui ne risquent pas de casser. Eh, salut, Stella !

— Salut, répondis-je, quoique sans avoir la moindre idée de qui était ce garçon.

— Stella est venue te prêter main-forte, expliqua don Anselmo. Je vais voir ce que je peux dégoter pour confectionner des garrots, mais il est hors de question de découper la nappe d'autel. Je vais demander à Assunta de nous trouver des vieux draps.

— Et des serviettes aussi, tant qu'à faire, ajouta l'homme.

Don Anselmo acquiesça d'un hochement de tête, puis s'enfonça en hâte dans le tunnel en direction du presbytère.

L'homme s'assit sur ses talons et me lança, l'air amusé :

— Tu ne m'as pas reconnu, je parie !

Mais comme il disait cela, quelque chose dans son expression et le ton de sa voix me revint. En faisant abstraction de sa barbe et de ses cheveux en bataille, je parvins à reconnaître l'étudiant en médecine toujours tiré à quatre épingles qui aidait son père à la pharmacie.

— Oh, mais si, contrai-je. Tu es Davide Gallurì.

— Exactement. Tu travaillais avec ma sœur Berta. Et maintenant, prends ça, m'indiqua-t-il en me tendant une paire de ciseaux et un drap. Tu vas découper des bandelettes de dix centimètres de large environ. Si tu as un doute, n'hésite pas à tailler plus grand. Comme ça, nous aurons de quoi confectionner des pansements.

Je m'assis sur une pile de couvertures et étalai le drap sur mes genoux. Ce n'était pas facile de travailler dans ces conditions, mais j'étais fière de m'être vu confier cette tâche, et contente que Davide ait mentionné Berta. D'une certaine façon, cela avait brisé la glace entre nous.

— Voyons ? dit Davide quand j'eus découpé trois ou quatre bandes. C'est parfait. On va devoir soigner des blessures par balle, et peut-être même par arme blanche. C'est pourquoi il nous faut un stock suffisant de pansements. Au total, deux par blessures, un dessus et un dessous.

— Ça permet de stopper les saignements ?

— Oui, s'il s'agit d'un bras ou d'une jambe. Pour toute autre partie du corps, il faut exercer une pression. Si je te dis de compresser, tu dois appuyer de toutes tes forces sur la zone concernée. N'aie pas peur d'y aller franco. Ce qui compte, c'est de stopper l'hémorragie.

— Et de sauver une vie, soulignai-je naïvement.

— Quand c'est possible, oui, répondit gentiment Davide. Mais notre principal objectif est de gagner du temps. Et de tenir bon jusqu'à ce que les fascistes décampent et que le vieux Dr Bianchi intervienne, s'il a suffisamment de cran pour aider un partisan.

— Des serviettes ! cria don Anselmo en émergeant du tunnel avec les bras remplis de linge. Voici ! Des serviettes et deux draps, et une pleine caisse de couverts. Ça vous ira ?

— Formidable, dit Davide. Donnez les draps à Stella. Elle est en train de fabriquer des garrots. Vous serez, euh… dans les parages si on a besoin de vous, mon père ?

— Oui, ne t'inquiète pas. Don Mauro va se joindre aux combattants, et moi je vais rester avec vous. (La voix de don Anselmo trembla quand il ajouta :) Il faut que vous sachiez que l'orgue a cessé de jouer.

20

Tori

— Tu n'arrêtes pas d'y penser, pas vrai ?

Le son de sa voix m'arrache à ma rêverie. Nous sommes à Sienne, assis sur un banc de pierre dans la cour d'un *palazzo*. Il fait moins étouffant qu'à Florence ou à Romituzzo, et une brise agréable me caresse la peau. Malgré tout, l'ombre ne protège pas de la chaleur de l'après-midi. C'est l'heure où les gens doués de raison restent à l'intérieur. Pas étonnant que nous soyons seuls.

— Tu penses à ton livre, répète Marco. Je le vois sur ton visage, à ton expression rêveuse.

En fait, ce n'était pas au bouquin que je songeais, mais à lui. À son baiser. À ce qu'il aurait pu se passer si je n'avais pas coupé court.

— Oh. Prise en flagrant délit !

— Ah, ces écrivains… continue Marco d'un ton taquin. Ils ne sont heureux que quand ils travaillent. Je ne peux pas rivaliser avec Achille Infuriati.

— Désolée, pour l'autre jour, lancé-je de but en blanc.

Marco regarde de l'autre côté, vers la colonnade.

— De quoi parles-tu ?

— L'autre jour, répété-je… J'ai pris peur, je ne sais pas pourquoi. Je n'arrive pas à me l'expliquer. Tu n'as rien fait de mal, mais…

— Pas de souci, Tori. C'est moi qui devrais m'excuser. J'ai mal interprété la situation, et je t'ai mise mal à l'aise. Si je pouvais, je reprendrais mon geste.

Les mots jaillissent de ma bouche, irrépressibles.

— Mais non ! Tu n'as pas mal interprété du tout. J'avais envie de t'embrasser, ça me plaisait.

Marco se tourne vers moi. Il reste sur ses gardes, mais esquisse un sourire.

— Ah bon ?

Malgré mon cœur qui bat la chamade, je suis soulagée de lui avouer la vérité.

— Oui. Ma réaction n'avait rien à voir avec toi. Je n'avais qu'une envie… Sauf que, parfois, j'ai des accès d'angoisse. De honte. Qui s'abattent sur moi, surgis de nulle part, et qui gâchent tout.

— Est-ce lié à ton ex ?

Boum ! Une simple allusion à Duncan, et mon courage tout neuf vole en éclats. S'il y a quelqu'un à qui je n'ai pas envie de penser, c'est bien à lui. Je ne veux pas de sa présence ici, dans cet endroit merveilleux.

— Euh…

— Ne te sens pas obligée de parler de lui. Je crois que j'ai une vague idée de toute façon.

— Vraiment ?

— Chiara n'est pas indiscrète. En tout cas, pas délibérément. Mais elle m'a dit deux ou trois trucs sur ce type qui me font penser qu'il s'est mal comporté avec toi.

Je répète les paroles de Charlie.

— Il ne m'a ni frappée ni trompée.

— Cela ne change rien ! J'ai grandi avec un père qui était un abruti sans cœur, et une mère qui vivait dans la peur de ses réactions. Si avec lui tu devais sans cesse te sentir coupable ou incompétente, alors c'était un sale type, et je suis content que tu l'aies quitté.

Je n'en reviens pas qu'il se montre si subtil.

— Tu comprends, alors ?

— Bien sûr.

Marco pose une main sur ma joue. Je dois me faire violence pour ne pas m'y appuyer et me frotter contre elle comme un chat.

Cette fois, je ne me demande pas qui fait le premier pas. Je pose ma bouche sur la sienne et il m'embrasse. C'est si agréable que je me crispe, attendant que la culpabilité déferle sur moi. Mais non, je ne ressens que le bonheur de ce baiser, la chaleur de son corps contre le mien, son léger parfum citronné. Je me presse contre lui et il me prend dans ses bras, plaque sa main contre mon dos, juste à l'endroit où mon débardeur est remonté. Ses doigts qui effleurent ma peau nue m'envoient une décharge électrique. Je me mets à trembler.

— Ça va ? murmure-t-il dans mes cheveux. Dis-moi, si je vais trop loin.

— J'adore. Je t'assure. Peut-être que…

Son souffle est devenu haletant et je commence à me dire qu'il me désire autant que moi j'ai envie de lui.

— Parle.

— Tu m'as bien dit que tu ne devais pas être à Florence avant demain après-midi ?

— Exact.

— Alors nous pourrions peut-être rester à Sienne jusqu'à demain ?

Il scrute mon visage un moment, puis le sien s'éclaire d'un grand sourire.

— Tu veux aller à l'hôtel ?

Je rougis de la tête aux pieds, mais c'est trop tard pour jouer les vierges effarouchées.

— Oui, enfin si ça te dit.

— Et comment que ça me dit ! J'adorerais pouvoir t'annoncer que j'ai une adresse super géniale en plein centre. Mais en fait, je ne connais pas très bien Sienne, et en plus, je ne suis pas ce genre de mec cool.

— Ce n'est pas forcément une qualité d'être cool. Et puis j'ai un système. Quelle heure est-il ?

Il regarde sa montre.

— 16 h 30.

— Ça le fait. Emmène-moi boire un spritz, et je t'explique.

— Mais c'est insensé ! s'exclame Marco. Il y a des centaines d'hôtels à Sienne et tu veux prendre le premier sur la liste ? Sans savoir à quoi il ressemble, ou si le rapport qualité-prix est bon ?

— C'est ça, le système. Tu prends une décision rapide, sans réfléchir. C'est d'ailleurs comme cela que je t'ai choisi.

— Sans blague ?

— Oui. Chiara m'a donné une liste d'avocats et tu étais le premier, c'est donc toi que j'ai appelé. Sans me prendre la tête.

— Je vois. Bon, je peux m'adapter. Qu'est-ce que je dois faire ?

— Demande à Google ce que tu veux.

— Je tape « hôtel Sienne », c'est tout ?

— Non, non, non. Erreur de néophyte. On risquerait de se retrouver dans un centre de conférences bourré de congressistes allemands. Sauf si l'idée te tente, bien sûr !

— Pas du tout. Donc…

— Il faut cibler. Plus tu précises la recherche, plus tu auras des résultats satisfaisants.

— D'accord. « Hôtel romantique centre Sienne », par exemple ?

— Tu as pigé le principe. Disons « hôtel romantique centre Sienne climatisation moustiquaire ».

— Bonne idée !

Il tape les mots, et ajoute « parking gratuit ». Je bois une gorgée de spritz.

— Alors, qu'est-ce que ça donne ?

— Hôtel Pandolfo Petrucci.

— Pandolfo comment ?

— Petrucci. Chef du gouvernement de Sienne vers la fin du XVe siècle. Si je ne me trompe, il était impliqué dans la conspiration qui visait à assassiner Cesare Borgia.

— Bonjour le romantisme !

Il fait défiler son écran.

— Ça a l'air sympa. Pas mal du tout. Clim, moustiquaire, parking gratuit, isolation phonique… sauf qu'il donne sur le Campo. Super touristique. Peut-être qu'on pourrait trouver un peu plus à l'écart…

— Mais non, ce serait contraire au système. Appelle et demande s'ils ont une chambre. Si c'est complet, on essaiera le suivant.

— Mais…

— La règle, c'est qu'on ne réfléchit pas.

— OK. Voyons un peu.

Il colle son téléphone à l'oreille et me prend la main.

— Bonjour. Est-ce que par chance vous auriez une chambre double pour cette nuit ? D'accord, j'attends.

J'adore l'entendre parler italien. Je serre sa main et il me lance un regard qui me fait fondre.

— Ah, vous avez une annulation ? Une double, sur cour ? D'accord, conclut-il après m'avoir vue hocher la tête. Et elle est disponible à partir de… ? Parfait. Marco Guadagni. Merci, à tout à l'heure.

Je lui lance un grand sourire.

— Tu vois, ça marche, le système.

— Attendons de voir l'hôtel ! On y va quand tu veux.

Je finis mon verre et me lève, les jambes un peu flageolantes. Pas d'appréhension, mais d'anticipation.

La chambre est simple, et belle. Parfaite à dire vrai. Tomettes, poutres apparentes, murs blancs, et un lit immense au milieu, qui semble très confortable. Dans un coin, une porte ouverte donne sur la salle de bains carrelée de céramique bleue et blanche.

— Je dois reconnaître que le système fonctionne, concède Marco.

— Je te l'avais bien dit !

Il me prend par les épaules et m'embrasse.

— Je vais garer la voiture au parking et achèterai au passage des brosses à dents et, euh… une ou deux bricoles. Si entre-temps tu changes d'avis, on laisse tomber et je te ramène chez toi. Pas de problème. Entendu ?

Voyant son air grave, sincèrement préoccupé, je suis prise d'un élan de tendresse. Je lui passe les bras autour du cou et presse mes lèvres contre sa joue.

— Merci.

Une fois qu'il est sorti, je m'assieds sur le lit. Je n'en reviens pas. Je viens de proposer un plan baise à un homme super canon, et il a accepté. Jamais au grand jamais je n'ai fait une chose pareille. Il faut dire que je n'en ai guère eu l'occasion. Je me suis un peu éclatée à la fac, mais c'était surtout du pelotage au fond des bars, suivi de galipettes sur d'étroits lits d'étudiants. L'idée d'une halte coquine à Sienne ne faisait pas partie du paysage. Puis, en deuxième année, j'ai rencontré Duncan et tout s'est arrêté. C'était… en 2006.

2006, bordel !

Treize ans ont passé. J'ai quasiment oublié ce que c'est que de faire l'amour avec un nouvel amant. Je ne me souviens même plus de la dernière fois que j'ai baisé avec Duncan. De toute façon, c'était sûrement nul. Si ça se trouve, j'ai oublié comment on s'y prend. Je vais peut-être avoir des gargouillis au mauvais moment, ou écraser par inadvertance les couilles du pauvre Marco. Ou j'aurai une crise d'angoisse et il devra me ramener à Florence. Au moins une heure de route, ce sera horrible et je n'oserai plus jamais le regarder dans les yeux. Cette idée me rend malade.

Je tente de me calmer. Je respire profondément plusieurs fois de suite. Il faut que je pense à autre chose. J'extirpe mon portable de mon sac. Je vais bien trouver un *post* amusant, une vidéo de chaton, un truc qui m'occupera les neurones en attendant le retour de Marco. Après, tout rentrera dans l'ordre.

Je n'ai même pas le temps de chercher. Je vois tout de suite cinq notifications de messages. Tous envoyés il y a moins d'une heure. Tous de Charlie.

« Appelle-moi quand tu as une minute. Xoxo »

« Tu es sûrement prise par ton nouveau projet mais il y a des problèmes. Il faut qu'on se parle. Xoxo »

« Viens d'avoir Maman. Ton idée de bouquin lui déplaît grave. RAPPELLE-MOI ! »

« Tori, c'est à toi de régler le problème. J'en ai marre de faire le sale boulot à ta place. RÉPONDS ! »

Irritée, je rappelle Charlie et elle décroche à la première sonnerie.

— Enfin !

— Qu'est-ce qui se passe ? J'étais injoignable pendant quelques heures à peine. Tu as parlé de mon bouquin à Maman ? Tu sais pourtant que c'est un sujet délicat. Je pensais que tu l'avais compris quand je t'ai demandé de m'envoyer les papiers.

Charlie renifle. Je peux la voir remonter ses nichons d'un geste rageur.

— Je croyais que tu voulais juste écrire une sorte de récit de voyage, prétentieux mais anodin. Je n'avais pas compris que tu allais sortir du placard les fantômes de Granny.

— Achille n'est pas un fantôme. Enfin, pas dans ce sens-là. Granny l'aimait, et c'était quelqu'un de bien. Son histoire est passionnante. Elle remonte à bien avant Maman. Où est le problème ?

— Maman a le droit de savoir que cette histoire concerne notre famille. Sa propre mère.

— Évidemment qu'elle a le droit de savoir ! J'allais lui en parler, en pesant mes mots, en choisissant le bon moment. Je lui aurais envoyé le manuscrit. Cela dit, elle n'a aucun droit de regard, parce qu'elle ne sera même pas mentionnée dans le bouquin. J'ai vérifié avec Richenda, qui s'est renseignée auprès de Tim, lequel a consulté ses juristes. Mais tu as préféré t'en mêler et me priver de la possibilité de le lui annoncer moi-même.

— Tu n'avais qu'à ne pas m'en parler si tu voulais que je la ferme, rétorque Charlie d'un ton sentencieux.

— Certes, mais on se téléphone au moins une fois par jour, sinon tu pars en vrille. De nous deux, ce n'est peut-être pas moi qui ai le plus besoin de mettre un peu d'ordre dans ma vie.

Silence à l'autre bout de la ligne. Puis Charlie reprend, d'un ton froid chargé d'hostilité, comme quand nous étions adolescentes.

— De toute façon, il était inutile de mentionner le livre, vu que tu ne le termineras pas. C'est ce que pense Duncan et je suis d'accord avec lui.

— Tu en as aussi parlé à Duncan ?

— Bien entendu. Il est normal qu'il soit au courant de ce que tu mijotes.

J'ai beau m'efforcer de garder mon calme, mes lèvres commencent à trembler.

— Absolument pas ! Nous ne sommes plus ensemble. Ce que je « mijote », comme tu dis, ne le regarde pas. Notre couple, c'est terminé !

— Bon, tu vois ça comme ça, mais…

— Non, Charlie. Terminé. Point barre. Non seulement je l'ai quitté, mais j'ai émigré en Italie. Ce n'est pas comme si je dormais dans la chambre d'amis en attendant que la crise passe. J'ai acheté un aller simple, et je ne vis plus en Écosse. Il me semble que c'est assez définitif comme solution.

Soudain, malgré le malaise entre ma sœur et moi, je commence à percevoir le comique de la situation. Je lâche un petit ricanement. Très mal élevé.

— Tu trouves ça drôle, de surcroît ?

On dirait la marquise de Grand-Air sur une scène de mauvais théâtre amateur. Du coup, je suis prise d'un fou rire irrépressible. J'en ai des crampes à l'estomac et les larmes coulent sur mes joues.

— Désolée, réussis-je à articuler après un bon moment.

— J'espère que ça t'a soulagée au moins, lance Charlie d'un ton sec.

— C'est le moins qu'on puisse dire. Il faut que j'y aille, Charlie. *Ciao.*

J'ai entendu des pas dans le couloir. Qui se rapprochent.

— Mais…

— On parlera une autre fois. Si j'en ai envie.

Je raccroche au moment où Marco entre dans la chambre. Il s'alarme quelque peu en me voyant.

— Oh ! Ça va ?

— Très bien.

J'expire lentement, tentant de réfréner le fou rire qui ne demande qu'à repartir. Marco m'observe.

— Au moins, tu ne pleures pas.

— Arrête ! hoqueté-je en m'essuyant les yeux.

— Qu'est-ce qu'il y a de si drôle ?

Je secoue la tête, incapable de répondre, et tapote le lit à côté de moi. Il pose ses achats sur la table de nuit et vient s'asseoir.

— Rien de spécial. Juste une crise d'hystérie familiale.

— Désolé. Tu as envie d'en parler ?

Il m'enlace d'un bras. Sa main est chaude sur ma taille. Du pouce, il caresse ma peau à travers la fine cotonnade. Quelque chose m'emporte alors, plus fort que mon énervement. Quelque chose de sexy, un rien canaille.

— Surtout pas !

Je me serre contre lui et plaque mes lèvres sur son cou, juste sous l'oreille. Sa respiration devient de plus en plus saccadée tandis que ma bouche descend, savourant sa peau. Je pose une main sur son torse et sens son cœur qui bat fort.

Je me dis que, tout compte fait, je n'ai pas oublié comment on s'y prend.

21

— Je présume que tu ne vas pas tarder à revenir ici, dit Marco tandis que nous arrivons en vue de Romituzzo. Au fait, j'ai oublié de te demander : ça s'est bien passé hier ?

Il me décoche un regard malicieux et je lui souris.

— Eh bien, disons que nous nous en sommes tenus au contrat. Et oui, ça s'est bien passé, même si la chaleur était insupportable. Encore pire qu'à Florence.

— Oui. On est tout au fond de la vallée ici, et c'est comme un… euh…

— Sauna ? Cocotte-Minute ? Un chaudron de soupe bouillante avec quelques moustiques en prime ?

— À peu près ça.

La via Senese est plus animée qu'hier. Il y a la queue à l'extérieur de la boulangerie et les trottoirs sont pleins de gens munis de cabas et de ces chariots de marché en tissus écossais qui ont l'air tellement pratiques. Sous le porche de l'église, à l'abri du soleil, des commères font la causette. Je scrute leur groupe pour voir si j'aperçois la femme d'hier parmi elles. Mais non. Aucune voiture n'est garée devant le portail du cimetière, qui a l'air désert.

Marco me tapote le genou.

— Tu dois être en avance. Il était midi bien sonné quand je suis passé te prendre hier. Et elle ne se rend sans doute là-bas qu'une fois par semaine. Si c'était ma mère, ou ma grand-mère, ou Dieu sait qui était le garçon qui se trouvait avec elle, je ne la laisserais pas aller au cimetière en plein cagnard.

— Je sais. C'est absurde.

Il réfléchit un moment.

— Sauf si elle ne veut pas qu'on la voie. Dans une petite ville comme celle-là, les commerces ferment l'après-midi. Peut-être choisit-elle cette heure pour rendre visite à Achille afin de ne pas être dérangée.

— C'est possible. (Mon cerveau se remet à fonctionner, passant en revue toutes les possibilités.) Je veux dire que nous savons que ça ne peut pas être Stella. Mais tu as raison. Soit c'est une ancienne conquête d'Achille soit, pour des motifs qui nous échappent, elle ne veut pas être vue.

— Encore un mystère. D'abord la Bugatti, puis Stella, et maintenant cette inconnue. Si ça continue, tu vas devoir faire appel au commissaire Montalbano.

Au coin de la piazza Achille Infuriati, Totò est en train de déployer de grands parasols à l'extérieur de son bar. Je le salue de loin et réciproquement.

— Un ami à toi ? demande Marco.

— J'ai fait sa connaissance hier. (Je raconte à Marco l'histoire de Totò et de son père, et comment il a rencontré Achille sur le circuit de Targa Florio.) Si je reviens un de ces jours, je pourrai entendre toute l'histoire de la bouche même de son père. J'aimerais bien pouvoir l'enregistrer s'il m'y autorise, pour m'en servir dans mon livre.

— *A priori*, je ne vois pas pourquoi il refuserait.

— C'est ce que m'a laissé entendre Totò. D'après lui, les amis de son père ont eux aussi des tas de choses à raconter.

— Dans ce cas, l'affaire est dans le sac ! s'esclaffe Marco. Dès que la rumeur va se répandre qu'une jeune et jolie écrivaine est à la recherche d'anecdotes sur les pilotes de course, tu vas te retrouver avec plus de matériel qu'il ne t'en faut pour publier une étude critique en cinq tomes. (Au loin, la cloche de Sainte-Catherine sonne.) Quelle heure est-il ? 11 heures ?

— Pile-poil, dis-je.

— Flûte. On va devoir prendre l'autoroute. J'ai un rendez-vous à 13 h 30 et le trafic risque d'être très dense à Florence. C'est dommage. Il y a tellement de jolies petites routes pour aller là-bas.

J'ouvre la bouche pour dire qu'il y aura sûrement une autre occasion, puis me ravise. Hier soir, tout s'est si divinement bien passé. Je n'ai pas envie de tout ficher en l'air. Et d'ailleurs, qui a dit que nous allions jouer les prolongations ? *Ce n'est peut-être qu'un flirt sans lendemain*, pensé-je tout en contemplant les belles mains de Marco sur le volant.

Quand nous atteignons l'autoroute Sienne-Florence, le silence s'est installé entre nous. Marco a l'air concentré. *Il est peut-être en train de réfléchir à un moyen de gérer la situation*, murmure une petite voix glaçante dans ma tête. Il aimerait sans doute que nous restions bons amis, sans plus. De toute façon, il faudrait être fou pour vouloir s'embarrasser d'une nana comme moi, complètement en vrac, avec les nerfs à vif. Je n'arrive pas à comprendre comment il a pu prendre le risque de coucher avec moi. Soudain refroidie et triste, je m'enferme dans mes pensées.

Quand nous arrivons en vue de la sortie de l'autoroute, un quart d'heure plus tard, Marco rompt le silence.

— Tu veux bien me donner mon portefeuille ? Il est là-dedans, dit-il en désignant la boîte à gants.

— Oui, bien sûr.

— Je vais payer par carte. J'évite de mélanger dépenses personnelles et frais professionnels.

Tout en disant cela, il garde les yeux rivés sur la voiture qui nous précède. Il a l'air tendu. Peut-être à cause des embouteillages qui nous attendent. Ou parce qu'il a horreur des barrières de péage, tout comme d'autres automobilistes parfaitement aguerris détestent faire des créneaux ou un demi-tour en trois temps.

Comme nous approchons de la barrière automatique, il se racle la gorge et murmure :

— Tori ?

Il craint tellement que je me monte le bourrichon toute seule qu'il ne peut même pas attendre qu'on soit à Florence pour cracher le morceau.

— Oui ?

— Qu'est-ce que tu dirais de dîner ensemble demain soir ?

Oh, waouh !

— Oui, pourquoi pas ?

— Super, dit Marco, qui se détend d'un coup.

Il introduit sa carte dans la borne. La machine émet un bip, suivi d'un *Arrivederci* enthousiaste. Nous franchissons le rond-point et nous engageons sur une petite route. Je me cale dans mon siège tout en exécutant mentalement une petite danse de Sioux.

— Regarde sur ta gauche, m'indique Marco.

Je tourne la tête et aperçois un imposant monastère de pierre blanche au sommet d'une colline boisée.

— Oh ! m'exclamé-je, faute de trouver quoi dire. Superbe !

— C'est la fameuse chartreuse. Elle est encore plus impressionnante à l'intérieur. On pourrait aller la visiter un jour si ça te dit.

— Volontiers, acquiescé-je, et je vois son sourire s'épanouir.

22

— Regardez. Là, à côté d'Achille, c'est moi.

Carmelo, le père de Totò, pousse l'album de photos dans ma direction. Il tapote du doigt un visage d'enfant.

— Incroyable !

C'est plus fort encore, une image qui se grave à jamais dans l'esprit. Achille, à genoux, ses lunettes de pilote repoussées sur le front, sourit affectueusement à un petit garçon qui, de toute évidence, est en extase. Je sors mon portable.

— Vous permettez ?

— *Prego.*

Carmelo est ravi. Je prends quelques clichés.

— Vous allez les mettre dans votre livre ?

Je me suis renseignée. Il y a des questions de copyright, d'autorisation, mais je ne sais pas comment expliquer tout cela en italien.

— J'aimerais beaucoup si vous n'y êtes pas opposé. Cela exigera un peu de paperasserie. Je vais voir avec mon éditeur.

— Dites-moi ce qu'il vous faut, je suis d'accord.

Cecco, qui sirote une bière à la table voisine, se penche vers nous. C'est le doyen du groupe, et de loin le plus grincheux.

— Montre-moi ça.

Je réprime un sourire.

— Nom d'un chien, Carmelo ! lance-t-il. Tu étais si mignon quand tu étais petit. Que t'est-il arrivé ?

Il a un accent toscan très prononcé, ce qui donne « Harmelo ».

— *Cuinnutu*, grommelle l'intéressé.

— Papa, pas de gros mots !

Totò arrive avec un plateau, prend mon verre d'eau vide et le remplace par un spritz.

— J'espère que ces sacripants ne vous mettent pas à rude épreuve.

— Bien au contraire. Ils sont très distrayants.

C'est la pure vérité. Depuis que je suis arrivée, il y a une heure à peu près, j'ai eu droit à un chapelet d'histoires drôles ou scandaleuses sur les pilotes célèbres, ponctuées des remarques acerbes de Cecco. Il n'y a guère de matériel exploitable, et le reste passerait sans doute pour de la diffamation, mais je m'amuse bien. Ce que raconte Carmelo sur Achille est de l'or en barre. Je lui ai fait répéter son récit deux ou trois fois, en actionnant l'enregistreur de mon téléphone afin de ne perdre aucun détail.

— Vous devriez faire parler Cecco, me conseille Totò, et qu'il ne se contente pas de lancer des piques aux autres. Du groupe, il est le seul natif de Romituzzo, et il est assez vieux pour avoir des souvenirs d'Achille, même s'il prétend le contraire.

Il lance à Cecco un regard d'encouragement et rentre dans le café. Je me tourne vers l'intéressé.

— C'est vrai ? Vous avez connu Achille ?

Le vieillard grimace et se recule sur sa chaise.

— Moi ? Non, pas vraiment. J'étais trop petit.

Vito s'en mêle. C'est un Napolitain à la chevelure argentée qui, prétend-il, a un jour roulé sur le pied de Guido Comacchi quand il était pilote essayeur. Dans les années 1970.

— N'importe quoi, Cecco ! Tu étais un môme quand Moïse est descendu de la montagne.

— Je te dis que je ne l'ai pas connu ! insiste Cecco. Sandro, mon grand frère, oui, en revanche. Achille et lui faisaient la course à l'époque.

— Tu veux dire, après la guerre ?

— Non. Au début, 1939-1940, dans ces eaux-là. Ils se coursaient à mobylette dans les rues.

— Mais Achille ne devait pas avoir plus de douze ans, interviens-je. Il était trop jeune légalement, non ?

Ma remarque suscite l'hilarité générale. Les hommes se poussent du coude et s'esclaffent comme si j'avais sorti la blague la plus drôle du monde. Carmelo finit par avoir pitié de moi.

— C'était une autre époque. Sans compter que les gars comme Achille, ils s'en fichaient plutôt de la loi.

Cette fois, c'est Ettore le Florentin qui se mêle à la conversation.

— On s'éclatait bien sur les routes, par ici. Si j'avais encore ma moto, je n'hésiterais pas.

— Arrête tes fadaises, persifle Cecco. Sandro, lui, était très ami avec Enzo. Enzo Sangallo, qui a servi de copilote à Achille dans…

— La Coppa Valdana ?

— C'est cela. Tous deux étaient en admiration devant Achille. Comme tout le monde, d'ailleurs.

Je sens une réserve dans sa voix, qui aiguise ma curiosité.

— Mais…

— Je ne sais pas. Sandro ne m'emmenait jamais avec lui, j'étais trop petit à ses yeux. Mais bon… soupire-t-il. Les courses de rue, avec les potes… L'idée, c'était de s'amuser. On voulait tous gagner, bien entendu. Sandro comme les autres. Mais ça lui était égal de perdre tant que la course avait été loyale et qu'il avait pu se défouler. Pour Achille, c'était autre chose.

— Il prenait la course au sérieux, c'est cela ?

— *Brava !* Quand on courait contre Achille, on ne gagnait jamais. Pour moi, ça gâchait un peu le plaisir.

— Achille était destiné à jouer dans la cour des grands.

— Et il le savait ! En tout cas, c'est tout ce que j'ai à dire sur Achille. Et comme je n'ai jamais voulu courir en Formule 1, contrairement à certaines des andouilles ici présentes, je n'ai pas d'anecdote amusante à vous raconter.

— Connaissiez-vous la famille d'Achille ?

— À l'époque, Romituzzo était un village, tout le monde se connaissait. Mais je n'avais pas de rapports particuliers avec eux. Pourquoi ?

— Je me demandais si vous saviez ce qu'est devenue Stella, sa sœur.

Il y a comme un murmure général, un chœur de marmonnements. Vito secoue la tête, Carmelo fixe son verre en marmonnant « *bedda matri* ». Je crois que c'est l'équivalent sicilien de « bonne mère ».

— Cecco, fais attention à ce que tu dis, lance Ettore.

— Les faits sont les faits, réplique Cecco.

— De quels faits parlez-vous ? lui demandé-je.

— Deux choses sont sûres. Stella Infuriati est partie un beau jour de 1945 pour ne jamais revenir. Et Davide, le chéri de ma sœur, était avec elle.

La simplicité de la réponse me fait me sentir idiote. Pas de révolution dans un pays lointain, pas de corps dissous dans un bain d'acide. Juste une idylle de jeunesse.

— Personne ne sait où elle est allée ?

— Non, répond Cecco de sa voix rocailleuse. Ils n'ont pas laissé d'adresse, vous pensez bien. Sandro et Enzo auraient donné une sacrée leçon à ce gaillard s'ils avaient pu le retrouver.

Je ne peux me retenir de poser la question qui me tarabuste, même si cela me gêne quelque peu.

— Mais depuis tout ce temps, il devrait bien y avoir des traces, non ? Mon… un ami qui m'aide pour le livre a fait des recherches auprès de l'*Anagrafe* de Romituzzo, et il n'y a aucune mention d'elle. Normalement, elle était obligée de s'enregistrer à sa nouvelle adresse, n'est-ce pas ?

Une nouvelle vague d'amusement s'empare du groupe, moins bruyante cette fois.

— Quelle confiance dans la bureaucratie italienne et dans la nature humaine ! lance Vito.

Ettore opine du bonnet.

— Même s'ils avaient tout fait dans les règles.

— Ce qui est peu probable.

— Tout était consigné sur papier, à l'époque. Et le papier, c'est fragile. Incendie, inondation, tremblement de terre, incompétence, mille raisons peuvent expliquer que les renseignements ne soient jamais arrivés à Romituzzo.

Certes. Il n'empêche que je suis déçue.

— C'est vrai. J'espère que votre sœur n'a pas eu trop de chagrin, Cecco.

— Vous pensez ! C'étaient des gamins, un feu de paille. Lucia en a trouvé un autre, avec lequel elle s'est mariée et a fondé une famille. Elle a été heureuse. Sur le moment, bien sûr, ça a été dur. Vous avez d'autres questions personnelles ? demande-t-il en me fixant de son regard d'acier.

— Non. J'ai assez cassé l'ambiance comme cela.

Je souris pour montrer que je plaisante plus ou moins, et ils me rendent tous mon sourire à l'exception de Cecco, qui lâche un grognement et termine sa bière.

— Ne faites pas attention à lui, conseille Carmelo. Il a toujours été grognon et cela ne s'arrange pas avec l'âge. Si vous avez encore des questions, n'hésitez pas. Nous ferons de notre mieux pour répondre, même sans Cecco.

J'allais leur demander s'ils savaient quelque chose au sujet de la vieille dame du cimetière, celle qui nettoyait la tombe d'Achille. Mais je me souviens de son air contrarié quand elle m'a vue. Il est évident qu'elle souhaite qu'on lui fiche la paix et n'a sans doute aucune envie qu'on parle d'elle. Comme Stella.

— Non, ça ira. Je vous remercie, vous m'avez tous été d'une grande aide.

Ensuite, la conversation prend un cours plus banal. Je termine mon spritz en silence, écoutant leurs échanges ponctués d'insultes amicales. Au bout d'un moment, Vito se lève et prend congé, bientôt suivi d'Ettore qui s'éloigne d'un pas raide. Après m'avoir serré la main et fait la bise, Carmelo rentre à l'intérieur du café pour parler avec Totò. Je reste seule à la terrasse avec Cecco.

— Je dois y aller. Merci encore, j'ai eu grand plaisir à parler avec vous.

— Si vous le dites…

Je lui souris et empoigne mon sac. Il est 18 h 30. En marchant vite, je pourrai attraper le prochain train pour Florence. Au moment où je me lève en saluant Totò de la main, Cecco lance :

— Attendez, j'ai quelque chose à vous dire.

Bon. Rien ne m'empêche de prendre le train suivant.

23

— Et qu'a-t-il invoqué comme excuse ? demande Marco.

Il est en train de broyer des grains de poivre dans un mortier pour préparer un *pici cacio e pepe*. L'odeur du poivre titille mes narines. Les *pici* roulés à la main, tels de gros asticots farineux, sont prêts à être plongés dans l'eau salée ; le pecorino est râpé et le faitout à fond épais est sur le feu. Je pense que ma minuscule cuisine n'a pas vu ce genre de recette depuis… que j'ai emménagé ici, à tout le moins.

— Il a reconnu qu'il s'était comporté comme un affreux salopard, dis-je, et il a essayé de se justifier. Sauf que l'histoire est un peu plus compliquée que ce qu'il a bien voulu reconnaître devant les autres. En fait, il n'a jamais aimé Achille, mais ce n'est pas le genre de choses qu'on dit publiquement à Romituzzo.

— Hum. Mais pourquoi en voulait-il tant à Achille ? C'est à cause de l'histoire entre Stella et le fiancé de sa sœur ?

— Non, non, pas uniquement en tout cas. Tu te souviens que son grand frère Sandro était ami avec Enzo Sangallo ?

— Le copilote.

— C'est ça. Il se trouve qu'Enzo était bien plus qu'un simple membre de la famille. Pendant la guerre, il s'est retrouvé orphelin, et la mère de Cecco, de son côté, avait perdu son fils aîné, Tommaso, mort au combat en Afrique du Nord en 1940. De sorte qu'elle a adopté Enzo.

— Une preuve de grande générosité.

Marco verse le poivre dans la poêle bien chaude et commence à le torréfier. Je garde un œil inquiet sur le détecteur de fumée.

— Je pense que ça arrangeait tout le monde, remarqué-je. Mais à l'évidence, Raffaella, la mère, avait déjà traversé des moments difficiles. La guerre lui avait pris un de ses fils, puis sa fille avait eu le cœur brisé. Enzo avait combattu dans la Résistance, ce qui n'allait pas sans risques. Et donc, elle avait eu plus que sa part de deuil et de chagrin. Elle ne supportait pas l'idée qu'Enzo devienne pilote de course, et encore moins qu'il devienne le copilote d'Achille sur les circuits. Elle ne pouvait pas l'en empêcher, même si elle a essayé. Toujours est-il qu'elle vivait dans la hantise qu'il ait un accident. C'est pourquoi, quand Achille a signé un contrat avec Pierfrancesco Legni et qu'il est parti s'installer à Florence, elle a cru que le danger était écarté.

— La malheureuse.

Marco secoue la tête. D'une main, il remue le poivre dans la poêle, tout en égouttant les pâtes de l'autre. Si je l'imitais, il y aurait de fortes chances pour que je finisse aux urgences. Je me penche en avant pour essayer de comprendre comment il se débrouille.

— Eh ! Oh ! lance-t-il. Finis ton histoire au lieu de gober les mouches. Ça sera prêt dans une seconde.

— Et naturellement, quand Achille est revenu au pays pour disputer la Coppa Valdana et qu'il a demandé à Enzo de lui servir de copilote, Raffaella a littéralement craqué. Elle aurait dit à Enzo qu'elle le chasserait comme un malpropre s'il acceptait encore une fois de monter en voiture avec « ce démon ». « Il va tous vous tuer, lui a-t-elle dit. C'est une tête brûlée. » Mais elle a fini par céder lorsque Sandro a déclaré que, si Enzo déclarait forfait, il irait à sa place. Et c'est comme ça qu'Enzo y est allé et qu'Achille a failli le tuer.

— Certes, mais pour éviter le pire, remarque Marco.

— C'est ce que j'ai dit, enfin, me semble-t-il. Mais je ne crois pas que Cecco voie les choses ainsi. Pour lui, la petite fille n'aurait jamais dû se trouver là. Il affirme que ce sont ses parents qui voulaient absolument voir le célèbre Achille Infuriati conduire comme un dément dans des conditions extrêmes.

Marco dépose une assiette de *pici* devant moi. Elles ont un bel aspect crémeux, poivré, terriblement appétissant.

— Ça a l'air délicieux, dis-je. Mais quel est ton secret ? Moi, quand je prépare des pâtes au fromage, on dirait de la colle à maroufler et je bousille ensuite toutes mes éponges pour récurer le plat.

— Le secret est dans l'eau de cuisson. Il faut qu'elle soit à la bonne température. (Il me tend une fourchette.) *Buon appetito.*

Nous savourons nos *pici* en silence. Puis Marco demande :

— Tu penses utiliser l'histoire de Cecco dans ton livre ?

J'essuie mon assiette avec un bout de pain. (Tout le monde fait ça en Italie, si, si !)

— Il m'a dit que je pouvais. Ou plus exactement, il a dit qu'il n'en avait rien à fiche, mais qu'il ne serait pas contre « dégonfler un peu la baudruche du culte de la personnalité ».

— Il a vraiment dit ça ?

— Oui, j'ai tout enregistré. Et pour être tout à fait franche, je n'étais pas bien sûre d'avoir compris ce qu'il entendait par là, jusqu'à ce que je réécoute l'interview une deuxième fois.

— Il a le sens de la formule, ce Cecco. Ce n'est peut-être pas une mauvaise chose au fond d'avoir un point de vue contraire.

— C'est aussi mon avis. Regarde un peu ça.

J'allume ma tablette et ouvre la galerie de photos.

— J'ai photographié tout ce qui m'a semblé potentiellement utile. Des lettres d'Achille, des lettres à propos d'Achille, des chroniques nécrologiques, des rapports de courses automobiles. C'est la première fois que je me retrouve face à une situation où l'intégrité du héros est remise en cause. D'une certaine façon, savoir que quelqu'un le considère comme un salopard le rend plus humain.

— Où sont les autres ? me demande Marco en désignant du regard les deux caisses de paperasse à côté du sofa.

— Je les ai toutes renvoyées à Charlie. À elle de se débrouiller.

Il émet un petit sifflement.

— Ça rigole pas, dis donc.

Je ne lui ai pas raconté comment se comportait Charlie avec moi. En fait, je ne lui ai pas raconté grand-chose. Et je n'ai absolument rien dit de lui à Charlie. La relation entre Marco et moi est encore fragile, et bien trop agréable, pour que je prenne le risque de l'exposer aux critiques de ma sœur.

— Mais le plus frustrant dans tout ça, vois-tu, c'est qu'à l'origine, ce livre était censé raconter l'histoire de Granny, dans laquelle Achille tenait un rôle important, certes, mais de second plan. Et voilà qu'il lui vole la vedette parce que j'ai pu réunir quantité de documents à son sujet et rien sur elle. Elle ne m'a jamais rien dit de lui. Ils ont vécu une histoire d'amour torride et je ne l'ai jamais su.

— De sorte que, faute d'éléments, tu ne peux pas développer son point de vue à elle, conclut Marco. Et te voilà à écrire un livre sur Achille Infuriati où ta grand-mère joue un rôle secondaire.

— C'est exactement ça ! Si seulement je pouvais retrouver Maria, ou Giuseppe, ou n'importe qui d'autre à qui elle aurait pu se confier ! Il doit bien y avoir quelqu'un tout de même ? Si collet montée soit-elle, je n'arrive pas à croire qu'elle ait vécu une histoire pareille sans en avoir jamais soufflé mot à personne. Elle était si jeune quand il est mort. Elle a dû avoir le cœur brisé.

— Il y a sûrement des gens qui l'ont soutenue dans son malheur, déclare Marco en me caressant doucement le bras. Écoute, tu n'as commencé tes recherches que tout récemment, et malgré cela, tu as déjà beaucoup avancé grâce au bouche-à-oreille. Je suis sûr que tu vas finir par rencontrer quelqu'un qui pourra t'apporter des éléments utiles. Comme Cecco.

— Tu as raison. Je vais continuer de répandre la rumeur. Non, non, je m'en charge, dis-je quand Marco commence à débarrasser les assiettes. Tu as préparé à manger, moi je m'occupe de la vaisselle, mais ça peut attendre.

Il secoue la tête.

— Il vaut mieux ne pas laisser traîner ça dans l'évier. Et d'ailleurs, c'est un excellent exercice de relaxation.

— La journée a été rude ?

— La semaine, le mois, l'année, réplique-t-il en haussant le ton à cause du bruit de l'eau qui coule. La plupart de mes clients sont des gens super. Mais tu n'as pas idée combien tes compatriotes peuvent être désinvoltes quand il s'agit de se mettre en règle avec l'administration. Il arrive qu'ils attendent des années avant de faire leur changement de résidence fiscale ou de demander leur titre de séjour. Et voilà qu'à cause du Brexit ils risquent de perdre tous leurs droits et m'appellent en catastrophe. Et moi, je dois commencer par essayer de les calmer pour que nous puissions réfléchir ensemble à une solution.

— Mince alors. Je te plains sincèrement.

— Bah, ce n'est pas si grave, dit-il en inclinant la poêle sous le robinet pour en chasser la dernière trace de sauce au pecorino. Je ne ferais pas ce métier sinon. Je n'ai envie d'étrangler que dix pour cent de ma clientèle. Ce qui est raisonnable pour un avocat.

Il met les assiettes dans l'égouttoir au-dessus de l'évier et s'essuie les mains. Spontanément, je m'approche de lui et lui enlace la taille en posant ma joue sur son dos.

— Merci, dis-je.

Il se retourne et m'attire dans ses bras.

— J'ai envie de te dire « de rien », même si je ne vois pas pourquoi tu me remercies.

— C'est que… tu es tellement sous pression avec ton boulot. Et malgré cela, tu es toujours là pour moi. Je ne sais pas comment tu arrives à supporter mes bavardages après une journée passée à essayer de régler les problèmes de tes clients.

— Ça ne me demande aucun effort de t'écouter, déclare Marco, comme si la chose allait de soi. Je suis ici parce que j'aime ta compagnie.

— Vraiment ?

— Évidemment. Ton projet de livre est passionnant – ta nouvelle vie aussi. Tu es passionnante. Et je veux faire partie de l'aventure moi aussi. (Il plonge ses yeux au fond des miens.) Tori, que se passe-t-il ? J'ai dit quelque chose qu'il ne fallait pas ?

Je suis sur le point de tout lui raconter. Les appels, les SMS et les e-mails incessants de Charlie, les suppliques, les imprécations et les remords de ma conscience. Je suis à deux doigts de lui avouer que je me réveille en sueur chaque nuit, la voix déchaînée de Duncan résonnant à mes oreilles.

— Non, non, dis-je. C'est juste que ce livre me prend la tête. Un an et demi, ce n'est pas beaucoup quand on a autant de choses à faire. Enfin, tu es bien placé pour le savoir.

Il sourit.

— Mais au bout du compte, ce sera un chef-d'œuvre.

— Merci, c'est gentil.

— C'est la vérité. Qui d'autre que toi pourrait écrire un livre comme celui-là ? (Il me prend par le menton et effleure mes lèvres d'un baiser.) Personne, ajoute-t-il.

Il m'embrasse à nouveau et je me laisse emporter par la vague exquise qui me submerge.

À 2 heures du matin, je me réveille. Marco dort paisiblement à mes côtés, un bras passé autour de ma taille. Je reste un instant étendue sans bouger, à essayer de régler ma respiration sur la sienne pour calmer les battements de mon cœur qui cogne comme un sourd dans ma poitrine tandis qu'une nausée froide et insidieuse remonte du fond de ma gorge. Mais je n'arrive pas à m'apaiser et son bras sur mon ventre pèse une tonne. Je me dégage doucement et roule de côté pour attraper ma tablette et mes écouteurs sur la table de nuit.

Je vais écouter un peu de musique. Ou lire un bouquin *feel good*, ou regarder un épisode de *Friends*. Un truc réconfortant, léger et familier. Mais ce que je ne vais pas faire, oh non, surtout pas, c'est ouvrir ma boîte mail. Car ce que je risque d'y trouver à 2 heures du mat ne va certainement pas m'aider à me rendormir.

Je consulte mes courriels.

Bah, rien de bien méchant, tout compte fait. Le lot habituel de newsletters auxquelles je songe à me désabonner sans jamais donner suite. Il y a un e-mail de Richenda intitulé « Version définitive contrat Swithins ». Je lirai ça demain. Il y en a un autre de Rosa, la fille de Pierfrancesco Legni. Je lui ai écrit il y a quelques jours à la seule adresse que j'ai pu trouver, à savoir celle de son bureau, aux éditions Legni, dont elle est la directrice. C'est pourquoi je n'en reviens pas qu'elle m'ait répondu personnellement et aussi vite. J'ouvre le message.

« Chère madame MacNair,

Merci de votre courriel. Je serais ravie de vous rencontrer et de vous aider autant que faire se peut. Veuillez, s'il vous plaît, appeler mon assistante Frida Gattolini au numéro figurant en bas de page pour décider d'un rendez-vous dans nos bureaux à Florence.

Cordiali saluti,

Rosa Legni

Presidente, Pierfrancesco Legni Editore »

Aussitôt, mon cerveau se met à bouillonner. Quelles questions vais-je lui poser ? Quels points dois-je éclaircir ? Je suis tout à fait éveillée à présent, mais toujours en proie à cette horrible sensation d'oppression. Je prends la décision d'appeler Frida Gattolini demain matin à la première heure pour obtenir un rendez-vous le plus vite possible. Mais juste au moment où je vais refermer l'application, j'aperçois un e-mail de Charlie qui surnage dans le déluge de messages sans intérêt. L'intitulé est : « Faire un break ».

« Tori,

Ce n'est pas faute d'avoir essayé, mais il est évident que tu cherches à éviter par tous les moyens de parler ouvertement et sincèrement de tes problèmes. »

Sans blague.

« Je voudrais t'aider, mais il semblerait que nous ne soyons plus sur la même longueur d'onde. Un jour peut-être, tu accepteras le soutien et les conseils dont tu as sérieusement besoin. En attendant, j'ai décidé de prendre mes distances avec ce mélo toxique. Je sais que c'est dur à entendre, mais j'ai besoin de me protéger et de mettre des barrières entre nous.

Duncan est dévasté. Il ne comprend pas ton refus obstiné de tirer les conclusions de tes actes qui l'ont cruellement affecté. Cela étant, et pour des raisons évidentes, je refuse de servir d'intermédiaire entre vous. Je lui ai donc dit de te contacter directement à l'avenir et je lui ai donné ton numéro de téléphone italien et ton adresse. Tu ne devrais pas tarder à recevoir de ses nouvelles, et s'il te plaît, essaie au moins d'écouter ce qu'il a à te dire. Il est très inquiet à ton sujet, comme nous tous, du reste.

Ma psy m'a recommandé de lire les ouvrages cités ci-après pour m'aider à gérer mon stress. À l'évidence, elle veut que j'essaie de comprendre ta situation "de l'intérieur". N'étant pas moi-même encore prête à relever le défi, je te communique cette liste en espérant que ça pourra t'aider.

Personnalités par Sherry Amendola
Ce qui est à toi est à toi : Savoir poser des limites par le Dr Carina Flowers
Et si c'était moi qui divaguais ? par Marty Ferrara, docteur en psychologie

Prends soin de toi,

Charlie xoxoxo »

Non, mais j'hallucine ! Le culot ! Non seulement elle passe son temps à me harceler, non seulement elle tient Duncan au courant de tous mes faits et gestes, mais en plus elle m'accuse, moi, de jouer les *drama queens* ! Je sais que c'est ridicule, mais c'est comme si elle me donnait un coup de poignard dans le dos.

Non pas que j'aie à m'inquiéter pour Duncan. Jamais il n'abandonnerait ses chevrots et son permis de pêche pour venir jusqu'ici. Au pire, il va m'appeler, ce qui n'est guère plaisant, mais pas pour autant catastrophique. J'ai vécu des années à ses côtés au milieu de nulle part et je n'en suis pas morte. Je vais divorcer, même si je dois le traîner devant les juges pour cela. Et je survivrai. Et s'il devient vraiment insupportable, j'appellerai Ambra. Elle m'a déjà dit que je pouvais transférer tous nos appels téléphoniques sur sa ligne dans un premier temps. Dès que la procédure de divorce sera en route, je pourrai bloquer ses appels, et Ambra se chargera du reste. Elle n'en est pas à sa première affaire de divorce. Des ex-impitoyables, abusifs, violents, menteurs et alcooliques, elle en a vu des dizaines. Duncan n'en est pas là, Dieu merci.

— Eh, toi !

Je sursaute. La lampe de chevet s'est allumée et Marco est réveillé. En appui sur son coude, il me regarde.

— Qu'est-ce qui se passe ?

— Désolée. C'est la lumière de mon écran qui t'a réveillé ?

— Non, non, ce n'est pas ça. Tori, tu trembles ?

— Oh.

Maintenant qu'il le dit, je constate en effet que je tremble si fort que le matelas remue.

Marco se penche vers moi et pose une main sur ma cuisse.

— S'il te plaît, dis-moi ce qui ne va pas.

Il a l'air soucieux. Plus que ça même. Il a l'air attendri et inquiet. Si je commence à parler, je vais tout lui raconter, et si je lui raconte tout, il va réaliser à quel point je souffre et il va avoir de la peine pour moi. Et je n'ai pas envie de ça. J'inspire profondément et marmonne :

— Cauchemar.

Ce n'est pas vraiment un mensonge. Plutôt une description précise de la situation.

Mais Marco n'a pas l'air convaincu.

— Je comprends que tu n'aies pas envie de parler, mais puis-je au moins te prendre dans mes bras ?

Il m'attire à lui et j'enfouis ma tête dans le creux de son épaule. Je n'arrive pas à m'arrêter de trembler. Marco resserre son étreinte.

— Tout ira bien, murmure-t-il. Tu verras. Je suis avec toi. Je suis là.

24

Stella

Le pire, ça a été le premier. Matteo, le fils d'Agnese, porté dans l'escalier par deux camarades, la chemise ensanglantée, une blessure ouverte au ventre. J'ai tenu sa tête pendant que Davide tentait d'arrêter l'hémorragie. Sans succès. Matteo s'est vidé de son sang et il est mort.

Je suis restée à côté de lui, lui caressant les cheveux, scrutant son regard vide, jusqu'à ce que don Anselmo me tire par le bras avec douceur.

— Je m'occupe de lui. Va te laver les mains.

— Allez, Stella, dépêche-toi, intima Davide. Nous devons nous préparer.

J'ai pris le savon et l'ai plongé dans le premier seau d'eau à portée de main. Davide m'a dit de bien frotter entre les doigts et de ne pas oublier les pouces.

— C'est bien, comme cela. Tu es prête pour le suivant ?

Je me suis essuyé les mains énergiquement sur la serviette rêche, comme si ce geste pouvait me tirer de mon état de choc.

— Non.

— Tu verras, cela devient moins difficile. Le début a été rude, mais dans quelques heures, tu auras l'impression d'avoir fait ça toute ta vie. Je t'assure.

Davide avait gardé une voix posée. J'aurais voulu le croire. Je me suis assise sur le sol dur de la cave, le dos contre le mur. Les yeux rivés sur mes pieds, j'ai essayé de tirer au clair dans ma tête ce que je venais de voir, et de vivre. À quelques mètres de moi, don Anselmo, agenouillé auprès du corps de Matteo, récitait des prières. Un peu plus tard, dix minutes ou une heure, je ne saurais le dire, on a entendu des cris, des bruits de pas, et il a fallu se remettre à la tâche.

Contre toute attente, Davide avait raison. Une fois passé le premier choc, une sorte de routine s'est instaurée. Bientôt, j'ai cessé de remarquer le sang et de prêter attention aux visages. J'étais entièrement concentrée sur mon travail. Je me souviens d'avoir maintenu une compresse contre une jambe, une petite blessure par balle, tandis que Davide improvisait dextrement un garrot avec une cuillère à soupe en argent et des bandes de tissu. Ce n'est que lorsque la blessure a été pansée et le garrot retiré que je me suis rendu compte que la jambe était celle d'une jeune fille prénommée Giulia, qui avait eu une amourette avec Achille l'été précédent. Je ne savais pas si elle m'avait reconnue. J'espérais que non, parce que l'histoire entre mon frère et elle s'était mal terminée, comme souvent les passions adolescentes. L'important, c'était qu'elle soit hors de danger, même si elle souffrait. On l'a confiée aux bons soins d'Assunta qui avait aménagé à l'autre bout du tunnel une sorte d'unité de convalescence.

J'agissais comme un automate. Quand un nouveau blessé était amené dans la cave, je me mettais en action, et le reste du temps, j'attendais en regardant le mur. Je mangeais et buvais quand don Anselmo ou Davide me tendait une assiette et un verre, mais je ne ressentais ni faim ni soif, rien d'autre qu'une détermination hébétée.

Et puis soudain, ça a pris fin. De nouveau, il y a eu une cavalcade dans l'escalier, mais cette fois, sans corps inerte, sans blessure à soigner. Achille est apparu, euphorique, et a crié que nous étions libres.

Tout autour de moi, les acclamations ont fusé. Don Anselmo a étreint Davide, et tous deux en ont fait autant avec Achille. Au fond du tunnel, les éclopés ont crié des vivats. Un camarade a entonné *L'Internationale*, et d'autres l'ont suivi. Leurs voix résonnaient sur les murs de la cave. Moi, je restais sans comprendre, ne sachant que faire de tout ce débordement de joie.

— Stella !

Achille se tenait devant moi, l'air soucieux.

— Stellina. Tu es blessée ?

J'ai baissé les yeux sur mon tablier de coton, maculé de sang.

— Non. Ce n'est pas le mien. Pas mon sang. J'ai aidé Davide.

Il m'a prise dans ses bras.

— Dieu soit loué ! Viens, camarade, ma sœur, allons respirer un peu d'air frais. Enzo n'a rien. Il est à la mairie avec Sandro en train de mettre en place la nouvelle administration municipale.

Il s'est mis à parler de toutes les choses magnifiques que nous allions accomplir. Romituzzo allait redevenir une ville rouge, comme quand nos parents étaient jeunes, avant que les fascistes prennent le pouvoir.

Mais une pensée horrible m'a envahie.

— Où est Agnese ?

— Agnese ? Avec les camarades, évidemment.

Il a suivi mon regard jusqu'au corps de Matteo allongé dans un coin, à côté de trois autres silhouettes sous des couvertures.

— Oh non ! Je savais qu'il était blessé, mais je pensais… j'espérais qu'il allait s'en sortir.

Nous sommes restés un moment sans savoir quoi dire, jusqu'à ce que don Anselmo vienne à notre rescousse.

— J'annoncerai la nouvelle à Agnese en temps voulu. De tristes entretiens m'attendent, mais c'est à moi qu'incombe ce devoir, mes chers enfants. Achille, je te serais reconnaissant d'aller chercher le Dr Bianchi. S'il accepte de venir.

— Il acceptera, lança Achille en empoignant son fusil. J'y vais.

Le vieux médecin est arrivé peu après avec sa sacoche noire. Il a balayé du regard l'hôpital de fortune, avec les serviettes ensanglantées, les couvertures entassées pêle-mêle, les instruments plongés dans l'alcool, et il a secoué la tête. Comme si nous l'avions trahi.

— Quelles conditions déplorables ! Vous ne pouviez vraiment pas amener ces blessés à mon cabinet ? Je crains de ne pas pouvoir faire grand-chose pour eux.

— Je ne les déplacerai pas tant qu'ils n'auront pas été auscultés, a répondu Davide d'une voix froide. Nous avons trois blessés par balle, et au moins une grave entaille à l'arme blanche. Ils doivent être examinés dans les règles.

— Je tiens à préciser que cela est parfaitement irrégulier.

— C'est la guerre qui est irrégulière.

Le médecin ne l'écoutait pas. Son regard réprobateur s'était reporté sur moi.

— Et que fait cette enfant dans un endroit pareil ? A-t-elle besoin de soins, elle aussi ?

— Stella est notre aide-soignante, a annoncé don Anselmo en passant un bras autour de mes épaules. Elle a accompli un travail remarquable et nous lui sommes tous très reconnaissants.

— Je veux bien le croire, mais une gamine ne peut pas rester ici pendant que j'examine des hommes.

La patience de Davide était à bout.

— Cette « gamine », comme vous dites, a aidé à sauver la vie de chacun de ces blessés. Et il y a aussi des femmes parmi eux, docteur.

— Vraiment ?

Le médecin n'en revenait pas.

Don Anselmo a pris mon bras.

— Allons, Stella. Je dois sortir faire la tournée des familles. C'est une tâche triste et difficile qui m'attend. Tu veux bien m'aider ?

Comment refuser ? J'aurais fait n'importe quoi pour don Anselmo. Je suis remontée à sa suite vers la sacristie où il a rempli les petits flacons d'huiles saintes qu'il gardait dans sa sacoche de secours, avec une étole et un bréviaire, ainsi qu'un petit calice d'or pour les hosties consacrées.

— Si nous voyons un mort, nous devons noter de qui il s'agit et l'endroit où nous l'avons trouvé, de façon à pouvoir en informer la famille. Je ne laisserai personne empêcher les proches d'enterrer leur défunt. Tu comprends ?

Je me suis souvenue du désespoir des femmes de Castelmedici, des corps des pendus gardés par les soldats allemands.

— Je comprends.

— Parfait. Et maintenant…

Il a fouillé dans un tiroir et en a sorti un carré de tissu blanc qu'il m'a tendu après l'avoir plié en diagonale.

C'était un foulard, le foulard blanc des partisans catholiques.

— Tu peux le mettre, si tu veux. Mais peut-être préférerais-tu un foulard rouge comme ton frère. Pour moi, en tout cas, tu es ma camarade de combat, quelles que soient tes idées sur le règne d'ici-bas.

Je ne savais que répondre. Je l'ai remercié et j'ai noué le foulard à mon cou. Nous sommes sortis de la sacristie. Dans l'église, le curé a rempli le calice avec les hosties du tabernacle.

— Nous devons être prêts à administrer les derniers sacrements au cas où nous verrions des mourants. Je pense toutefois que don Mauro s'en est déjà chargé. Allons le trouver, si tu veux bien.

Dehors, le soleil était bas dans le ciel, il faisait une chaleur étouffante. Le barrage avait été pris en main par un groupe de jeunes gens au foulard rouge, armés de mitraillettes. Ils nous ont salués en levant le poing quand ils nous ont vus sortir de l'église et remonter la via Senese en direction du centre.

La rue était silencieuse. Au bout de quelques minutes, nous avons vu un corps. Un jeune homme en civil avec un brassard tricolore qui gisait devant la boulangerie. Une vieille dame se tenait, immobile, à côté de lui.

— C'est mon petit-neveu, a-t-elle expliqué à don Anselmo. Sa mère vit à San Damiano. Mon mari est parti à la recherche d'un téléphone pour la prévenir. Je reste auprès de ce pauvre garçon en attendant qu'il revienne.

Don Anselmo lui a pris une main et l'a enserrée dans les siennes.

— Toutes mes condoléances. Voulez-vous que nous le portions à l'intérieur ? Sa mère risque de mettre longtemps à arriver.

— Non, il faut attendre qu'elle nous rejoigne. Mais, mon père, bénissez-le, s'il vous plaît.

— Bien sûr.

Dom Anselmo s'est accroupi. Il a posé une main sur la tête du jeune homme et a murmuré une prière.

Nous avons avancé ainsi, dans la tristesse. De temps en temps, nous tombions sur un corps, un partisan en treillis maculé de sang ou un fasciste en chemise noire et pantalon bouffant.

— Ah, c'est le fils du ferronnier qui habite sur la route de Sant'Appiano. Daniele, si je me souviens bien.

Ou bien :

— Je ne connais pas ce jeune homme au foulard rouge et noir. Quand nous serons à la mairie, nous tâcherons de trouver un anarchiste pour venir l'identifier.

Puis il s'agenouillait et disait une prière. Je l'aidais à se relever.

Nous avons atteint le centre sans avoir aperçu don Mauro.

— Je suis sûre qu'il n'est pas loin, ai-je lancé, histoire d'affirmer quelque chose. Il est sans doute à la mairie avec les autres.

— Probablement. Il aime bien se trouver au cœur de l'action.

J'ai entendu le doute dans la voix de don Anselmo.

Piazza Garibaldi, la mairie était décorée de drapeaux rouges. Des partisans montaient la garde devant l'entrée. J'ai à peine eu le temps de réaliser où j'étais quand une voix m'a appelée.

— Stella !

Enzo traversait la place pour venir à ma rencontre. Tout comme Davide, il s'était laissé pousser une sorte de barbe. Je ne l'avais pas vu depuis longtemps, et depuis longtemps aussi j'avais renoncé à lui, mais je dois reconnaître que mon cœur s'est mis à battre un peu plus vite.

— Je suis content que tu sois saine et sauve. Achille me l'avait dit, mais il n'empêche que je suis soulagé.

Il allait me prendre dans ses bras quand il s'est arrêté. Il avait vu don Anselmo.

— Bonsoir, Enzo. Ne t'inquiète pas, je vais vous laisser au plaisir de vos retrouvailles. Mais peut-être peux-tu me dire où se trouve don Mauro ? Je dois lui parler, c'est urgent.

Enzo a pâli. J'ai compris qu'il s'efforçait de se comporter en homme, et pour la première fois depuis le début de cette terrible journée, mon cœur s'est brisé. Je savais ce qu'il allait annoncer.

— Je crains que… Don Mauro… Mon père, puis-je m'entretenir avec vous seul à seul ?

— Pourquoi ? a répliqué don Anselmo d'un ton brusque. Où est-il ? Si tu as quelque chose à me dire, jeune homme, inutile de tourner autour du pot. Aie au moins la politesse de parler franchement !

C'était la première fois que je voyais le curé perdre son calme.

Enzo a baissé la tête et a fini par ouvrir la bouche.

— Don Mauro a été tué peu après 15 heures. Les combats étaient presque terminés, mais les fascistes tenaient encore la mairie. Il y a eu une fusillade, l'un des leurs a été touché. Il est tombé en implorant le Seigneur, et don Mauro a couru vers lui pour lui administrer les derniers sacrements. Je n'ai pas pu l'en empêcher. Il allait se relever lorsque quelqu'un a tiré d'une fenêtre à l'étage et… Je suis désolé, mon père.

Don Anselmo est resté figé puis, au bout d'un moment, a demandé :

— Où l'avez-vous emmené ?

— À Sainte-Catherine. Nous avons pensé qu'il serait chez lui, là-bas.

— Vous avez bien fait. Merci.

Les yeux de don Anselmo s'étaient embués. Il les a essuyés du revers de la main, comme un enfant.

— Mon pauvre ami, a-t-il murmuré. Mon pauvre pauvre ami.

Le soleil se couchait quand je suis rentrée à la maison. J'étais épuisée, physiquement et moralement, et le choc qu'avait représenté toute cette journée se muait peu à peu en un affreux accablement. Mais j'avais fait mon possible. J'avais accompagné don Anselmo. Je m'étais tenue derrière lui tandis qu'il parlait avec les familles endeuillées et j'étais restée à son côté quand, après, il parlait avec Dieu, les yeux fermés. Et même si la liberté retrouvée ne semblait pas encore réelle, je savais que le lendemain j'allais me réveiller dans un Romituzzo débarrassé du joug fasciste.

Alors que je passais devant la maison des Frati, où habitaient Sandro et Enzo, la porte s'est ouverte et Lucia, la sœur de Sandro, m'a appelée. Elle avait environ dix-huit ans, elle était grande et blonde, très sympathique. Nous aurions toutes voulu lui ressembler.

— Stella, tu ne peux pas rentrer chez toi dans cet état. Entre vite, je vais te prêter une tenue convenable.

J'avais oublié que j'étais tachée de sang.

— Oh, oui. Merci.

Elle m'a fait monter à sa suite.

— Davide m'a dit que ton aide avait été très précieuse. Extraordinaire. Jamais je n'aurais été capable d'un tel courage. Je suis heureuse que tu aies été là avec lui.

— Je suis contente d'avoir pu être utile.

C'était une remarque parfaitement idiote, mais je n'avais rien trouvé de mieux.

— Il pense que tu seras un véritable atout pour la révolution. Entre, c'est la chambre que je partage avec ma petite sœur. Elle passe le plus clair de son temps chez notre tante. Je suis sûre qu'elle sera ravie que je te prête une robe. Que dis-tu de celle-ci ?

Elle me montra une robe de coton bleu pâle qui pouvait facilement passer pour une des miennes.

— Elle est parfaite. Si vraiment cela ne pose pas de problème…

— Évidemment ! C'est bien le moins, après tout le travail que tu as accompli. Prends-la. Je vais chercher de l'eau chaude pour que tu puisses faire un brin de toilette. Et n'oublie pas de me laisser la tienne. Je te la rapporterai après l'avoir lavée.

Lucia était la gentillesse même. J'en ai encore des remords quand je pense au chagrin que nous lui avons causé, Davide et moi.

Une fois seule, je me suis lavée et j'ai enfilé la robe bleue. J'ai plié la mienne et l'ai déposée sur le dossier d'une chaise. J'ai décidé de ranger le foulard blanc dans mon cartable. J'avais déjà pris assez de risques aujourd'hui en l'arborant. Soudain, j'ai compris que je n'avais pas le cartable avec moi. Dans la confusion du moment, j'avais dû le laisser à l'église. J'ai d'abord pensé aller le récupérer en vitesse, puis me suis dit qu'il pouvait bien rester là jusqu'au lendemain. Il était plus important de rentrer chez mes parents avant la nuit. J'ai mis le foulard dans ma poche.

Dans la cuisine, j'ai retrouvé Lucia qui remuait le contenu d'une grande marmite. Une soupe aussi pauvre et simple que celle qui constituait notre ordinaire, sans aucun doute, mais je dois dire que ça sentait plutôt bon. Elle m'a souri.

— Tu mangeras bien un morceau avant de partir ? Tu dois être morte de faim.

— Non merci. Il faut que j'y aille.

— Alors, rentre bien. Maintenant qu'Enzo est revenu de Santa Marta, nous allons nous voir souvent. Il faut que tu viennes dîner à la maison bientôt.

Je l'ai remerciée une dernière fois et suis sortie dans la chaleur vespérale. Au moment où j'atteignais le premier croisement, une main puissante m'a agrippé l'épaule. Je me suis retournée, prête à me défendre, puis j'ai vu mon père qui me toisait. De l'autre main, il tenait mon cartable.

— Papa !

— Pas ici.

Il m'a prise par le bras et entraînée jusqu'à la maison. Je devais forcer le pas pour le suivre. À l'intérieur, la porte de la cuisine était fermée et j'entendais des échos de voix joyeux. Achille, Enzo et ma mère. Papa m'a tirée dans le couloir jusqu'à la pièce du fond et a refermé la porte derrière nous. Il a jeté mon sac sur le sol.

J'avais déjà vu mon père en colère, mais jamais à ce point.

— Je suis allé te chercher à l'église, a-t-il commencé d'une voix glaciale. Je me faisais un sang d'encre pour toi. Les combats avaient pris fin et tu ne rentrais toujours pas. Je suis allé à l'église parce que tu avais raconté à ta mère que c'était là que tu te mettais à l'abri. Et qu'est-ce que j'ai vu ? Pas un abri, mais une morgue. Et un jeune inconnu qui m'a raconté que tu as beaucoup aidé la cause.

— Papa…

— Je t'avais dit de ne pas t'en mêler. De garder tes distances. Au lieu de cela, tu nous as menti, à ta mère et à moi, et tu es allée combiner Dieu sait quoi. Je devrais t'enfermer pour le restant de tes jours.

Sa litanie semblait sans fin. J'avais fait honte à la famille, j'avais mis tout le monde en danger, j'avais abusé de la liberté que ma mère et lui m'avaient accordée, ma mère serait au désespoir quand elle apprendrait comment je m'étais conduite, et désormais, il était hors de question que je continue le lycée. Quant aux livres, je pouvais faire une croix dessus. Il me dominait de toute sa hauteur, et je savais que j'aurais dû avoir peur.

Mais j'étais au-delà de la peur. J'avais eu ma dose d'intimidation avec les Allemands et les fascistes, je n'allais pas me laisser menacer par mon propre père. J'ai attendu qu'il reprenne son souffle et lui ai dit qu'il pouvait m'enfermer et m'empêcher de poursuivre mes études si ça lui chantait, mais alors, je serais à la maison en permanence, et quand il me verrait, cela lui rappellerait que je lui avais menti, pas une fois, mais jour après jour pendant presque un an.

— Et Maman le saura aussi. Je vais tout lui dire. Je lui raconterai tous les détails parce que je n'aurai plus rien à perdre. À ton avis, comment le prendra-t-elle ?

Il y a eu un long silence. Mon père m'a lancé un regard dur que je ne lui connaissais pas.

— Très bien, a-t-il fini par articuler. Fais ce que tu veux.

Il a tourné les talons et est sorti sans un mot.

25

Tori

— Vous permettrez que je relise mes notes ? dis-je en jetant un coup d'œil à mon carnet.

Ambra acquiesce et se cale dans son fauteuil. Je me racle la gorge, puis enchaîne :

— Donc, pour résumer, si Duncan et moi divorçons selon le droit écossais, je peux déposer une requête pour, mettons… comportement déraisonnable, ou une année de séparation si j'arrive à le convaincre d'accepter le divorce. Deux années dans le cas contraire. Invoquer l'adultère si je découvre qu'il a couché avec quelqu'un d'autre. Attendez ! Est-ce que cela vaut aussi pour moi ?

— Seulement si c'est Duncan qui demande le divorce.

— C'est un peu drastique, non ?

Mon avocate hausse les épaules.

— En Angleterre, il arrive que les époux attendent que l'un des deux ait trouvé un nouveau partenaire avant de déposer une requête. Mais dans votre cas, il vous suffit d'attendre une année pour introduire une demande par consentement mutuel.

— Mais Duncan n'y consentira jamais. Si bien que j'ai le choix entre invoquer deux années de séparation ou un comportement déraisonnable.

Aucune de ces deux options ne m'enchante. Ambra m'a expliqué que si j'optais pour le comportement déraisonnable, Duncan recevrait une copie de la décision de justice avec la liste de tous les coups fourrés qu'il m'a faits pour me rendre la vie impossible. Quelle que soit la façon dont la chose lui sera présentée, je crains qu'il ne réagisse mal. Cela étant, attendre encore deux ans dans cet état d'angoisse qui me met les nerfs à vif est peut-être pire.

— Vous n'êtes pas obligée de prendre une décision tout de suite, poursuit Ambra, interrompant mes cogitations. Étant donné qu'il n'y a pas de problème de droit de visite, vous n'êtes pas obligés de vous voir. De plus, vous n'avez pas de soucis d'argent, n'est-ce pas ?

Je me force à revenir à l'instant présent et à sortir de cet état de torpeur nauséeuse qui me prend quand je pense à Duncan.

— Non, dis-je. En tout cas… pas pour l'instant.

— Bien. Donc, il n'y a pas d'urgence. Prenez tout votre temps pour décider quelle stratégie adopter.

— Laquelle est la meilleure selon vous ?

Je sais qu'elle n'est pas censée me donner son avis mais je ne résiste pas à l'envie de lui poser la question.

— Je ne peux pas vous guider en cela. (Ambra me fixe un instant du regard, avant d'ajouter :) Mais je peux vous dire par expérience que, lorsque l'un des époux se montre peu coopératif dès le départ, une requête pour comportement déraisonnable ne peut qu'aggraver son cas. Surtout s'il tente de se justifier devant les juges. Il est préférable d'éviter ce genre de situation. Pourtant, certains de mes clients n'en ont cure. Sachant qu'un divorce n'est jamais une partie de plaisir, et qu'on ne s'en sort jamais sans quelques égratignures, ils préfèrent l'affrontement, surtout s'ils sont déjà séparés.

— C'est logique, approuvé-je.

— Mais pour la plupart, attendre deux ans vaut la peine si le divorce s'en trouve simplifié. En fait, tout dépend des enjeux. Est-ce que vous vous sentez en sécurité, quel degré d'animosité êtes-vous prête à supporter… Tout cela varie grandement d'une personne à l'autre. Je conseille toujours à mes clients de peser le pour et le contre et de songer avant toute chose à leur propre bien-être. Néanmoins, dans le cas où vous auriez un nouveau partenaire – un partenaire sérieux, s'entend –, cela vous aiderait peut-être d'en parler avec lui, tout en gardant en tête que la décision finale n'appartient qu'à vous.

Un partenaire sérieux. C'est une autre paire de manches. Je n'ai pas envie d'y penser pour l'instant.

— Je crois que vous avez éclairé ma lanterne et je vous en remercie, dis-je. Je vais prendre le temps de réfléchir à tout ça.

— Mais bien sûr. Autre chose ?

— Rien qui soit de votre ressort, déclaré-je, et Ambra sourit.

— Dans ce cas, envoyez-moi un e-mail quand vous voudrez que nous nous parlions à nouveau. À bientôt, Tori, et bonne chance.

Quand l'appel prend fin, je décide de me mettre au boulot mais je n'arrive pas à me concentrer. Il est 16 heures, et dehors le soleil embrase la rue. Si je quitte la fraîcheur de mon appartement climatisé, je sens que je vais le regretter. Et si je ne cravache pas plusieurs heures par jour six jours par semaine, je vais dépasser la date limite de remise de mon manuscrit. Et je ne peux décemment pas faire (encore une fois) faux bond à Swithins.

Je pense à la procédure de divorce. Si je place une requête là, tout de suite, autrement dit que j'opte pour le comportement déraisonnable, je risque fort de le regretter. J'ai pris la fâcheuse habitude d'aller traîner sur les forums de discussion où j'ai lu un nombre invraisemblable d'histoires où il est question d'épouses rejetant la requête de divorce, ou feignant de ne pas l'avoir reçue, ou de l'avoir « égarée », ou renvoyant un dossier incomplet. Faute de stopper la procédure, ce genre de tactiques permet de la ralentir ; engendrant ainsi une perte de temps, d'énergie et d'argent, sans parler du stress – ce qui est le but recherché, j'imagine. Je me souviens d'une copine de Charlie que j'ai croisée à une soirée. Le regard vide, la fille en était à sa deuxième bouteille de pinard et pestait contre son ex qui avait « oublié » de signer la déclaration de situation financière après un bras de fer de plusieurs semaines.

— C'est de la torture psychologique, geignait-elle en s'agrippant à mon bras. Cette fichue procédure n'est rien d'autre qu'une guerre d'usure.

Naturellement, ça m'avait serré le cœur – elle avait l'air tellement désespérée – même si je ne comprenais pas comment un malheureux bout de papier pouvait vous mettre dans un état pareil. Maintenant, je vois les choses différemment, et je ne suis pas certaine que je tiendrais le choc si Duncan décidait de me rendre la vie impossible. Ne serait-il pas plus sage de mettre toute cette histoire de côté pour l'instant, afin de ménager un peu mes nerfs ?

C'est plutôt bon signe si Duncan me fiche la paix, et Charlie itou, non ? Si ça se trouve, il ne va plus se manifester et le temps va filer. N'est-ce pas ce qui se passe quand on a une remise de manuscrit urgente ? Quand je serai prête à renvoyer mon livre à l'éditeur, toute l'attente ou presque sera derrière moi. Et alors, je déposerai une demande de divorce simple et tout sera réglé. Zéro stress. Ou disons, moins de stress. Et dans le cas contraire, en supposant que Duncan freine des quatre fers, j'aurais tout le temps du monde pour me préparer. Pourquoi remuer le couteau dans la plaie alors que je pourrais vivre en paix au moins pendant un certain temps ?

Mon téléphone vibre et je sursaute, manquant presque renverser la lampe. Mais c'est Marco, Dieu merci.

« Salut ! J'ai des British plein mon agenda aujourd'hui mais je devrais pouvoir me libérer vers 20 heures. Trattoria Serragli à 20 h 30 ? »

Je réponds « à ce soir », et il m'envoie toute une rangée de petits cœurs rouges. Ça ne veut rien dire. Les Italiens tendent à truffer leurs textos d'émojis. Je l'ai découvert la première fois que ma comptable m'a envoyé un clin d'œil.

Si je veux passer une soirée dehors avec la conscience tranquille, je dois me mettre au boulot *illico*. Je me laisse tomber sur le canapé, sors ma tablette et ouvre le document que j'étais en train de consulter quand Ambra m'a appelée. J'ai passé en revue les lettres d'Achille à Granny, par petits bouts, jour après jour. Au début, j'ai eu du mal à les déchiffrer mais j'ai fini par m'habituer à son écriture nerveuse et penchée à droite – comme s'il pilotait une voiture de course. Le vocabulaire, en revanche, est plus problématique et je passe un temps fou à consulter le dictionnaire.

Comacchi continue de me harceler en invoquant des projets grandioses comme Satan dans le désert. Ce qui ne l'avancera à rien. Il aura beau m'offrir des ponts d'or pour essayer de me tenter, jamais il n'arrivera à me persuader de quitter Pierfrancesco pour travailler avec une « carogna *».*

Oups. Cela signifie littéralement « charogne » ; par extension, « une pourriture ».

avec un vendu qui s'en est mis plein les poches pendant que les partisans, qu'il prétend admirer aujourd'hui, risquaient leur vie pour renverser le fascisme. Je le lui ai dit la dernière fois que nous nous sommes vus. Mais il continue à m'offrir des ponts d'or. À quel saint dois-je me vouer pour qu'il me fiche la paix une bonne fois pour toutes ?

Je souris en imaginant le bouillant Achille tenant tête à Guido Comacchi dans son beau complet croisé et ses lunettes noires. Rosa Legni pourrait peut-être m'en dire plus sur les tentatives de Comacchi d'attirer son coureur automobile de père dans ses filets. Je vais lui poser la question demain. Je rédige une note, puis reprends ma lecture. Ma concentration commence à faiblir tandis que les mots se mettent à danser devant mes yeux fatigués. Si j'arrive à lire cette lettre jusqu'au bout, je me laisserai quartier libre ensuite jusqu'à la fin de la journée. Allez, courage. Encore quelques minutes.

Il est 20 h 40 quand je dévale la via dei Serragli. Quelle mouche m'a piquée d'accepter de dîner aussi loin de chez moi ! Mais le choix de Marco est irréprochable. Je me sens un devoir de loyauté envers les patrons de la Trattoria dei Serragli depuis le jour où ils m'ont si gentiment accueillie alors que je débarquais à Florence et que j'avais le moral dans les chaussettes ; le jour où j'ai vu Marco et Chiara ensemble. (Marco ignore cette partie de l'histoire. Je la lui raconterai un jour.) Quand j'arrive enfin, Michele m'étreint chaleureusement.

— *Ciao*, Tori. Tu es seule ce soir ou tu es accompagnée ?

Allons bon ! Marco n'est même pas encore arrivé.

— Mon ami ne devrait pas tarder, dis-je sur un ton détaché en essuyant discrètement la sueur sur mon front.

— Fait chaud, hein ? J'ai une table parfaite pour toi à côté de la clim. Je t'apporte un verre de vin ? me demande Michele tandis que je m'installe. Rouge ou blanc ?

— Rouge, s'il te plaît.

— *Certo.*

Il pose un menu devant moi – rédigé à la main, comme il se doit, et qui tient en une seule page – puis s'éloigne aussitôt.

Marco arrive juste au moment où je trempe les lèvres dans mon verre de vin.

— Désolé, dit-il en se penchant pour me donner un baiser avant de se laisser tomber sur sa chaise, face à moi. Absolument désolé. J'étais sur le point de quitter le bureau quand un client m'a appelé et tenu la jambe… J'ai presque couru pour venir ici.

Il ôte sa veste, ne révélant quasiment aucune trace de transpiration, le sacré veinard. J'essaie de prendre un air détaché.

— Une journée harassante ? demandé-je tandis que Michele apparaît avec un autre menu.

— Je ne dirai pas le contraire. Qu'est-ce que tu bois ?

— Le vin de la maison. Un sangiovese, je crois.

— Super. On va en prendre une carafe, indique-t-il à Michele. Ou plutôt une bouteille. Et de l'eau plate. Merci.

Il se renverse sur sa chaise.

— J'aurais peut-être dû lui demander une paille. Quoi de neuf ?

Je comprends que je suis bouche bée.

— Euh, désolée… Je ne sais pas comment tu réussis à passer aussi facilement d'une langue à l'autre, même après avoir piqué un cent mètres. C'est incroyable.

— L'habitude. Je fais ça à longueur de journée. Toi aussi, tu y arriveras un jour.

— Je demande à voir. Je suis navrée que la journée ait été aussi stressante pour toi.

— Oh, rien de bien nouveau. Mais…

— Mais ?

Marco soupire.

— Eh bien, sans entrer dans les détails, disons que tous mes clients se retrouvent dans la même situation ou presque.

— La même que la mienne ?

— Oui. Mais tous ne sont pas aussi organisés que toi. Certains ont l'impression d'être les seuls à vouloir venir s'installer en Italie. Ils ne pensent pas une seconde que j'ai d'autres clients qu'eux. Et ils voudraient en plus que tout soit déjà réglé depuis avant-hier.

— Je vois le genre, dis-je.

— Ah oui ?

— Oui. Ma mère, pour ne citer qu'elle. Tous les gens qui ont affaire à elle finissent par craquer. Elle épuise les coiffeurs comme d'autres épuisent les stocks de papier toilette.

Marco émet un petit reniflement.

— C'est à peu près ça. Tu as choisi ?

— Je crois que je vais prendre une bruschetta et ensuite un steak frites.

— Moi aussi. Et tu vas me raconter tout ce que tu as découvert récemment pour m'aider à me changer les idées.

Quand arrive la bruschetta, je lui parle des lettres d'Achille.

— J'en ai lu à peu près un tiers. Mais j'avance de plus en plus vite et j'espère les avoir toutes lues d'ici quelques semaines. Puis je vais traduire les passages qui me semblent intéressants.

— C'est surprenant qu'Achille ait trouvé le temps d'écrire autant. Lui et ta grand-mère ne se voyaient pas souvent.

— Il avait toujours des tas de choses à raconter. Et il voyageait beaucoup, allant d'une course automobile à l'autre. Je suppose que Granny ne pouvait pas l'accompagner partout. Et même là…

Marco me décoche un grand sourire.

— Pourquoi ai-je l'impression que quelque chose de dramatique va suivre ?

— Eh, ne sois pas trop sévère avec Achille. Cela dit, tu n'as pas tort. Chaque fois qu'il s'apprêtait à courir, il lui écrivait la veille au soir pour lui dire qu'il l'aimait. C'était une sorte de rituel.

— Ouh là là… Ce livre va briser des cœurs.

— Je l'espère, dis-je. Imagine ce qu'on ressent en pareilles circonstances. Imagine rencontrer quelqu'un et en tomber instantanément fou amoureux, au point que tu as envie de passer chaque jour de ta vie avec cette personne et que tu ne supportes pas l'idée de ne pas lui dire que tu l'aimes encore une fois avant de mourir.

J'ai manifestement bu un peu trop vite. Je pose mon verre et me concentre sur l'alignement de mes couverts sur la nappe à carreaux.

— Oui, dit Marco. Je peux imaginer ça.

Le steak arrive, bien doré sur les bords et parsemé de cristaux de sel. Je pique une frite sur ma fourchette. Comme toujours, elle est parfaite, croustillante et moelleuse, et juste assez salée. Je découpe ma viande. Elle est exactement comme je la voulais, rose foncé au centre et juteuse à souhait.

— Et comment vas-tu, au fait ? me demande Marco.

— Bien. J'ai un entretien prévu demain avec Rosa Legni. Je te l'ai dit, il me semble. Et à part ça, je dépouille les lettres.

J'introduis un morceau de steak dans ma bouche sans quitter mon assiette des yeux. Je sens que Marco m'observe.

— Oui, je suis au courant pour ton travail. Mais je voulais parler de toi.

Moi ? Tu veux savoir comment je vais ? Eh bien, commençons par ce courriel de ma chère sœur, celui qui m'a provoqué une attaque de panique au beau milieu de la nuit. Ou bien par la procédure de divorce que je vais engager contre un homme dont je suis à peu près certaine qu'il va me pourrir la vie ? Waouh ! Peut-on imaginer conversation plus romantique autour d'un dîner aux chandelles ?

— Tori ?

— Non, vraiment, ça va, dis-je en me forçant à sourire. Rien à signaler.

— OK. Mais tu sais que tu peux me parler si jamais tu as un problème, n'est-ce pas ?

— Bien sûr.

Il me rend mon sourire. Je me penche à nouveau sur mon steak mais quelque chose dans sa voix – et dans sa façon de me regarder… – me donne envie de me braquer. Ce n'est pas juste, j'en ai conscience. Et ça n'a pas de sens. Mais plus je tente de repousser cette envie de rébellion, plus j'ai l'impression que je vais me mettre à pleurer ou fracasser quelque chose si je ne sors pas immédiatement de ce restaurant.

Je pose mon couteau et ma fourchette, repousse ma chaise.

— Excuse-moi, dis-je aussi calmement que je le peux. Il faut que je rentre.

— Pourquoi ? Tu ne te sens pas bien ? Je peux te raccompagner, ou t'appeler un taxi…

— Je peux y aller seule, merci.

Je sors mon portefeuille.

— Pas question, tranche Marco, les sourcils froncés. C'est moi qui invite.

— OK, merci.

J'ai la mâchoire tellement crispée que j'arrive à peine à articuler. Quand je passe à côté de lui, il pose une main sur mon bras.

— Tu es sûre que ça va aller ?

Je réponds par un hochement de tête et file vers la sortie. Dehors, les rues sont pleines de couples qui bavardent et rient dans la lumière déclinante du crépuscule. J'ai les larmes aux yeux et la gorge serrée. Mais on est en Italie ici, et si je craque en public, les gens ne vont pas détourner poliment la tête en feignant de ne pas m'avoir remarquée. Ils vont s'attrouper autour de moi, au contraire, pour essayer de me consoler, et cette idée m'est insupportable. Je marche droit devant moi, tête baissée, le long de la via dei Serragli jusqu'au fleuve. Au moment où je m'engage sur le ponte Santa Trinità, mon téléphone se met à vibrer.

« Je suis désolé, je ne voulais pas te vexer. On peut parler ? M

PS : Je ne te poserai plus de questions idiotes. »

Cette fois, je craque. J'essuie mes larmes qui coulent à flots et franchis le pont en direction de la piazza Santa Trinità et son immense colonne phallique. D'un seul coup, j'ai les jambes en coton et le souffle court. Je m'assieds sur la large plinthe au pied de la colonne, les deux mains appuyées sur le marbre chaud pour essayer de me reprendre.

Je pourrais appeler Marco. Je pourrais lui demander de venir me chercher. Il me prendrait dans ses bras et je me laisserais aller à pleurer – pour de bon. C'est ce dont j'ai besoin, là, tout de suite.

Mais je résiste. Je n'ai pas envie de m'effondrer encore une fois devant lui sans lui donner d'explications. Car si je lui raconte tout… Un brusque sentiment de colère s'empare de moi. J'écarte les doigts et les presse contre le marbre comme si je voulais le transpercer avec mes ongles. Et c'est alors que je vois Marco.

Il a franchi le pont et marche dans ma direction. Il avance tête baissée, les mains dans les poches, et je ne pense pas qu'il m'ait vue. Il ne voit personne. Je m'attends à ce qu'il prenne à droite, en direction de la Santa Croce, là où il vit, dans un appartement deux fois plus grand que le mien, avec un meilleur sofa et des produits capillaires en veux-tu en voilà. Mais il s'immobilise et sort son téléphone, la tête rentrée dans les épaules.

— Marco ! crié-je avant de pouvoir m'en empêcher. Marco !

— Tori ?

Il a l'air tellement content que mon cœur se serre dans ma poitrine.

Je tapote le socle de pierre à côté de moi pour l'inviter à s'asseoir. Je me sens toute chose, comme à l'époque où il n'était encore que mon avocat. Je n'arrive pas à le regarder en face, si bien que je tourne les yeux vers le fleuve quand je lui tends ma main. Il la prend et enlace ses doigts avec les miens.

— Et donc ? dit-il.

Sa peau contre la mienne, son parfum citronné… J'inspire profondément et sens mon cœur ralentir juste un peu.

— Je suis à bout de nerfs, expliqué-je.

— J'avais remarqué.

— Ça n'a rien à voir avec toi.

— Non, pourtant tu refuses de te confier à moi.

Je comprends que je l'ai blessé, profondément, même s'il s'efforce de le cacher.

— Je t'assure que c'est mieux ainsi.

— S'il te plaît.

— Marco…

— Non, vraiment. (Ses doigts resserrent leur étreinte.) Quoi que tu puisses me dire, ça ne peut pas être pire que lorsque tu me rejettes chaque fois que quelque chose ne va pas.

— Soit. (Je déglutis et cherche les mots qui conviennent.) Eh bien, comme tu le sais, je suis en train de divorcer.

— Oui.

— Et tu sais que mon ex-époux est…

— Un connard.

— Plutôt, oui. Quoi qu'il en soit, il refuse d'accepter que tout est fini entre nous.

— Quoi ? s'écrie Marco, indigné. Mais tu l'as quitté. Tu es venue t'installer en Italie.

— Oui, mais le message n'est pas passé apparemment.

— Il te harcèle ? Il te traque ? Si c'est le cas, la police…

— Non, non, rien de tout cela. Au contraire, c'est silence radio. Mais lui et ma sœur, euh…

Aussi brièvement et calmement que je le peux, je lui décris le genre de conversations que Charlie et moi avons et mentionne le dernier e-mail dans lequel elle m'annonce qu'elle a donné mes coordonnées à Duncan. Puis j'éclate en gros sanglots convulsifs.

Marco me prend dans ses bras.

— Tori, pourquoi ne m'en as-tu jamais rien dit ? Pourquoi ?

— Parce que je n'avais pas envie de t'embêter avec ça. (Je me mets à hoqueter sur son épaule.) On se connaît… à peine.

— Et quand bien même, s'agace Marco. Tu penses que ce genre de choses aurait arrêté ta grand-mère ? Ou Achille ?

— Non, mais…

— Eh bien, moi non plus ça ne m'arrête pas.

— Mais c'est tellement compliqué de divorcer, expliqué-je. Je dois choisir entre déposer une requête maintenant, ce qui risque de le mettre en rogne, ou attendre encore deux ans. Mais si j'attends… Pfff, je suis paumée. J'ai beau retourner tout ça dans ma tête… Je n'arrive pas à savoir quelle est la bonne décision.

— On pourrait essayer d'en parler sérieusement, suggère Marco. Si tu es d'accord.

— Vraiment ?

— Absolument. J'ai bien compris que tu ne voulais embêter personne avec tes histoires personnelles – ce qui est idiot, soit dit en passant – mais essaie de voir les choses autrement. Qu'est-ce qu'un divorce, sinon un tas de paperasse flippante ? (Il m'étreint, puis ajoute :) Tu vas garder Ambra comme avocate ?

— Bien sûr. Et je songe à aller voir un psy à côté.

— Dans ce cas, où est le problème ? Tu vas avoir une avocate pour s'occuper du divorce et un psy pour gérer les embrouilles familiales. Et pour le reste, tu m'as moi.

— Oh, merci, merci beaucoup. C'est vraiment gentil à toi.

Marco émet un petit reniflement.

— Tu plaisantes, j'espère ? Allons, viens, on va manger un morceau pour oublier ce steak manqué.

Il se lève et me tend la main. Je me lève à mon tour, encore légèrement tremblante.

— Oh, mais j'y pense. Il va falloir que je présente mes excuses à Michele. C'est la deuxième fois que je quitte la table sans avoir mangé.

— Il n'a aucun problème avec toi, me rassure Marco en passant son bras sous le mien. C'est à moi qu'il en veut. Je lui ai dit que tu ne te sentais pas très bien mais je doute qu'il m'ait cru. Il doit penser que je suis le dernier des mufles pour t'avoir invitée au restaurant alors que tu n'étais visiblement pas en état.

— Je suis désolée.

— Pas grave. Mais tu devrais lui expliquer la situation si on veut pouvoir y retourner. En attendant, je connais un autre petit resto.

Nous sommes en train de finir nos *arancini* accompagnés d'une orangeade dans un petit restaurant sicilien. Marco me fixe du regard.

— Je voulais te demander quelque chose… Mais c'est peut-être un peu trop tôt. Parce que je n'ai pas envie de te mettre la pression.

— Quoi donc ?

— Je dois aller à Rome la semaine prochaine. Rien de bien folichon, je vais courir les ambassades pour demander des titres de séjour. Mais c'est une jolie ville et j'aurai toutes mes soirées libres. Et donc, je me demandais si tu ne pourrais pas laisser Achille de côté pendant quelques jours pour venir avec moi.

Je n'arrive pas à savoir si sa suggestion m'enchante ou m'épouvante. Mais toujours est-il que mon cœur se met à battre la chamade.

— J'aimerais bien mais je ne pense pas que ce soit raisonnable. Je ne peux vraiment plus me permettre de procrastiner. Et puis Rome, ce n'est pas l'enfer à cette période de l'année, avec tous les touristes ?

— Malheureusement si. Je préférerais mille fois t'emmener dans un coin plus tranquille et plus frais pour que nous puissions passer du temps ensemble. Mais je n'ai pas envie de te laisser toute seule. Surtout maintenant que ton ex sait où te trouver.

Je fais tourner mon verre presque vide entre mes mains.

— Je doute fort que Duncan se donne la peine de venir jusqu'ici. Il ne quitte pour ainsi dire jamais son domaine. Il a toujours un truc ou un autre à régler en urgence et il est persuadé qu'il ne peut compter que sur lui-même quand il s'agit de gérer la ferme.

— Oui, bien sûr, Tori, tu le connais mieux que personne. Mais ne pourrais-tu pas laisser tout ça de côté pendant un jour ou deux et te changer un peu les idées ?

— C'est vrai que j'en aurais bien besoin.

— Dans ce cas, s'il te plaît, songes-y. Tu pourrais travailler pendant la journée si tu le souhaites. Ou, si Rome te semble un peu trop éloignée… tu pourrais séjourner chez moi en mon absence. Donnant-donnant, je te demanderai d'arroser les plantes, ajoute Marco.

— Quelles plantes ?

— Celles que je vais acheter.

— Mieux vaut te prévenir, je n'ai pas la main verte.

— Dans ce cas, je prendrai des cactus. Ils ne nécessitent que très peu d'eau. Mais ne coupons pas les cheveux en quatre. Je serai plus tranquille si je te sais en sécurité. Et toi, tu pourras mieux te concentrer sur ton travail et sur Achille.

La proposition est alléchante. À l'idée de passer quelques jours à l'abri des radars de contrôle de Duncan, mon système nerveux central se met au repos.

— Ta clim est beaucoup plus performante que la mienne, dis-je.

— C'est vrai. Et le Wi-Fi aussi. Alors, marché conclu ?

Il me tend la main au-dessus de la table et je tope.

— Marché conclu !

Il sourit, visiblement soulagé, et m'enveloppe d'un regard plein de tendresse. Comme si je comptais vraiment pour lui.

Une vague chaude et impérieuse déferle en moi. Je reprends espoir. Peut-être vais-je enfin pouvoir lâcher du lest, me détendre, et m'abandonner aux sentiments que j'éprouve pour cet homme qui semble ressentir la même chose que moi.

26

Les bureaux florentins des éditions Legni sont installés dans un immeuble imposant du quartier de Rifredi, au nord de Florence. À l'intérieur règne une élégance désuète, faite de vieux meubles de bonne facture et de quelques toiles accrochées aux murs. Si l'on excepte les volets verts et le sol recouvert de tomettes, on pourrait se croire dans une demeure aristocratique un peu décatie des quartiers chics de Londres. Frida Gattolini, la soixantaine, arbore des lunettes tendance, des cheveux hérissés poivre et sel et d'amples vêtements de lin en couches superposées. Elle me fait entrer dans un salon tapissé de livres.

— Asseyez-vous. Puis-je vous apporter un café ? À moins que vous ne préfériez du thé ?

Je suis arrivée très en avance à Rifredi et j'ai déjà pris deux cafés au bistrot du coin.

— Rien, ça ira. Merci.

— Mme Legni vous rejoindra dès que sa réunion sera terminée. Je suis à votre disposition si vous avez besoin de quoi que ce soit.

Frida me sourit et sort en refermant la porte derrière elle.

Je prends ma tablette et relis en vitesse les questions que j'ai préparées, bien que je les sache déjà par cœur. Cet entretien me rend nerveuse. Non seulement parce que Rosa Legni est un lien direct avec Achille, mais aussi parce que sa bio est imposante. Elle est titulaire d'un diplôme de sciences politiques et économiques d'Oxford, d'un master de philosophie de Cambridge, et a rédigé sa thèse de doctorat à la Sorbonne sur quelques aspects abscons de la théorie marxiste. Et elle a publié un nombre invraisemblable de bouquins, avec des titres du genre : *Vers une théorie renouvelée de la révolution permanente* ou *La Faim, le Sexe et la Mort : lutte incarnée et défi de l'art socialiste*.

En un mot, elle est terrifiante.

Je repose ma tablette et regarde autour de moi, à la recherche de quelque chose qui pourrait me distraire de mon trac. Une photo encadrée capte mon attention. Je me lève pour la regarder de plus près. C'est un cliché en noir et blanc, pris dans une salle au sol de marbre avec des colonnes et des palmiers en pot, peut-être le hall d'un grand hôtel. Sur la gauche, je reconnais Pierfrancesco Legni, grand et sec, avec sa chevelure en bataille et ses petites lunettes. Il jette un regard indulgent sur une adolescente maigrichonne, sans doute Rosa, qui semble en grande conversation avec un barbu dépenaillé en treillis, la chemise ouverte jusqu'à la taille. On dirait qu'elle le sermonne, l'index brandi presque sous son nez. Il la regarde avec amusement, tandis qu'il porte un cigare à ses lèvres. Bon sang ! C'est Che Guevara !

— Madame MacNair ?

Je me tourne et vois une petite femme rondouillarde appuyée sur une canne. Ses cheveux blancs sont rassemblés en un chignon approximatif. Elle porte une tunique ample à fleurs et une jupe informe. Ses pieds sont chaussés de sandales orthopédiques. On dirait une gentille mamie de livres pour enfants.

— Je suis tout à fait confuse de vous avoir fait attendre, s'excuse-t-elle dans un anglais oxfordien pur jus. Je dois vous avouer que j'ai toujours eu du mal à gérer mon temps. Je prévois trop de réunions et suis sans cesse à courir de l'une à l'autre. Frida fait de son mieux pour éviter les retards, mais c'est une mission impossible. Ne restez pas plantée là. Asseyez-vous, je vous en prie.

J'obtempère, tandis que Rosa s'installe sur le canapé.

— C'est très aimable à vous de me recevoir.

— Tout le plaisir est pour moi. J'aime beaucoup parler de mon père. Avant de commencer, j'ai quelque chose pour vous.

Elle fouille dans son immense sac en cuir et en sort une enveloppe A4 un peu froissée. Je l'ouvre et trouve deux feuillets tapés à la machine.

— C'est le menu de la réception, explique Rosa. Celle où Achille et votre grand-mère se sont rencontrés. Avec la liste des invités. Peut-être que certains noms ne vous sont pas inconnus.

D'un coup d'œil, j'en reconnais plusieurs. Roberto Rossellini, Federico Fellini, Anna Magnani. Waouh, excusez du peu !

— Vous n'y étiez pas, j'imagine ?

— Mais si ! Mon père avait des idées très progressistes sur l'éducation. Ma mère est morte en me donnant naissance et c'est lui qui m'a élevée. Je l'accompagnais partout et j'avais le droit de faire ce que je voulais. Comme en témoigne la photo que vous regardiez. J'ai dû être une gamine insupportable, parfois.

— Cela m'étonnerait.

En réalité, ça ne m'étonnerait pas du tout.

— Si, si, je vous assure. Quoi qu'il en soit, pour moi, cela a été une éducation formidable. Ce qui ne m'a pas empêchée d'avoir des enfants terriblement conformistes, qui n'aimaient ni se coucher tard ni discuter politique. En tout cas, j'étais présente ce soir-là. J'avais tout juste neuf ans, et je vais tenter de me souvenir du mieux que je peux.

— Cela ne vous dérange pas si j'enregistre vos souvenirs ?

— Pas du tout. Vous avez carte blanche.

Elle attend pour continuer que je mette l'enregistreur en marche et le pose sur l'accoudoir du canapé.

— Ces téléphones portables, quelle merveille ! Bref, comme je vous le disais, j'étais très jeune à l'époque. Je suis restée un moment à la fête, puis je suis allée me coucher, même si personne ne m'y obligeait. Mais je conserve quelques souvenirs, notamment d'Achille.

— Sa présence vous a marquée ?

— C'est le moins qu'on puisse dire. Il tranchait sur les autres. Mon père était entouré de gens reconnus dans leur profession, écrivains, peintres, acteurs ou musiciens, qui voyaient dans notre maison une sorte de refuge. Ils étaient donc là, en petits groupes, occupés à discuter avec un abominable esprit de sérieux, quand Achille a débarqué. Comment le décrire ? Il arrivait directement du garage, où il avait dû régler un problème mécanique en urgence. Ses vêtements étaient froissés, ses cheveux en bataille, c'était tout juste s'il avait retiré sa salopette. La soirée battait déjà son plein. Je me souviens qu'il avait une trace de cambouis sur la joue… Vous imaginez le spectacle.

— Qu'avez-vous pensé de lui ?

— Je l'ai trouvé magnifique. Divin. À l'époque, je lisais un livre sur la mythologie grecque qui me passionnait. Un cadeau d'un ami de mon père. J'ai eu l'impression que c'était vraiment le demi-dieu Achille qui faisait son apparition. *Aristos achaiõn.*

Je traduis par réflexe :

— Le meilleur des Grecs.

— *Brava!* Il est vrai que vous avez fait des études classiques. Je me renseigne toujours sur Google avant de rencontrer quelqu'un. Ou plutôt, Frida s'en charge pour moi et me raconte ce qu'elle a trouvé d'intéressant. Bon, revenons à Achille. Je me suis souvent demandé s'il avait conscience de l'effet qu'il produisait. Il n'est pas impossible qu'il en ait joué, mais je n'en sais rien. D'après tout ce que j'ai entendu dire sur lui, une chose est sûre : il restait lui-même en toutes circonstances, même si cela déconcertait les autres.

— Si cela se trouve, il avait envie de déconcerter.

— Vous n'avez peut-être pas tort, concède Rosa en éclatant de rire.

— Ma grand-mère était-elle déjà là ?

— Je pense que oui. Mais je ne suis pas certaine de mes souvenirs. Cette réception a fait date. En particulier pour mon père, et pour Rita, votre grand-mère. Et aussi pour tous ceux qui étaient attachés à Achille. Du coup, j'ai du mal à trier entre ce dont je me souviens vraiment, ce que j'ai vu sur le moment et les récits que j'ai entendus par la suite. Mais Rita était là, c'est certain, avec ce jeune homme qu'elle fréquentait.

— Comment ? Elle avait déjà un petit ami ?

— Oui. L'un des poètes de mon père, très prometteur, très sérieux. Roberto. Roberto Borsetti. Rita l'avait accompagné, c'était la raison de sa présence. Mais elle est repartie avec Achille.

— Waouh !

— Vous êtes choquée ?

— Pas le moins du monde. C'est juste que ma grand-mère était d'une correction exemplaire. J'ai du mal à l'imaginer larguant son petit ami sans explication pour partir avec un autre.

— C'était un milieu où l'on se moquait des conventions bourgeoises. Sans compter qu'ils étaient jeunes, tous les deux, et que la moitié des invités seraient repartis avec Achille s'ils avaient eu une chance. Mais c'était Rita qu'il voulait, et c'était réciproque. Dès l'instant où mon père les a présentés, ils n'ont plus eu d'yeux que l'un pour l'autre. Tout le monde s'en est rendu compte. Le pauvre Roberto n'a même pas tenté de s'y opposer. Je sais juste qu'il s'est copieusement saoulé et a fait des avances à Anna Magnani. Sans succès, comme vous pouvez l'imaginer.

Pendant une bonne demi-heure, Rosa me relate tous les détails de cette soirée. Qui était là, et avec qui, les bribes de conversations qu'elle avait entendues, la querelle qui avait éclaté entre un poète et un critique à propos du futurisme russe – à laquelle aurait mis fin Ingrid Bergman. Et Granny et Achille dans un coin du salon, en tête à tête, parlant à bâtons rompus avant de s'éclipser dans la nuit, main dans la main, sans saluer personne.

— Je les espionnais. J'étais trop petite pour comprendre, mais j'avais déjà beaucoup lu, beaucoup d'histoires d'amour. Mon père ne censurait pas mes lectures, et je savais ce qui se passait. J'étais fascinée.

— C'était la première fois qu'Achille venait chez vous ?

— Oui, et ce fut aussi la dernière. Il n'était pas dans son élément. Il passait l'essentiel de son temps avec son équipe et le reste avec votre grand-mère. Il ne souhaitait rien d'autre. Il n'avait pas besoin de mon père pour ami. Papa l'aurait souhaité, bien sûr. Il avait un côté mère poule, il aimait être entouré des gens qu'il aimait et veiller sur eux. Avec Achille, il n'y est pas parvenu. Ce n'était pas qu'Achille fût froid ou grossier, non. Mais une seule chose le passionnait, son écurie, et il ne voyait pas l'intérêt de perdre son temps en mondanités. La *Scuderia Guelfa* était un projet révolutionnaire, et Achille en était le moteur, excusez le jeu de mots. Mon père y avait investi son argent, et Achille son âme. C'est la raison pour laquelle l'écurie ne pouvait pas lui survivre.

— Qu'est-il advenu du matériel ? Je veux dire, les voitures, l'équipement et le reste ?

— Tout a été vendu. Mon père se moquait de récupérer son argent. C'est parti aux enchères, y compris la merveilleuse voiture de Formule 1 bricolée par Achille. Si je me souviens bien, elle a été rachetée par un Américain. Le garage était loué, donc cela n'a pas posé de problème. Par ailleurs, il y avait un projet d'installation, avec un circuit, non loin de Romituzzo. La demande d'autorisation avait été déposée. En Italie, ce n'est pas une mince affaire, sans parler de l'investissement. Bref, tout a été abandonné. Mon père n'a plus voulu en entendre parler.

— J'imagine que vous n'avez aucun…

Rosa a lu dans mes pensées. Elle secoue la tête.

— Je ne peux hélas vous montrer aucun document. Mon père a maintenu ses activités politiques jusqu'à son décès, et ses papiers restent absolument confidentiels. Trop de gens sont concernés.

Et zut !

— Je comprends. En tout cas, merci mille fois pour ce que vous m'avez donné, réponds-je en agitant l'enveloppe.

— Je souhaiterais pouvoir vous aider davantage. Je suis désolée, mais j'ai une réunion qui est sur le point de commencer et Frida va apparaître d'une seconde à l'autre. Avez-vous d'autres questions avant que je doive prendre congé ?

— Oui. Ma grand-mère est-elle restée en contact avec votre famille après la mort d'Achille ?

Rosa esquisse un sourire.

— Un peu, oui. Au fond, elle ressemblait à Achille. Très indépendante. Elle a correspondu avec mon père, et je sais qu'ils prenaient un café ensemble quand elle venait à Florence. Au bureau, pas à la maison. Je ne pense pas qu'elle ait jamais remis les pieds chez nous, même si elle était invitée. Peut-être le souvenir était-il trop douloureux pour elle. Elle avait certainement d'autres amis à Florence. En avez-vous retrouvé ?

— En quelque sorte.

— Que voulez-vous dire ?

— Il y avait un café où Granny m'emmenait tout le temps. Mais j'étais très jeune et, comme vous l'avez dit, elle-même était très indépendante. Elle y retrouvait des amis, des amis proches. C'est le seul endroit où je l'ai vue baisser la garde, mais je n'arrive pas à le retrouver !

Je lui parle de Giuseppe et Maria, et de ce café qui semble s'être évanoui.

Soudain, Rosa se montre moins amicale.

— Des cafés comme celui que vous me décrivez, il y en a des centaines, rien qu'à Florence. Qu'est-ce qui vous fait penser qu'il se distinguait des autres ?

Je la sens sur la défensive. Son regard me transperce et soudain, j'ai l'impression d'être face à un jury.

— Non, non, c'était un café normal. Mais différent des endroits que Granny fréquentait. Ce n'était pas son style. C'est sans doute pour cette raison qu'il m'est resté en mémoire.

— Pas son style, je vois. Vous pensez donc qu'il était dégradant pour une femme de sa classe de fréquenter un bistrot de quartier ?

— Bien sûr que non, mais…

— Votre grand-mère était antifasciste. Ce n'était pas une position idéologique abstraite, mais une orientation fondamentale. Et elle croyait profondément dans l'égalité sociale, c'est ce qui motivait tous ses actes, et ses amitiés. Si elle avait divisé le monde entre riches et pauvres, fréquentables et infréquentables, jamais mon père ne lui aurait témoigné un tel respect. Et jamais Achille n'aurait pu l'aimer.

J'ouvre la bouche pour répliquer mais Rosa s'est déjà levée. Elle se dirige prestement vers la porte et l'ouvre d'un geste. Je comprends le message. J'arrête l'enregistreur, reprends mon portable et sors sous son regard sévère.

— Merci de m'avoir consacré du temps, conclus-je humblement.

— Bonne chance pour vos recherches.

Elle ne me dit pas d'aller me faire voir, mais c'est comme si je l'avais entendu.

27

— Rosa Legni t'a dit d'aller te faire foutre ! s'exclame Marco, qui n'en revient pas.

Il est en train de plier soigneusement des chemises avant de les ranger avec une précision militaire dans son élégante valise noire. Adossée à la tête de lit, je l'observe, fascinée.

— Elle ne l'a pas dit comme ça, pas avec des mots. Mais l'intention était sans équivoque.

— Tu as tout de même pu avoir accès à des documents importants ?

— Oui. Elle s'est montrée généreuse jusqu'au moment où elle m'a accusée d'être une snob, encore une fois sans le dire expressément. Ça m'a désarçonnée.

Il croise les sangles de maintien des vêtements, les clippe, puis ferme le Zip.

— Je présume que ces intellectuels de gauche de la vieille école sont un peu…

— Chiants ?

— J'allais dire « dogmatiques », mais « chiants » convient aussi.

Il s'approche du lit, s'assied à côté de moi et me prend dans ses bras.

— Il est encore temps de changer d'avis si tu veux venir avec moi. Je suis sûr qu'on doit pouvoir t'acheter un billet.

La proposition est tentante et je suis à deux doigts de dire oui. Mais j'ai besoin de passer un peu de temps seule, même si Marco est un ange. C'est l'occasion ou jamais de me ressaisir.

— C'est très gentil à toi, mais qui s'occuperait de Nuvolari ?

Je désigne le petit cactus qui trône sur la commode.

— Ah, oui… (Marco m'étreint doucement.) Mais si jamais tu changes d'avis, tu sais comment me joindre, d'accord ?

— D'accord.

— Et tu sais où trouver tout ce dont tu as besoin : les clés, le mot de passe pour le Wi-Fi, les notices d'utilisation… ?

— Oui, oui, pas de souci. Si je ne m'en souviens plus, je chercherai, et si je ne trouve pas, je t'appellerai.

Il y a tellement de tendresse dans ses yeux que je suis prise d'une folle envie de lui dire oui, emmène-moi avec toi. À la place, je dis :

— Ne te mets pas en retard.

Marco consulte sa montre.

— Oups. (Il m'embrasse en vitesse et empoigne sa valise.) Prends soin de toi, Tori, d'accord ? À très vite.

Ne me quitte pas. Les mots manquent presque m'échapper, mais je me retiens de justesse et déclare :

— Tu vas me manquer.

Un sourire, encore un baiser, et il se sauve. Je me roule en boule sur le lit et enfouis mon visage dans l'oreiller pour respirer son parfum. Mais, à ma grande déception, je ne sens qu'une odeur de linge fraîchement lavé parce qu'il a changé les draps.

Petit à petit, je me sens gagnée par la mélancolie. Je m'oblige à sortir du lit. En principe, c'est l'heure du déjeuner, mais je n'ai pas faim. Dehors, la ville est une vraie fournaise. Toutes les persiennes du salon sont fermées, plongeant la pièce dans une étrange atmosphère crépusculaire. Je jette un coup d'œil à mon ordinateur posé sur la table et songe que je vais avoir besoin du mot de passe pour accéder à Internet. Puis je me ravise. Pas de distractions, pas de Netflix, pas de *chat* en ligne. Je dois me mettre directement au boulot. Je prends mon téléphone, branche mes écouteurs et commence à retranscrire la conversation que j'ai eue avec Rosa.

C'est un travail lent et fastidieux, comme je n'en ai pas réalisé depuis que j'ai quitté *Cherwell* – à l'époque où je songeais sérieusement à devenir journaliste. Quand j'en vois enfin le bout, je m'aperçois que la journée touche à sa fin. J'ouvre les persiennes. Les rues sont déjà pleines de monde. J'ai envie de refermer les volets et de me mettre au lit mais ce n'est pas une bonne idée. Si je me couche maintenant, je vais ruminer et regretter de ne pas être allée à Rome. J'empoigne mon sac et dévale l'escalier.

La basilique Santa Croce est un édifice imposant, doté d'une façade à trois pointes en marbre blanc et vert dont les Florentins étaient friands à une certaine époque. Des petits groupes d'étudiants, de touristes ou de collégiens ont trouvé refuge sur les marches du parvis. Ils bavardent, consultent leurs téléphones portables ou leurs tablettes. Sur un côté, la colossale statue de Dante toise tout ce petit monde d'un air hautain, en s'enveloppant dans sa cape comme pour se démarquer de cette méprisable piétaille. La place et les rues alentour regorgent de bars et de restaurants mais je n'arrive pas à en choisir un. Il y a trop de monde en terrasse. Je voudrais quelque chose de plus tranquille. Je ne suis pas d'humeur à supporter la joie collective.

À environ deux pâtés de maisons de là, je débusque un petit bar avec quelques clients seuls ou en couple. Je m'installe à l'ombre et commande un negroni. Celui-ci arrive avec une grande assiette d'amuse-bouches : chips, amandes, olives et biscuits salés appelés *taralli*, crackers, ainsi que des petits triangles de pain de mie fourrés au jambon et au fromage. Je dois absolument inscrire ce bar dans mes tablettes. Je me détends et commence à siroter mon cocktail tout en piochant allégrement dans les hors-d'œuvre, puis je sombre peu à peu dans un état pseudo-méditatif.

Mon negroni est presque fini quand je me rends compte qu'un couple s'est assis à la table à côté de la mienne. À l'évidence, ce sont des amoureux. Je ne résiste jamais à l'envie d'épier les conversations des tourtereaux. J'enfile mes lunettes noires, saisis mon téléphone et fais mine de consulter mes messages tout en jetant des coups d'œil subreptices à mes voisins. Lui occupe la place la plus proche de la mienne : râblé, barbu, vêtu d'un tee-shirt moulant, il est calé dans son fauteuil, ses jambes négligemment étirées devant lui. Face à lui, la fille est en train de descendre un Aperol spritz et ne semble avoir d'yeux que pour son compagnon.

— C'est sympa, ce bistrot, commente-t-elle avec une pointe d'accent irlandais.

— Ouais, approuve-t-il. C'est l'endroit idéal pour profiter du spectacle de la rue.

Il doit être américain ou canadien. Il se renverse dans son fauteuil, allonge encore plus ses jambes et ajoute :

— Je pourrais passer des heures à flâner en terrasse, ça ne t'ennuie pas ?

— Non, non, dit-elle.

Après cela, ils n'échangent plus un mot. Elle prend un cracker, joue avec, le tapote distraitement sur le bord de l'assiette, puis le repose. Elle cherche visiblement quelque chose à dire pour capter l'attention de son cavalier. Mon téléphone se met à vibrer dans ma main.

J'ouvre le message et manque éclater de rire. C'est Marco. Il se tient devant ce qui m'a tout l'air d'être la basilique Saint-Pierre. Il ne prend jamais de selfie habituellement. Il me décoche un clin d'œil, m'envoie un baiser et, par-dessus son épaule, j'aperçois un prêtre en soutane qui hausse un sourcil désapprobateur. La légende dit : « La cité de l'amour. J'aimerais tant que tu sois là. »

Je cherche quelque chose de drôle à répondre quand je capte un mouvement à l'orée de mon champ de vision. La voisine de table s'est levée de sa chaise, son sac à épaule.

— Tout compte fait, si, dit-elle. Ça me dérange.

Le gars la scrute un instant, puis demande :

— Il y a un problème ?

Elle secoue la tête.

— Je te trouvais sympa, et j'ai pensé que… Peu importe. Bonne soirée à toi.

— Oui, bon… c'est comme tu le sens.

Il y a un tel mépris dans sa voix que j'en ai la chair de poule.

La fille s'éloigne d'un pas rapide, la tête rentrée dans les épaules. J'hésite à lui courir après mais elle a déjà dégainé son téléphone. J'espère qu'elle va trouver une oreille compatissante à qui confier ses peines de cœur.

— Encore une tarée, déclare le type en regardant autour de lui, comme pour prendre les autres clients à partie.

C'est alors qu'il croise mon regard et me décoche un grand sourire.

— Je vous offre un verre ? propose-t-il en désignant mon negroni.

— Non, dis-je un peu sèchement en me concentrant à nouveau sur mon téléphone.

Je cherche ce que je pourrais répondre à Marco mais je n'arrive pas à me concentrer. Je règle ma note et reprends le chemin de l'appartement. Je vais me détendre, me préparer des pâtes et regarder une connerie sur Netflix. J'ai bien bossé aujourd'hui. Je mérite une pause. Mais une fois de retour chez Marco, sans Marco, je n'arrive pas à me détendre. Je m'installe sur le canapé avec un verre de vin et recommence à surfer sur Google, sautant de ma messagerie au moteur de recherche, et de fil en aiguille, je me retrouve à consulter les horaires de train pour Rome.

Il y en a fréquemment. Deux par heure, et le dernier part à 22 h 15. Si je le voulais, je pourrais faire une petite valise, manger un bout et appeler Marco pour lui annoncer que j'arrive. Je pourrais être à Rome avant minuit. Si je le voulais.

Je le veux.

Mon index hésite au-dessus du bouton « acheter billet ». Quelque chose me retient – plusieurs choses en fait. Je dois parler encore une fois avec Ambra, continuer de retranscrire des lettres, écrire le texte de présentation de mon livre et appeler Richenda pour m'assurer que tout est en ordre avec le contrat. Mais pourquoi faire tout ça depuis une chambre d'hôtel alors que je suis très bien ici et que j'ai tout ce qu'il me faut sous la main ? Pourquoi aller rejoindre Marco à Rome, si c'est pour passer mes journées seule à l'attendre, alors qu'il sera de retour dans une semaine ? Suis-je émotionnellement dépendante au point de ne pas pouvoir me passer de lui pendant un jour ou deux ? *Tu es pathétique, ma pauvre fille*, me murmure la voix de Duncan. *Absolument pathétique*.

Je referme l'application. Juste au même moment, le téléphone se met à sonner. C'est Marco. Je rejette l'appel :

« Désolée, le nez dans le guidon. À plus tard. Bonne soirée. Xoxoxo. »

Je n'attends pas de voir sa réponse. J'éteins mon téléphone, ferme les persiennes et me prépare à me mettre au lit.

28

Stella

Les mois qui suivirent la libération de Romituzzo furent difficiles mais exaltants. Les Alliés avaient repoussé les Allemands jusqu'aux Apennins et s'étaient arrêtés, attendant la fin de l'hiver pour reprendre leur offensive. L'Italie se retrouvait ainsi coupée en deux, entre zone libre et zone occupée. La différence, pour nous, était que nous nous trouvions du côté libéré.

Je ne chômais pas. Il y avait les colis alimentaires à distribuer, les réunions auxquelles il fallait participer et les messages à transmettre aux combattants de la Résistance à mesure qu'ils recentraient leur action au nord de Florence, en direction de la Ligne gothique. En outre, don Anselmo me confiait encore plus de travail qu'auparavant parce qu'il remplaçait don Mauro à Sainte-Catherine en complément de ses fonctions dans sa paroisse et de son activité politique. Bientôt, j'eus autant à faire que pendant l'Occupation. Quand les cours reprirent en septembre – avec un nouveau programme concocté à la hâte, expurgé du galimatias fasciste –, je retombai dans mon rythme d'avant les vacances : levée avant l'aube, je ne rentrais à la maison qu'à la nuit tombée.

Ma mère ne me demandait jamais où j'allais. Elle ne m'adressait la parole que pour me donner des ordres ou me réprimander quand elle trouvait le travail mal fait. Mon père n'arrivait même pas à croiser mon regard. Seul Achille restait affectueux avec moi, mais je le voyais si rarement que cela ne changeait pas grand-chose. Entre le garage, ses motos et ses activités politiques, il était aussi occupé que moi.

Malgré tout, ma vie était plus passionnante que jamais. Je portais une arme quand j'effectuais mes tournées, et cette fois, ce n'était pas un jouet caché dans mon corsage, mais un Beretta accroché à la hanche. Après m'avoir donné quelques cours de tir, Agnese avait déclaré que mes résultats étaient plus que satisfaisants. J'arborais mon foulard blanc, ainsi qu'un brassard tricolore, et j'avais eu droit à une carte de membre du Comité de libération nationale de Romituzzo. Mes parents ne faisaient plus attention à moi, mais je m'en moquais. Désormais, je m'appartenais. Chaque soir quand je me couchais, je me disais que je quitterais le foyer familial à la première occasion.

— Tu pèches par orgueil, déclara don Anselmo. Je suis convaincu que tes parents sont blessés que tu aies trahi leur confiance. Même si c'était pour la bonne cause. Eux aussi sont la proie de l'orgueil, d'un orgueil dévorant. Nous devons prier pour qu'ils réussissent à le dominer.

— Que voulez-vous dire ?

C'était une de ces soirées sombres et glaciales de décembre. Nous étions dans le salon du presbytère, en train de trier les vêtements que nous avions recueillis pour le centre de réfugiés dont s'occupaient des religieuses dominicaines à côté de San Damiano.

Don Anselmo plia avec soin un petit gilet de laine.

— Disons que, dans un sens, c'est compréhensible. Tu accomplissais un travail dangereux sous leur nez, et ils n'en savaient rien. Ils ne peuvent que penser qu'ils ont failli à leur devoir de parents, qu'ils ne t'ont pas protégée. Ton père, surtout. C'est une forme d'orgueil. Mais cette façon qu'ils ont de t'exclure, de te traiter en *persona non grata* dans ton propre foyer… Cela me rappelle la réaction de mon père quand je lui ai annoncé que j'avais décidé d'entrer au séminaire. Il ne m'a plus jamais adressé la parole, même si j'ai tenté maintes fois de me raccommoder avec lui, pour ma mère. Il est mort sans m'avoir reparlé.

— Il aurait dû être fier de vous voir entrer dans les ordres.

— C'est le cas de la plupart des parents, en effet. Ma mère l'était. Mais j'étais l'aîné, et mon père estimait que je devais lui succéder à la tête de ses affaires prospères. Par ailleurs, cela ne correspondait pas à l'idée qu'il se faisait d'un homme. Regarde-moi ça ! Qu'est-ce que tu en penses ?

Il brandit un chandail de garçon, de laine grisâtre, qui avait été reprisé et remmaillé tant de fois qu'il était informe. De toute évidence, il était passé d'un enfant à l'autre, peut-être même depuis plusieurs générations.

— Ces braves gens ont offert tout ce qu'ils avaient, telle la veuve généreuse de l'Évangile, mais je ne vois pas ce qu'on peut faire de cette harde. L'idée de la refiler à un autre pauvre hère…

— On pourrait le détricoter et récupérer la laine.

— Oui, peut-être. Je le montrerai à Assunta. Au fait, comment va ton petit ami ?

Je me sentis rougir jusqu'à la racine des cheveux.

— Si vous voulez parler d'Enzo, ce n'est pas mon petit ami.

— Oh, je te demande pardon. Vous, euh… ne vous fréquentez plus ?

J'étais affreusement gênée d'avouer la vérité, surtout à don Anselmo. C'est l'indignation qui me poussa à parler.

— En réalité, nous ne nous fréquentions pas vraiment. Pas dans ce sens-là. Mais quand il est revenu de Santa Marta, il était convaincu que nous… que je…

— C'était bien présomptueux de sa part ! lança don Anselmo d'un ton sévère.

— Oui. Il s'attendait à ce que je fasse tout ce qu'il me demandait et que j'arrête mon travail. Et il ne voulait pas que je porte le foulard blanc. De son point de vue, le vrai combattant, c'était lui. Moi, je m'étais contentée de passer quelques messages. Et il prétendait que si je m'obstinais à le porter, les gens penseraient que…

J'avais la mâchoire crispée et je me rendis compte que je tordais la chaussette que j'avais entre les mains comme si ça avait été le cou d'un poulet.

— Je ne veux pas répéter ce qu'il a dit, finis-je par articuler.

Un fin sourire se dessina sur les lèvres de don Anselmo.

— Je crois deviner. Comme ton travail était clandestin, par conséquent inconnu des autres, et que tu as survécu à l'Occupation sans connaître le sort de cette pauvre Berta Gallurì – paix à son âme –, il pense que certains esprits mesquins pourraient te soupçonner, disons, d'amitié avec l'ennemi, n'est-ce pas ? Je suis sûr que tes camarades et toi avez eu vent de ces rumeurs absurdes. Enzo aussi, sans nul doute, et ça le tracasse.

— Je ne sais pas pourquoi les gens racontent de telles bêtises. Ni même pourquoi ils les pensent. C'est totalement idiot.

— En effet. Stella, écoute-moi. Ce soir, ouvre le Nouveau Testament que je t'ai donné et lis les passages qui concernent Marie Madeleine. Elle fait partie des femmes que Jésus a guéries. Elle est allée à son tombeau et l'a vu ressuscité. Mais il n'y a rien, pas un mot, qui laisse entendre qu'elle était une femme de mauvaise vie. Même si, en fait, cela ne changerait rien. Seule l'Église l'a vue ainsi. Ce que j'essaie de te dire, ma chère enfant, c'est que jamais les êtres qui t'aiment vraiment et te comprennent n'insulteraient ton excellente nature. Quant aux autres, tu peux les ignorer. Tu as vertement tancé Enzo, j'espère !

— Oui.

Là encore, je ne voulais pas répéter les mots qui étaient sortis de ma bouche.

— J'en suis heureux. Je n'en attendais pas moins de toi. Ton frère doit en vouloir à Enzo, lui aussi.

— Je n'ai rien dit à Achille. Je n'ai pas besoin de lui pour mener mes batailles.

— Tu as raison. Moi, à ta place, je n'aurais pas été capable de garder le silence. Bon. Il me semble que le moment est venu de sonner Assunta pour lui demander s'il reste un peu de ce merveilleux chocolat que nos amis américains ont apporté la semaine dernière.

Nous bûmes du café en dégustant le chocolat, bavardant de tout et de rien, nous activant jusqu'à ce que tous les vêtements soient triés et prêts à être apportés aux religieuses. Don Anselmo se leva avec difficulté et me raccompagna à la porte. Depuis la mort de don Mauro, il avait pris un coup de vieux. Il s'était tassé et des cernes étaient apparus sous ses yeux.

— J'espère que tu trouveras un moment pour passer demain soir. J'aurais besoin de ton aide pour quelques bricoles.

J'étais contente qu'il me le demande ; cela m'évitait de devoir inventer un prétexte pour lui rendre visite.

— Bien sûr. Je viendrai quand j'aurai terminé mes devoirs.

Il me sourit, son soulagement était perceptible.

— Quand tu auras le temps, mon enfant. Je ne bougerai pas d'ici. Bonne nuit, que Dieu te bénisse.

Je n'avais rien d'autre à faire ce soir-là. C'était rare. D'habitude, je n'avais pas une minute à moi. Après le presbytère, il ne me restait plus qu'à rentrer chez moi mais je n'en avais pas la moindre envie.

J'étais assise sur un banc piazza Buresi, tâchant d'oublier mon estomac qui criait famine, lorsqu'on m'appela.

— Camarade ?

Davide traversait la place dans ma direction, le dos courbé et les mains dans les poches pour se défendre du froid.

— Tu n'imagines pas comme je suis ravi de te voir !

C'était pareil pour moi. Nous ne nous étions quasiment pas revus depuis la Libération. Il n'était resté à Romituzzo que le temps de s'assurer que les blessés étaient en bonne voie de guérison et que la nouvelle administration municipale était stable. Puis il avait regagné Florence, qui venait d'être libérée, pour y travailler à l'hôpital. Je savais qu'il revenait de temps en temps pour voir Lucia mais j'évitais la maison des Frati. Il me suffisait de devoir supporter Enzo au garage avec mon père. Tous deux étaient ligués contre moi, désormais.

Davide s'assit à côté de moi et me sourit.

— Il paraît que tu es le pilier de notre Comité. Toujours à courir à droite à gauche avec ton pistolet et ton foulard, même si ce n'est pas la bonne couleur !

Je ne sus comment réagir à sa taquinerie. Je sentis des picotements dans ma gorge et compris soudain avec horreur que j'allais me mettre à pleurer.

— Nous sommes tous des antifascistes, assénai-je d'une voix plus sèche que je ne l'aurais voulu.

— Je sais, je sais. Je plaisantais. À dire vrai, je suis soulagé qu'il y ait quelqu'un comme toi à Romituzzo. Une personne sérieuse, toujours disposée à s'atteler à la tâche et à apprendre. Cela me donne de l'espoir pour notre avenir.

C'était trop tard. Les larmes coulaient sur mes joues. J'avais honte.

— Oh, Stella ! Qu'est-ce qui ne va pas ? Dis-moi.

Et je lui dis. Je ne pouvais plus m'arrêter, je lui racontai tout, en mots hachés. La méchanceté de mes parents, le mépris d'Enzo, et Achille – mon frère adoré, mon ami, mon allié – qui ne remarquait rien.

— Ce n'est pas juste, répétai-je comme une enfant blessée. Ce n'est pas juste !

Davide me serra contre lui. Mon visage était plaqué contre le col de son manteau qui sentait le tabac, la fumée et l'air glacé.

— Non, me murmura-t-il avec douceur à l'oreille. Ce n'est pas juste. Tu ne mérites pas d'être traitée de la sorte. Mais nous sommes là l'un pour l'autre et tu peux compter sur moi, quoi qu'il arrive. Même si nous avons le monde entier contre nous. D'accord ?

Incapable de parler, je hochai la tête.

— Bien.

Il me planta une bise sur le sommet du crâne et je crus qu'il allait s'écarter, mais il n'en fit rien. Nous restâmes un long moment serrés l'un contre l'autre, comme des parents endeuillés à un enterrement.

Nous ne nous étions jamais étreints auparavant, et cela ne se reproduisit plus jamais. Pourtant, à Romituzzo, aujourd'hui encore, tout le monde reste persuadé du contraire.

À mesure que l'hiver avançait, don Anselmo devenait plus frêle, presque de jour en jour. Il était ralenti et un air de tristesse ne le quittait jamais. J'aurais dû prévoir ce qui allait arriver. Un soir, au début du mois de mars, il me demanda de passer au presbytère, et ce qu'il m'annonça, après moult préparations et plusieurs carrés de son précieux chocolat, me causa un choc. Il s'apprêtait à quitter la paroisse.

— Mais pourquoi ? Quand ?

— Quand, je ne sais pas exactement. Même don Mauro n'a pas encore été remplacé, alors tu penses bien que moi… Avec la guerre, tout est devenu compliqué. Mais je partirai dès que ce sera possible. Quant au pourquoi… Le Dr Bianchi me dit des horreurs sur mon cœur, mes reins et mon estomac, mais la vérité, ma chère enfant, c'est que je suis usé. J'ai lutté pendant longtemps, et maintenant je n'en ai plus la force. Ni physique, ni mentale. Sans compter que je dois obéir aux ordres.

— De Dieu ?

Ma question le fit sourire.

— De l'évêque. Mais je crois que Dieu et lui sont d'accord, sur ce point comme sur tant d'autres.

Je voulais protester, l'implorer de rester au moins jusqu'à la fin de la guerre, mais j'en étais incapable. Je n'avais rien à lui opposer.

— Où pensez-vous aller ?

— Plus au sud. Peut-être même jusqu'en Sicile. On m'a dit qu'il y avait une excellente maison de repos pour les hommes d'Église près de Palerme et que le climat y était très bienfaisant.

Alors que je me levais pour partir, il posa une main sur mon épaule.

— Ma chère enfant, je tenais à t'annoncer la nouvelle en privé et je dois te demander de la garder pour toi, du moins tant que tout ne sera pas organisé. Elle ne ferait que semer le trouble dans notre communauté, ce qui serait fâcheux. En particulier par les temps qui courent.

— Mais nous nous verrons avant votre départ ? Vous n'allez pas vous éclipser sans dire au revoir.

— Ma chère Stella. Bien entendu que je te dirai au revoir, si Dieu le veut. Je ne voudrais pas que tu te sentes abandonnée.

Quand je rentrai à la maison, Achille était sorti et mes parents déjà couchés. La vaisselle sale était entassée dans l'évier, et sur la table trônait la panière de vêtements que j'avais repassés avant de partir pour le lycée. Ils avaient été chiffonnés et remis pêle-mêle.

À côté, je vis une note de la main de ma mère.

Stella,
Vaisselle à laver
Carrelage et cuisinière à récurer
Repassage à refaire

Je m'assis à la table de la cuisine, la tête dans les mains. Mes tempes palpitaient, les paroles de don Anselmo tournaient en boucle dans mon esprit. *Je ne voudrais pas que tu te sentes abandonnée.*

C'était exactement cela. Je me sentais abandonnée. Par mes parents, pour lesquels mon indépendance était insupportable. Par Achille, et maintenant par don Anselmo. Abandonnée par le monde entier.

Je sus alors que, dès que la guerre serait terminée, je partirais de Romituzzo. Ni le lycée ni la promesse de devenir enseignante, ni même la sécurité d'un toit au-dessus de ma tête n'en valait la peine. Je trouverais un lieu où on voudrait de moi, et c'est là que j'irais.

Quand Achille descendit le lendemain de bon matin, j'étais en plein repassage.

— Bonjour, sœurette. Déjà au travail ? Tu n'aurais pas une chemise propre pour moi ? Je ne suis pas sûr que celle-ci tiendra une journée de plus.

Je n'avais pas fermé l'œil pendant les quelques heures où j'avais droit au sommeil. Envahie par la rage, j'avais passé en revue toutes les humiliations que m'avaient infligées mes parents au cours des derniers mois. Puis je m'étais levée avant l'aube, j'avais lessivé le carrelage, fait la vaisselle, récuré la cuisinière, sans que ma rage me quitte.

— J'ai repassé toutes tes chemises hier matin, je les ai même posées sur ton lit. Mais de toute évidence, Maman les a vues avant toi, et donc, je dois toutes les repasser de nouveau.

— Comment cela, tu dois les repasser de nouveau ?

— Comme je te dis. Mon travail n'était pas bien fait, d'après Maman, je dois donc tout reprendre, y compris tes chemises. Après cela, il va de soi qu'elle trouvera une trace sur le sol, ou une tache sur la cuisinière, et je devrai recommencer. C'est sans fin.

Je repoussai mes cheveux humides sur le front et continuai de repasser mon jupon. Je pressai le lourd fer sur le tissu pour marquer le pli, le laissant juste assez longtemps pour que le coton commence à sentir le brûlé. Achille me regardait.

— Assieds-toi donc, lui lancé-je. Je prépare ton petit déjeuner dans un instant.

Mais Achille ne bougea pas. Je posai le fer et levai les yeux vers lui. Il me rendit mon regard avec une expression d'innocente incrédulité.

— Elle se conduit vraiment ainsi ? Elle t'oblige à tout refaire ?

— La plupart du temps.

— C'est injuste. C'est toi qui te charges de la plupart des corvées, ici, sans compter que tu as le lycée.

— Je sais.

— Et ton travail.

— Je sais ! criai-je.

Achille tiqua. C'était la première fois que je prenais ce ton avec lui. Malgré mon désir de hurler et de le secouer de son aveuglement, je me forçai à reprendre plus calmement.

— Tu sais que Papa m'en veut toujours d'avoir fait office de messagère. Et Maman ne m'aime pas, cela aussi, tu le sais.

— Stella, allons ! Bien sûr que si qu'elle…

— Non ! Elle n'éprouve pas envers moi le centième de l'amour qu'elle a pour toi. Elle m'a toujours traitée différemment. Tu l'as compris, puisque tu as pris ma défense mille fois. Tu le sais parfaitement, arrête de faire semblant.

Achille baissa la tête. Pendant un long moment, il garda le silence, la planche à repasser entre nous. Mes mots semblaient flotter dans l'air comme du brouillard, des paroles froides et vraies que j'avais dites et ne pouvais pas ravaler.

— Ça ne va pas, dit-il enfin. C'est trop injuste. Je vais lui parler, et à Papa aussi.

Ma colère s'était muée en fatigue et en résignation. Je regrettais de m'être confiée à Achille. Maintenant, je devais supporter sa confusion en plus de la mienne.

— Non, cela ne servira à rien.

— Mais il faut bien que quelqu'un s'oppose à eux.

— Je l'ai fait. Je me suis opposée à Papa. Il voulait m'interdire de retourner au lycée.

— Cela ne suffit pas, Stella. Ils doivent arrêter de te traiter ainsi. Je ne le permettrai pas.

Achille, les joues écarlates, avait cet air de détermination qui indiquait qu'il allait agir et que personne ne pourrait l'arrêter, même si cette action était stupide.

La gorge serrée, je choisis mes mots avec soin en faisant de mon mieux pour ne pas hausser le ton. Je savais que, si je craquais, Achille voudrait prendre ma défense, parlerait aux parents, et alors tout déraillerait.

— Non ! Ne les provoque pas. Ils me punissent parce qu'ils sont blessés que je leur aie menti pendant si longtemps. C'est dur, mais je peux comprendre. Ils finiront par digérer. En revanche, si tu t'en mêles et que tu prends mon parti, ils vont se braquer et ce sera bien pire.

— Mais…

— Crois-moi. Si tu te brouilles avec eux à cause de cela, ils penseront que c'est ma faute. Et ils m'en feront subir les conséquences. Je t'en prie, Achille, pas un mot aux parents. N'aggrave pas la situation. S'il te plaît !

29

Tori

La tristesse m'envahit de façon si insidieuse, si sournoise, que sur le coup je ne m'en rends pas compte. Je travaille, je mange, je m'oblige à sortir prendre un café ou un verre de temps en temps, mais chaque fois cela me demande un peu plus d'efforts. Et le cinquième jour, affalée sur le canapé, j'envisage de me mettre au lit à 19 heures, alors que je devrais bosser pendant encore au moins une heure.

J'ai mis mon téléphone en mode silencieux parce que j'en ai assez d'être dérangée par l'incessant bzz-bzz des messages entrants. Je n'ai pas décroché une seule fois et voilà que je m'aperçois que Marco a essayé de me joindre il y a deux heures. Je suis bourrelée de remords. Il m'a envoyé la photo d'un jeune prêtre en soutane et lunettes noires, juché sur une Vespa et en train de fumer ce qui ressemble à un cigare, avec la légende :

« La version cléricale d'Achille. » Il m'a adressé un tas de photos comme celle-là – un pigeon effronté perché sur la tête de Marc Aurèle, deux vieilles dames en train de bavarder avec des carabiniers en uniforme, un garde suisse ignorant un chien indiscret – et je m'en veux de ne pas trouver la force de lui répondre correctement.

« Impressionnant ! Est-ce que tous les prêtres ressemblent à ça au Vatican ? J'ai soudain une furieuse envie d'aller faire un tour là-bas. 😊 »

Marco écrit aussitôt, comme s'il attendait mon message. Il doit se sentir rejeté, et moi qui plaisante à propos des curés sexy. Quelle gourde !

« Seulement les jésuites. Comment ça va de ton côté ? Est-ce que le travail avance ? Nuvolari ne t'en fait pas voir de toutes les couleurs, au moins ? »

J'ai envie d'entendre sa voix. J'appuie sur la touche rapide de son numéro et j'entends la sonnerie à l'autre bout. Il décroche aussitôt.

— Tori ! (Il y a un tel bruit de fond, musique, voix, aboiements, que je peux à peine l'entendre.) Attends une seconde… Écoutez, les gars… dit-il en italien. C'est ma fiancée. On a des choses à se dire.

Sa remarque est accueillie par un joyeux chœur de voix masculines.

— Allez tous au diable ! s'exclame Marco. Attends…

Le bruit s'estompe. Et il reprend, sa voix soudain claire et parfaitement audible :

— Désolé. Je suis avec une bande de vieux copains… On sort toujours prendre un verre ensemble quand je suis dans le coin. J'aurais choisi un endroit moins bruyant si j'avais su que tu allais m'appeler. Comment vas-tu ?

— Tu m'as appelée ta « *fidanzata* », dis-je.

— Euh, oui. Est-ce que ça…. te… ?

— Oh non, non, pas de problème. (En réalité, mon cœur bat la chamade et j'ai les mains moites.)

— Tant mieux. (Il a l'air content.) Tout va bien de ton côté ? Pas de mauvaises nouvelles au moins…

— Non, rien à signaler. Tout est calme. Un peu trop même. Tu me manques.

— Toi aussi tu me manques. Mais je vais bientôt rentrer. Plus que deux jours.

Sa voix est caressante. Quelque part au loin, on entend mugir une sirène. Je l'imagine marchant dans la rue, ou bien adossé à un mur, tandis que les couples habillés comme dans les années 1950 déambulent devant lui bras dessus bras dessous. Je me représente Rome comme dans les vieux films que regardait Granny.

— Et donc, demande-t-il. Quoi de neuf?

Je réponds sans détour :

— Pas grand-chose. J'ai bossé pas mal. Je… je suis désolée de n'avoir pas appelé avant.

— Pas de problème. Je sais ce que c'est quand tu te mets en mode Achille. Et à l'appart, rien à signaler?

— Non, rien. (Je sens monter la panique et j'ai envie de raccrocher.) Va rejoindre tes copains.

— Pas question. J'ai envie de parler avec toi.

— C'est très gentil à toi, dis-je. Mais tu devrais aller t'amuser un peu. On va se revoir bientôt.

— Tu es sûre? (J'entends le sourire dans sa voix.) D'accord, mais tu me promets de m'appeler si quelque chose ne va pas?

— Je te le promets. *Buonanotte.*

— *Notte, tesoro.*

Je raccroche et regarde autour de moi. Je me sens bête d'être là à pleurer sur mon sort alors que tout est si… Si quoi? Je n'en sais rien, mais il faut que j'arrête de me morfondre.

Au cours des deux heures suivantes, je me transforme en ouragan. Je vire les deux cartons de pizza qui traînent sur la table du salon, remplis le lave-vaisselle et le mets en marche, fais le lit, passe l'aspirateur et ramasse le linge sale éparpillé dans la chambre. Je viens seulement de me rendre compte que la maison est sens dessus dessous. Je n'avais pas remarqué les tasses et les verres sales qui traînent un peu partout, ou les cheveux dans le bac à douche et les traces de dentifrice dans le lavabo. N'est-ce pas ce qui se passe quand les gens sont en dépression et qu'ils cessent de prêter attention à ce qui les entoure ? Dieu merci, j'ai appelé Marco au bon moment.

Quand j'ai fini de tout mettre en ordre, luisante de transpiration et avec un sentiment de devoir accompli, il est 21 heures et je meurs de faim. Je pourrais sortir manger un bout. Ou bien je pourrais rester ici, me préparer un truc à manger et mettre une machine en route – un cycle court pour pouvoir dormir tranquille quand ce sera l'heure de l'extinction des feux. Ou bien…

Je pourrais rentrer chez moi.

Absolument. Après tout, je n'ai aucune raison de rester ici. Si Duncan ne s'est pas manifesté jusqu'à présent, il est peu probable qu'il débarque dans les deux jours. Et puis rester enfermée ici à attendre le retour de Marco… ne me fait à l'évidence pas que du bien.

Je ne me laisse pas le temps de réfléchir. Avant de changer d'avis, je fourre mes affaires dans mon sac de voyage, embarque mon *laptop*, m'assure que tout est débranché, puis dévale les escaliers.

*

Dans mon appartement, l'air chaud et confiné est irrespirable. Sitôt rentrée, je m'empresse d'ouvrir les fenêtres pour laisser entrer un peu de fraîcheur, et les maudits moustiques par la même occasion. S'il y a une chose que j'appréciais chez Marco, ce sont les moustiquaires devant les fenêtres. Ça devrait être obligatoire à Florence, mais visiblement ce n'est pas le cas. Je vais en toucher un mot à Federica, en espérant qu'elle ne va pas se formaliser. Après tout, ça ne peut qu'apporter de la valeur à son bien. Et puis je n'ai pas l'intention de résilier mon bail de sitôt.

Sauf si je décide d'aller m'installer chez Marco.

Non pas qu'il en soit question dans un futur proche. Ou même dans un futur un peu plus lointain. J'aime vivre seule, martelé-je, tout en fourrant mon linge sale dans la machine. Je suis revenue ici pour vivre seule, pour avoir mon espace à moi, pour me consacrer entièrement à mon travail. Pour me consacrer à mon bien-être. Je n'ai pas envie de tout laisser tomber pour Marco, qui m'a appelée sa « *fidanzata* ». Ce qui n'est pas rien, même si ça ne signifie pas exactement « fiancée » – même si c'est un peu la même chose. C'est un terme assez vague qui permet d'exprimer son attachement à quelqu'un. Quelqu'un avec qui vous voulez vivre. Quelqu'un que vous aimez. C'est un mot qui pèse son poids… surtout quand on n'en est qu'au début d'une relation.

Je me sers un verre de vin et me laisse tomber sur le canapé. Puis je reste un long moment à gamberger en essayant d'analyser ce que je ressens. Je ne vais pas me mentir, je suis un peu prise de court. Je n'avais pas l'intention de m'engager sérieusement – pas pour l'instant, et peut-être même jamais. La vérité, c'est que cette pensée me terrorise. Au sens propre. Mais il y a Marco. Et alors que, d'un côté, j'ai envie de prendre mes jambes à mon cou pour ne jamais revenir, de l'autre, je ne peux m'empêcher de me demander à quoi ressemblerait une vie ensemble, dans un appartement plus grand, avec chacun son bureau pour travailler. Du côté de Santa Croce, ou au sud de l'Arno ? Ou même encore plus au sud, près des jardins Boboli. Ou bien un peu plus loin encore, à l'extérieur de la vieille ville, dans cette magnifique avenue bordée d'arbres. La via Machiavelli, je crois, d'où il est possible de rejoindre Sienne et Arezzo en voiture en un rien de temps.

Une cloche sonne. Mince, il est presque 22 h 30 et mon estomac crie famine. J'appelle le restaurant où je vais habituellement le soir et commande une pizza, puis j'ouvre les lettres d'Achille. Je ne peux pas passer mon temps à rêvasser. Je dois au moins écrire quelques pages avant d'aller dormir.

Mon esprit tourne en rond et je relis la même phrase en boucle, sans parvenir à me concentrer. Quand je commence enfin à devenir productive, le timbre de la sonnette retentit. J'appuie sur le bouton de l'interphone et file à la cuisine pour reboucher ma bouteille de vin et sortir des serviettes du tiroir.

Je suis en train de batailler avec le bouchon quand on frappe à la porte. Comme d'habitude, quand je me fais livrer, je crie simplement :

— C'est ouvert !

Mais mon coursier habituel ne doit pas être de service ce soir, parce qu'il frappe à nouveau.

— C'est bon, j'arrive !

J'ai enfin réussi à reboucher la maudite bouteille. Je me précipite vers l'entrée.

— Désolée de…

Je ne finis pas ma phrase. Ce n'est pas le livreur de pizza.

C'est Duncan.

30

Duncan ! Il est plus grand que dans mon souvenir, et plus musclé. Même sans valise, il occupe tout l'encadrement de la porte. Il n'a pris que la vieille besace en cuir qu'il tient de son grand-père. Il s'est laissé pousser la barbe, il a les yeux cernés et sent la sueur. Tout indique qu'il débarque de l'avion. Quelque chose me déplaît dans sa façon de me regarder.

— Eh bien, tu vas me laisser poireauter longtemps sur le pas de la porte ?

Je me recule par réflexe, et il entre.

— Je ne t'attendais pas.

— Visiblement, tu attendais quelqu'un. Tu as ouvert sans demander qui c'était.

— Une pizza. J'attendais une pizza.

Il me fixe sévèrement comme si je venais d'inventer un mensonge. Comme si j'avais des comptes à lui rendre, chez moi, alors que cela fait un bail que je l'ai quitté. Je reprends.

— Écoute, tu ne peux pas débarquer chez moi sans prévenir.

Feignant de ne pas m'avoir entendue, il jette son sac sur le canapé et examine les lieux.

— Sympa, l'endroit. J'imagine que l'hôtel, ce n'était pas assez bien pour toi ?

— Je suis chez moi, ici.

— Je n'en reviens pas de voir à quoi tu gaspilles ton argent. L'argent de ta grand-mère, pour être exact. Charlie m'a tout dit, inutile de me raconter des salades.

Évidemment qu'elle a tout dit !

— Duncan…

La sonnette retentit de nouveau. Je me tourne avec soulagement vers l'interphone et presse le bouton. Je sens le regard de Duncan dans mon dos. Quand le livreur annonce « Pizza ! », je ne peux m'empêcher de lui lancer un regard de triomphe.

— Je vous ouvre.

C'est Luigi, le fils du patron. En me tendant le carton, il me demande comment va mon livre. Je lui réponds que ça avance et m'enquiers de sa petite dernière. Il prend son portable pour me montrer la photo du bébé, qui semble déguisé dans une absurde robe à froufrous. Tout ce temps, je sens la présence de Duncan, légèrement à l'écart, hostile. Ma peau se hérisse et une sensation désagréable m'envahit, comme quand on couve une grippe. Je dis au revoir à Luigi et referme la porte. C'est seulement alors que je me dis que j'aurais pu lui demander de créer une digression, d'inventer un prétexte pour que je puisse sortir. Duncan ne comprend pas un mot d'italien.

Je pose la pizza sur le comptoir en évitant le regard de Duncan.

— Tu peux en prendre un morceau si tu as faim.

— Qu'est-ce qu'il y a comme garniture ?

— Mozzarella de bufflonne et anchois.

— Beurk !

— Ce n'est pas pour toi que je l'ai commandée. Un verre de vin ?

— Non.

— Comme tu voudras.

Je prends dans le tiroir la roulette que j'ai achetée peu après mon arrivée, découpe la pizza en portions à peu près raisonnables et m'assieds au comptoir. Mes mains tremblent, et plus je tente de les contrôler, plus elles tremblent. Mais je suis fermement décidée à garder un comportement normal. Quelle idiote j'ai été de ne pas rester chez Marco ! Je mâchouille une bouchée de pizza, puis l'avale d'une traite quand je tombe sur un anchois salé.

Duncan lâche un soupir. Je l'entends, comme j'entends le craquement du canapé. Mais je ne le regarde pas.

— Tori, tu ne veux vraiment pas qu'on en parle ?

— Qu'on parle de quoi ?

— De ça, bordel ! De nous ! De toi qui files en Italie pour jouer à l'écrivaine sans même me donner une chance de réparer. De réparer notre couple.

— Je t'ai donné plus d'une chance. Et je ne joue pas à…

— OK, OK, c'est bon. Tu es vraiment écrivaine. Mais je ne vois pas pourquoi tu as besoin d'être ici pour l'être. Ne peux-tu pas écrire à la maison ?

— Mais c'est ici, ma…

— Charlie pense que tu veux me donner une leçon. Que tu me punis après ce qui s'est passé pour ta grand-mère. Désolé, OK ? Je ne suis pas parfait, j'ai pris une mauvaise décision, je le reconnais. D'accord ? On peut arrêter ce petit jeu ?

Je m'efforce de parler d'une voix à peu près posée.

— Ce n'est pas un petit jeu. Je t'ai dit que je m'en allais. Tu m'as répondu que tu n'en avais rien à faire, alors je suis partie.

— Je pensais que tu ne parlais pas sérieusement. Que tu voulais dramatiser. Bon sang ! On dirait que je fais tout de travers !

Il semble en effet totalement incrédule. Je sens la tension affluer dans mes artères. Mais une petite voix dans ma tête me souffle de garder mon sang-froid. Je prends le temps de respirer profondément et avale une gorgée de vin avant de répondre.

— Duncan, pourquoi es-tu venu ? Pourquoi ne m'as-tu pas téléphoné, tout simplement ?

— Parce que je voulais te laisser respirer, réplique-t-il en prenant un air de martyr. Je pensais que tu te calmerais si je te fichais la paix pendant un certain temps.

— D'accord, mais tu es venu parce que….

— Parce que cela a assez duré ! J'ai été patient, je me suis montré compréhensif, mais maintenant ça suffit. Tu vas arrêter de déconner et rentrer à la maison.

J'ai l'impression que ma tête va exploser. Je referme le carton de la pizza et le pousse dans un coin. L'odeur des anchois me donne la nausée.

— On ne va pas parler de cela maintenant.

— Mais…

— Non ! Il est près de minuit. J'ai besoin de dormir, et toi aussi très certainement. Je t'appelle un taxi et nous reprendrons cette discussion demain. Tu es descendu à quel hôtel ?

— Je n'ai pas réservé de chambre.

— Pardon ?

— Je n'allais quand même pas aller à l'hôtel ! À quoi bon ? Je reste ici jusqu'à ce que tu aies fait tes bagages puis nous rentrons ensemble. J'ai réservé deux billets d'avion pour après-demain. Il me semble que cela te laisse largement assez de temps.

La panique monte en moi. Je pose une main sur le comptoir pour garder l'équilibre.

— Non, Duncan. Je ne rentre pas. Je suis désolée que tu ne sembles pas l'accepter, mais la situation est ainsi. Et tu dois t'en aller. Tu ne peux pas dormir ici.

Il se lève et s'approche de moi, et tout ce qui me vient à l'esprit, c'est qu'il est très baraqué et très contrarié. Il s'appuie au comptoir et se penche en avant, juste ce qu'il faut pour me donner envie de reculer.

— Il est hors de question que je rentre seul à la maison en laissant ma femme ici ! Et que j'aille à l'hôtel. Alors, arrête tes caprices et commence à rassembler tes affaires.

Toutes les fibres de mon corps me disent de céder. Mais je pense à Stella. La petite adolescente teigneuse qui tous les jours faisait passer des armes au nez et à la barbe de soldats terrifiants. Si elle en était capable, alors je dois pouvoir affronter Duncan.

— Parfait, tu peux rester ici cette nuit. Moi, je vais aller chez… une amie. Nous nous retrouverons au petit déjeuner pour faire le point. Je t'enverrai un texto pour t'indiquer un café.

Je saute de mon tabouret, prends mes clés et me dirige vers la porte.

Duncan me fixe sans comprendre.

— Qu'est-ce que tu fabriques ?

J'ouvre la porte et me retourne avec un sourire apaisant de personne raisonnable, comme ceux que j'adressais à nos détestables hôtes locataires quand ils étaient complètement bourrés.

— Si tu as besoin de quelque chose, sers-toi. Claque la porte en partant demain matin. Si tu veux faire un tour avant… abstiens-toi.

Je sors et referme la porte derrière moi. Je descends les escaliers quatre à quatre, m'attendant à chaque instant à entendre le bruit de ses pas à ma suite. Ce n'est qu'en arrivant à proximité de Santa Croce que j'arrête de regarder par-dessus mon épaule.

Je ne ferme pas l'œil de la nuit. Couchée dans le lit de Marco, je repasse dans ma tête cette affreuse discussion. J'ai envie d'appeler Marco, mais il est trop tard et de toute façon, je ne saurais pas par où commencer. Je pense que je n'arriverais même pas à ouvrir la bouche. Sans compter qu'il est inutile de l'inquiéter. Je me débarrasserai de Duncan demain. J'insisterai pour qu'il s'en aille, avec la même détermination que j'ai mise à le quitter. Dans quelques heures, cette histoire sera terminée. Et dans moins d'un jour, Marco sera rentré.

Je souris à cette idée, mais mes tremblements ne se sont pas calmés.

Il n'est pas 6 heures quand je reçois un texto de Duncan.

« À quelle heure reviens-tu ? Il faut qu'on parle. »

Je lève les yeux au ciel.

« Retrouve-moi au café Dianora dans une heure. »

« Je ne connais pas l'adresse. »

« Juste en face de l'appartement, tu ne peux pas le rater. À plus. »

Je jette mon portable et me lève avant de voir s'il a répondu.

Quand j'arrive au Dianora, je vois Duncan qui m'attend dehors. Il a une mine affreuse. Vraiment. Blafarde, fripée, comme s'il avait reçu un coup de poing à l'estomac. Je ressens un mélange bizarre de soulagement et d'exaspération, teinté d'une horrible culpabilité.

— Salut.

Je m'abstiens de lui demander s'il a bien dormi, il est clair que ce n'est pas le cas. Il ne me pose pas non plus la question. Il marmonne un « bonjour » et me suit à l'intérieur.

Elisa m'accueille d'un salut cordial. Je commande un cappuccino avec un gâteau au chocolat et me tourne vers Duncan.

— Qu'est-ce que tu prends ? Leur cappuccino est génial, et l'expresso aussi. Corsé, mais doux au goût. Et les gâteaux sont délicieux.

Bon sang, on croirait entendre un enregistrement audio d'anglais pour débutant ! Duncan me regarde comme si je lui avais dit de choisir entre être pendu ou décapité.

— Peu importe.

— D'accord. Il prendra la même chose que moi, annoncé-je à Elisa.

— Allez vous asseoir, je vous apporte le tout.

— Merci.

Je demande à Duncan s'il préfère la terrasse ou l'intérieur. Il hausse les épaules pour toute réponse. Je propose la terrasse. Il s'écroule sur la chaise en face de moi et me fixe d'un regard tragique. Après un silence embarrassé, il prend la parole.

— J'ai trouvé du gel pour les cheveux dans ta salle de bains. Et de la mousse à raser. Et de l'après-rasage. Qui sent la bergamote.

De nouveau, j'ai la tête en capilotade. C'est comme si j'avais été prise en flagrant délit de mensonge. Pourtant, je n'ai pas menti, n'est-ce pas ?

— Tu as fouillé dans mes affaires.

— Je cherchais un truc.

— Quoi ?

— J'ai oublié.

Elisa arrive avec un plateau. Elle pose les cafés et les gâteaux sur la table.

— *Ecco per voi.*

— Merci, Elisa, ça a l'air délicieux.

Le regard de Duncan passe de l'une à l'autre, tel un spectateur de match de tennis. Je suis ravie qu'il ait toujours refusé d'apprendre le moindre mot d'italien !

Elisa semble un tantinet perplexe.

— Tout va bien ? Ton ami n'a pas l'air content.

— Bien vu, réponds-je d'un ton enjoué en montrant les pâtisseries pour donner le change. Et ce n'est pas un ami, mais mon ex.

— Le type dont tu m'as parlé ?

— Oui. Il s'est pointé hier soir sans prévenir. Il a fouillé dans mes affaires, et maintenant il m'accuse de le tromper alors que cela fait des mois que je l'ai quitté.

Elisa adopte le même ton badin.

— Oh, tu veux dire avec…

— Exactement ! coupé-je avant qu'elle ne prononce le nom de Marco. Il voulait qu'on parle et je me suis dit qu'il valait mieux qu'on se retrouve dans un lieu public.

— Tu as bien fait. Quel enfoiré !

Elisa adresse un charmant sourire à Duncan, qui y répond à demi.

— S'il commence à poser problème, tu n'as qu'à crier et j'appellerai les flics. *Buon appetito.*

Elle me tapote l'épaule et tourne les talons.

Duncan me regarde d'un air soupçonneux.

— Vous parliez de moi ?

— Bien sûr que non !

J'avale une gorgée de cappuccino.

— Comment veux-tu que je sache ? En tout cas, je suis certain d'une chose, c'est que tu n'utilises pas d'après-rasage à la bergamote.

— Je suis désolée.

Au fond, c'est vrai. Un peu. Il semble si défait que, contre toute logique, je commence à me demander si ce n'est pas moi qui ai commis une erreur. Peut-être ne lui ai-je pas dit assez clairement que c'était terminé. Peut-être aurais-je pu éviter cette situation.

Duncan pose bruyamment sa cuillère et repousse sa tasse.

— Quel imbécile je suis ! Le dernier des cons. Je fais tout ce voyage en me disant que je pourrai te convaincre de revenir, et pendant ce temps, Madame se… Merde ! Je ne peux pas…

Il s'affaisse.

Il ne manquait plus que cela. Je me penche et pose maladroitement une main sur son bras.

Je lui parle à voix basse en espérant que ça le calmera.

— Écoute, Duncan, je comprends que ce soit un choc pour toi. J'aurais préféré que tu l'apprennes autrement, mais je dois te dire que…

À ma grande consternation, il prend ma main et la pose contre sa joue. Je tente de la retirer, mais il la serre encore plus fort.

— Je n'arrive pas à croire que tu… Je ne pensais pas que tu étais si… Je croyais que tu m'aimais, que nous nous aimions. Moi, Tori, je t'aime. Je ne te le montre pas autant que tu le voudrais, mais je ne peux pas me passer de toi. Ne m'y oblige pas.

— Tori !

Je me retourne, soulagée au plus haut point, et vois Chiara, dans un tailleur impeccable, qui tient un café à emporter. Dieu soit loué ! La cavalerie est arrivée.

Son regard se porte sur Duncan puis revient vers moi.

— Que se passe-t-il ? demande-t-elle en italien. Ce type, on dirait ton ex, celui qui était sur la photo.

Duncan ne retient plus ma main et se contente de fermer les yeux, avec un air de suprême souffrance.

— Oui. Il vient de débarquer. Ma salope de sœur lui a donné mon adresse. J'essaie de me débarrasser de lui mais il refuse de partir. Peux-tu me donner un coup de main ? Je ne sais pas, trouve une excuse, une urgence avec la location par exemple. Tu peux inventer n'importe quoi, peu importe, à condition que je sois absolument obligée de t'accompagner sur-le-champ !

Un moment, je pense qu'elle va jouer le jeu. Elle va inventer un prétexte génial et me tirer de ce mauvais pas. Après tout, nous sommes amies, et elle est au courant de la façon dont Duncan s'est comporté. Mais elle m'étudie, avec ce regard perplexe qu'elle avait eu quand je lui avais expliqué pourquoi je l'avais épousé et pourquoi je ne l'avais pas quitté avant.

— N'étais-tu pas censée habiter chez Marco, cette semaine ? Il y a quelque chose qui m'a échappé ?

Avec le stress, mon italien part en quenouille.

— Non. J'étais chez lui mais je suis revenue pour laver mon linge et… parce que j'avais le blues. J'avais commandé une pizza, mais c'est lui qui s'est pointé à la porte. Il ne veut pas partir, je ne sais plus quoi faire. J'ai besoin de ton aide. S'il te plaît !

Elle regarde Duncan, qui garde la tête dans ses mains, l'image même de l'affliction.

— Je ne comprends pas. Je croyais que vous aviez rompu il y a des mois.

— Oui, j'ai rompu, moi ! Mais il ne l'a pas accepté.

Chiara secoue la tête. Elle semble sincèrement navrée, ce qui est encore pire. Son incrédulité est si manifeste que je commence à me dire que mon histoire semble farfelue.

— Désolée, Tori, c'est trop bizarre. Je vois qu'il y a un problème et que tu es angoissée. J'aimerais bien te croire, je t'assure. J'aimerais pouvoir t'aider mais… il y a quelque chose qui ne colle pas. Marco est mon ami le plus proche, tu le sais. Il faut que je l'appelle pour le mettre au courant. Allez, bonne chance.

— Attends !

Mais elle a déjà tourné les talons et s'éloigne d'un pas vif.

Duncan se redresse sur sa chaise.

— Excuse-moi, marmonne-t-il. Je t'ai embarrassée devant ton amie.

— Pas de souci.

C'est faux. Il y a un souci, un gros. Je suis blessée, et épuisée. Toutes ces nuits sans sommeil, tout le stress et l'appréhension des derniers mois s'abattent sur moi comme un tsunami.

— Ce n'est pas une amie. Enfin, si, mais elle est surtout proche de…

— Monsieur « après-rasage à la bergamote ».

— Oui.

— Alors, je suppose que la messe est dite.

Il garde un ton neutre, mais je sens comme une note de satisfaction dans sa voix. Et là, ma patience est à bout. Je sors mon porte-monnaie, plaque un billet de dix euros sur la table et pose une soucoupe dessus.

— Ton avion est demain, n'est-ce pas ?

— Comment ?

— Tu m'as bien dit que tu as pris un billet, non ? Donc, tu repars demain.

Je me lève, mets mon sac sur l'épaule.

— Oui, demain matin. Je…

— Bien. Il te faut une chambre pour cette nuit. Tu as défait ton sac ?

— Euh…

— Peu importe. Je vais chercher tes affaires, attends-moi ici. Puis on te trouvera un hôtel. Ce ne devrait pas être difficile, dans ce quartier.

— Mais je suis chez toi…

J'en ai assez d'être diplomate, conciliante.

— Non, Duncan ! Je ne veux plus que tu mettes les pieds chez moi. Je n'aurais jamais dû te laisser entrer. Reste ici ! lancé-je en le voyant feindre de se lever.

— Tori, tu dramatises encore.

Toute sa tristesse s'est évanouie, remplacée par ce ton méprisant qui me faisait me sentir honteuse et minable. Mais ça ne marche plus, et cela ne suscite en moi que la colère.

— Je vais où je veux, compris ? Inutile de provoquer une scène.

— Cette discussion n'a rien à voir avec une scène. Je te demande simplement de me ficher la paix.

Il avance vers moi et pose une main sur mon épaule. Je m'écarte d'une torsion. J'ai conscience que nous nous donnons en spectacle devant les clients attablés à la terrasse et les passants qui ralentissent pour nous regarder. Duncan aussi a remarqué. Il leur lance une petite grimace dépitée, comme pour s'excuser de mon comportement à moi. Il agrippe mon bras. Je reste pétrifiée, incapable de me dégager.

— Tu es hystérique, il faut que tu te calmes. Je suis disposé à pardonner tes incartades. Mais avant tout, nous devons remonter à l'appartement et régler le problème, en privé, comme des personnes raisonnables.

Il a parlé d'une voix douce, presque caressante. Il me fixe sans ciller, ses doigts pressés sur mon bras. Tout ce que je réussis à faire, c'est lui rendre son regard. Soudain, j'entends une exclamation. Elisa sort en trombe du café, son portable à la main.

— Lâche-la ! ordonne-t-elle. Lâche-la tout de suite ou j'appelle les carabiniers.

— Qu'est-ce qu'elle raconte ?

— Je vais appeler les flics !

Elle brandit son téléphone sous le nez de Duncan, qui lâche prise et recule en hâte.

— Oh oh, je crois qu'il y a un malentendu. Mon épouse est contrariée et j'essayais juste de la calmer. C'est tout.

— *Ma che stronzate !*

Duncan n'a pas pigé.

— Que dit-elle ?

— Que ce sont des conneries, traduit aimablement un Américain parmi les badauds qui assistent à la scène.

Elisa se tourne vers moi.

— Tu veux que j'appelle la police ? me demande-t-elle d'une voix haute et claire, dans un anglais impeccable. J'en ai pour une seconde.

Je contemple Duncan. Il est écarlate. Il y a au moins trois personnes qui filment la scène avec leur portable.

Je tranche.

— Non, ça ira. Pourvu qu'il reste ici le temps que j'aille chercher son sac. Ensuite, il faut qu'il dégage et qu'il me laisse en paix pour de bon. À cette condition, je pense que nous pourrons nous passer des carabiniers.

L'assistance trouve la scène très divertissante. Au grand dam de Duncan, dont le dépit fait plaisir à voir.

— D'accord, concède-t-il. Pas de souci.

— Assis ! intime Elisa.

Il s'écroule sur la première chaise et fixe ses pieds d'un air boudeur.

— Je n'ai rien fait, marmonne-t-il dans le vague. Je ne comprends pas où est le problème.

Mes nerfs tiennent plutôt bien le coup jusqu'au départ de Duncan. Lequel n'a pas manqué de rappeler que j'avais promis de lui trouver un hôtel. J'ai avalé plusieurs cafés et écouté Elisa me rassurer. Marco comprendra, elle en est certaine. Chiara ne peut pas démolir ma relation avec lui, pas plus que Duncan. Et si jamais c'était le cas, eh ben, bon débarras ! Malgré tout, je me sens un peu chancelante. En arrivant à l'appartement, je n'ai que la force de m'affaler sur le canapé.

Une partie de moi a envie de téléphoner à Marco sur-le-champ avant que Chiara ait eu le temps de le contacter. Si elle l'appelle avant moi, qui croira-t-il ? Son amie d'enfance ou sa nouvelle copine qui n'est à Florence que depuis quelques mois, avec une sacrée histoire sur le dos et personne pour confirmer ses dires ? Il est fort probable que la balance penchera en faveur de Chiara. Le problème, c'est que, même avec la meilleure volonté du monde, Chiara n'a pas compris le caractère de Duncan. Une petite voix pressante me souffle que si je veux avoir la moindre chance de garder Marco, il faut que je l'appelle maintenant pour lui donner ma version des événements.

Cependant, je risque de sembler encore plus sur la défensive. Et s'il croit Chiara, cela ne changera rien que je lui parle en premier. Dans un sens, c'est notre baptême du feu. Je me rappelle que je ne veux pas d'un homme qui ne me ferait pas confiance *a priori*. Si je dois me justifier, plaider ma cause ou implorer, alors il n'est pas pour moi. J'ai eu ma dose avec Duncan. Réflexion faite, mieux vaut laisser la situation se décanter d'elle-même. Je verrai bien comment Marco se comportera à son retour. Il savait que la visite de Duncan était une éventualité. Et après tout ce que je lui ai expliqué, il pouvait se douter que mon ex tenterait de me manipuler encore une fois. S'il ne me croit pas, c'est son problème, pas le mien. Je ne lui ai jamais menti, je n'ai rien à cacher.

Malgré tout, j'ai quand même envie de l'appeler. J'ai les yeux rivés sur mon portable quand il se met à sonner. C'est un numéro inconnu. En général, je ne réponds pas, ce sont des spams dans quatre-vingt-dix-neuf pour cent des cas. Mais cette fois, la distraction tombe à pic. Je prends l'appel.

— *Pronto.*

Une voix de femme, hésitante, me répond.

— *Buongiorno.* Est-ce bien le numéro de Victoria MacNair ?

— C'est elle-même.

Mon interlocutrice s'éclaircit la voix.

— Victoria, je m'appelle Maria Furlan, et j'étais une amie de Rita… de votre grand-mère. Je doute que vous vous souveniez de moi.

Furlan. Le nom de famille ne me dit rien. Il me faut un moment pour me rappeler que oui, je connaissais une Maria. Maria, mariée à Giuseppe, qui tenait un petit café dans le quartier de l'Oltrarno.

— Moi, je me souviens de vous, reprend Maria. Et je crois savoir que vous me cherchez. Vous écrivez un livre, n'est-ce pas ? À propos de votre grand-mère et d'Achille Infuriati ?

— C'est vrai. Mais comment avez-vous…

— Vous étiez au cimetière quand j'ai apporté mes roses. Je n'en croyais pas mes yeux quand je vous ai aperçue. J'ai cru que c'était Rita qui revenait de l'au-delà. J'ai tout raconté à Rosa Legni la dernière fois que je l'ai vue et elle m'a donné votre numéro. Je suis désolée qu'elle se soit montrée si peu coopérative avec vous. Voyez-vous, son père me protégeait de son vivant, et désormais c'est à elle qu'incombe cette tâche. Mais j'ai réfléchi, et je pense que j'aimerais bavarder avec vous. Je n'ai plus de raison valable de me cacher. Tout cela, c'est du passé. C'est juste que je m'y suis habituée depuis toutes ces années.

Elle semble en proie à une grande appréhension et j'éprouve un élan de sympathie pour elle.

— Maria, vous n'imaginez pas à quel point votre appel me touche, ainsi que le fait que vous soyez disposée à parler avec moi. Mais je ne comprends pas. Vous êtes restée cachée ?

— Oui, à cause de ma vie d'avant, voyez-vous.

Je me redresse sur le canapé. Peu à peu, inexorablement, la vérité se fait jour dans mon esprit.

— Dans votre vie d'avant, vous aviez un autre nom ?

— Oui. Je m'appelais Stella, lance-t-elle après avoir repris son souffle. Stella Infuriati.

31

Il faut absolument que j'appelle Marco. Je compose son numéro et attends, en trépignant d'impatience, qu'il décroche.

— Hello, Tori ! Comment ça va ?

— Je viens de recevoir des nouvelles de Stella.

Il ne répond pas d'emblée et j'entends le bruit de ses pas sur le pavé.

— Stella, murmure-t-il au bout d'un moment. Attends, tu veux dire…

— Oui, Stella Infuriati. Et tu sais quoi ? C'est elle la femme avec les fleurs. Et elle est aussi Maria.

Les pas s'arrêtent.

— Comment ça ? Je ne comprends pas.

— Moi non plus, dis-je. Je vais essayer d'en savoir plus, mais tu te souviens de Maria, l'amie de Granny qui tenait le bar ?

— Avec la Bugatti et le beau gosse.

— Absolument. Eh bien, elle et Stella ne sont qu'une seule et même personne. Et apparemment, la famille Legni l'obligeait à rester cachée, sauf que maintenant elle n'a plus envie de rester dans l'anonymat. Il semble qu'elle veuille me parler. À propos du livre. On a prévu de se voir demain.

— Waouh ! C'est incroyable. Tu l'as retrouvée !

— Disons plutôt que c'est elle qui m'a retrouvée.

— N'empêche que c'est une excellente nouvelle. Il faut qu'on fête ça. Je passe te prendre dès que j'arrive, ce soir. Ça te va ?

— Ça me va.

— J'ai hâte de te voir. (Il dit ça d'une voix rauque et sensuelle et je sens le feu me monter aux joues.) Tu m'as manqué.

— Toi aussi, tu m'as manqué. (Une sensation désagréable m'envahit soudain, comme si je me sentais coupable alors qu'il n'y a aucune raison de l'être.) Euh… tu n'as pas de nouvelles de Chiara au fait ?

— Chiara ? Non, pourquoi ? Il y a un problème ?

— Non, non… c'est juste qu'il y a eu un quiproquo. Je t'expliquerai ce soir.

— Tu es sûre que ce n'est rien de grave ?

J'ouvre la bouche, prête à tout lui déballer. Mais je ne peux pas lui annoncer par téléphone que Duncan a débarqué. Je dois le lui dire de vive voix. Peut-être que Chiara va l'appeler et tout lui raconter avant que j'aie pu m'en charger, mais je prends le risque.

— Non, non, je t'assure. Rien d'important. On se voit ce soir ? demandé-je, avant d'ajouter aussitôt : Chez moi. Je suis rentrée.

Après cela, je suis une boule de nerfs. J'essaie de me mettre au travail ou de m'occuper à n'importe quoi d'autre, car maintenant que la peur a commencé à s'estomper, c'est la colère qui prend le dessus quand je repense à ce qui s'est passé avec Duncan.

Je ferais peut-être bien de prendre une journée de repos, comme Marco ne cesse de me le suggérer.

Pourquoi ne pas aller visiter le musée des Offices, un des grands favoris de Granny ? Il faut y consacrer une journée entière si on veut tout voir, et pour une fois j'ai du temps rien qu'à moi. Marco ne sera pas de retour avant 19 heures…

J'avale en vitesse une tasse de café, enfile mes chaussures les plus confortables et dégringole les escaliers. Mais quand j'émerge dans la via de' Pucci et que je me retrouve dans la foule des touristes qui traînent des valises en consultant le plan de la ville et en prenant des selfies, mon enthousiasme retombe. Je n'ai pas envie de faire la queue pendant des heures pour aller au musée. J'ai besoin de calme, au contraire, d'un lieu qui soit paisible sans être isolé, et où je me sente en sécurité.

Soudain, je sais très précisément où je dois aller.

Quand j'émerge de la gare de Romituzzo, la quiétude règne sur la place Achille Infuriati et je commence à me sentir mieux. Il n'y a quasiment personne hormis une vieille dame assise sur un banc et son chien. Le seul autre être humain est Totò, qui est en train d'essuyer les tables devant son bar. Je le salue de loin et il me gratifie d'un grand sourire.

— *Ciao*, Tori. (Quand je m'approche, il me serre dans ses bras, puis plante un baiser sur ma joue.) Tu es venue pour continuer tes recherches ? Mon père va être fou de joie.

— Non, pas aujourd'hui, mais je reviendrai, promis. Je voudrais juste passer du temps en compagnie d'Achille.

Totò hoche la tête.

— Salue-le de ma part. C'est là-bas que tu vas ?

— Oui. J'ai besoin de recueillement et de silence. Mais je pourrai déjeuner ici si vous avez une table pour moi.

— Oui, naturellement. Oh, mais j'y pense…

Il me fait signe d'attendre et disparaît à l'intérieur du bar, puis revient avec une petite bouteille d'eau.

— Tiens, prends ça. L'été est fini, mais la chaleur humide, comme aujourd'hui, est redoutable. Il ne manquerait plus que tu tournes de l'œil.

Il n'a pas tort. Quand j'arrive au cimetière, la transpiration me dégouline dans le dos et je regrette d'avoir mis un jean. Je descends la moitié de la bouteille d'un coup.

Les roses sur la tombe d'Achille sont encore bien rouges, leurs pétales bordés de noir. Quand est-ce que Stella est venue la dernière fois ? Hier ou avant-hier ? J'entends l'écho de sa voix dans ma tête : *J'ai eu un de ces chocs quand je vous ai vue. J'ai cru voir Rita revenir d'entre les morts*.

— Non, pas Rita, murmuré-je tout en essuyant la pierre tombale avec mes doigts. Désolée, Achille. Mais je présume que vous êtes réunis tous les deux désormais, si c'est ainsi que fonctionne l'univers.

C'est drôle, je m'imaginais que parler tout haut à Achille allait me mettre mal à l'aise, mais pas du tout. Et d'ailleurs, il n'y a personne qui puisse m'entendre. J'ai passé tant de temps à lire sa correspondance intime, à parler de lui, à penser à lui, que c'est comme si… il faisait partie de ma vie. Comme un ami, ou un proche – quoique beaucoup plus fiable que l'un ou l'autre. J'ai l'impression de pouvoir tout lui dire. Mieux, même, j'en ai envie.

Je prends une longue inspiration.

— Achille, j'ai peur. Enfin, disons que je ressens surtout de la colère. Une colère pas possible. Et en même temps, j'ai la frousse.

Waouh ! Ça m'aide vraiment à me sentir mieux. Je jette un coup d'œil alentour pour m'assurer qu'il n'y a personne, puis je continue :

— Je ne crains plus Duncan. Enfin, si. J'ai toujours peur de lui. Il me terrorise. Mais ce n'est pas la seule chose qui me file la pétoche. (Les mots s'enchaînent sans effort, comme s'ils jaillissaient de leur propre chef.) Ce qui s'est passé ce matin était horrible. D'autant plus que j'ai le sentiment que je ne devrais pas être ici. J'ai peur de ce que va penser Marco. Supposons qu'il ne me croie pas quand je vais tout lui raconter ? Imagine que je sois tombée encore une fois sur un sombre connard ?

Mon téléphone se met à sonner. Je le repêche au fond de mon sac. Mon cœur chavire quand je vois le nom de Charlie s'afficher sur l'écran.

— Désolée pour l'interruption, dis-je à Achille, mais il faut que je réponde, et j'aime autant que ce soit en présence de quelqu'un.

Je prends l'appel.

— Allô ?

— Avant que tu montes sur tes grands chevaux, je tiens à préciser que j'ignorais qu'il allait débarquer sans prévenir. J'espère que tu comprends ?

— C'est pourtant toi qui lui as donné mon adresse, répliqué-je, furieuse.

— Absolument. Vous êtes mariés, toi et lui, non ? Ce n'est pas comme si j'avais donné tes coordonnées à un parfait inconnu. Et je t'avoue que je commençais à en avoir plus qu'assez de servir de tampon entre vous. Je l'ai fait pour ton bien. Mais j'ai une vie, moi aussi, au cas où tu ne l'aurais pas remarqué. Et il m'arrive de me fixer des priorités.

Je lève les yeux au ciel.

— Charlie, je suis dans un cimetière. Je ne peux pas parler de ça maintenant.

Ni jamais, ajouté-je par-devers moi.

— Je voulais juste que tu saches que je n'ai jamais suggéré à Duncan d'aller à Florence. C'est lui qui l'a décidé tout seul.

— Noté. Et maintenant…

— Je ne pouvais pas me douter que… (et blablabla). Comment pouvais-je savoir qu'il allait se comporter ainsi ? Alors avant de me jeter la pierre, Tori, songe que…

Elle s'interrompt brusquement et je crois que nous avons été coupées. Puis je l'entends soupirer.

— Non, en fait, dit-elle d'une voix monocorde et détachée, j'aurais dû m'en douter.

Je suis tellement sonnée qu'il me faut quelques secondes pour trouver la force de répondre.

— Euh… comment ?

— Même si je ne pouvais pas deviner précisément quels étaient ses plans, j'aurais dû me douter que quelque chose ne tournait pas rond. Non mais c'est vrai, quoi. Il y a quelques années en arrière, vous étiez transis d'amour tous les deux, jusqu'au jour où tout a basculé. Tu es devenue morose, tendue, stressée. Ça aurait dû m'interpeller. (Elle soupire à nouveau.) Mais je n'ai pas réalisé à quel point Duncan pouvait être toxique. Je viens seulement de m'en rendre compte en lui parlant tout à l'heure.

— Quoi ? Tu as parlé avec Duncan ?

— C'est lui qui m'a appelée, pour déverser sa bile. D'après lui…

— S'il te plaît, arrête. (Je ferme les yeux, j'ai la tête qui tourne.) Je ne veux pas le savoir.

— Entendu. Et d'ailleurs, on se fiche de ce qu'il a dit. Il m'a semblé tellement… tellement…

— Froid ? Méprisant ? Odieux ?

— Oui, en gros.

Charlie hésite et je l'imagine en train de triturer ses boucles d'oreilles, comme chaque fois qu'elle est gênée et qu'elle ne veut pas le montrer.

— Tori, reprend-elle. Il te parlait vraiment sur ce ton ?

— Oui.

— Mais uniquement quand vous vous querelliez, ou bien… ?

— Tout le temps. Je te l'ai répété mille fois.

— Bien. Dans ce cas, il est temps que je me remette sérieusement en cause. Si je ne suis pas capable de voir qu'un couple bat de l'aile alors que je suis aux premières loges, c'est que je suis déconnectée de la réalité. Je songe à changer de psy afin d'aborder les choses sous un angle plus dynamique. En tout cas, si Duncan te parlait sur ce ton en permanence, je comprends mieux pourquoi tu étais si effacée et geignarde.

— Merci, murmuré-je du bout des lèvres, tout en éprouvant un élan d'affection pervers pour ma chieuse de sœur aînée, car je sais que c'est sa façon à elle de me présenter ses excuses.

— La maltraitance psychologique est un fléau, ajoute-t-elle, même si les gens n'en ont pas conscience. Les tourmenteurs ne font que reproduire l'éducation qu'ils ont reçue. Il y a quelques ouvrages très intéressants sur le sujet si ça… Attends, tu as bien dit que tu étais dans un cimetière ?

— Oui, et je dois raccrocher, déclaré-je sur un ton ferme pour mettre fin à ses bavardages.

— Entendu. Mais il faut absolument qu'on en parle un jour…

— Au revoir, Charlie, et bonne chance avec ton nouveau psy.

— Au revoir. Je t'aime, ajoute-t-elle sur un ton presque affligé.

— Moi aussi.

Je raccroche, éteins mon téléphone et le fourre dans mon sac.

Et maintenant, le calme, le silence et l'apaisement, marmonné-je dans ma barbe.

Je continue de me recueillir encore quelques instants sur la tombe d'Achille. J'attends que mon rythme cardiaque ralentisse et que mon esprit s'éclaircisse, puis, mon estomac réclamant à manger, je me dirige vers la via Senese et le bistrot de Totò.

J'en suis à la moitié de mon assiette de *pici cacio e pepe* quand une ombre tombe en travers de ma table. Je relève la tête. Cecco se tient devant moi. Les sourcils légèrement froncés.

— Oh ! dis-je. Bonjour. Cette place est libre si vous voulez vous asseoir.

— Ah, tout de même, maugrée Cecco. Ce n'est pas trop tôt.

Puis, tout soufflant et grommelant, il se laisse tomber sur la chaise.

Au même instant, Totò paraît.

— Laisse donc cette pauvre petite manger en paix. (Cecco lui décoche un regard mauvais.) Tori, n'hésite pas à m'appeler si ce vieux machin t'enquiquine.

— Non, non, pas de problème, dis-je.

— Tu vois ? lui lance Cecco d'un air de défi. Je vais prendre la même chose avec un verre de vin blanc. Et apportes-en un pour Tori aussi. Sauf si tu dois travailler cet après-midi, madame l'écrivaine ?

— Non, non. J'ai pris ma journée, expliqué-je.

— Dans ce cas, un pichet de cinquante. (Il me fixe droit dans les yeux et demande :) Comment avance ton livre ?

— Plutôt bien.

Je manque lui dire que j'ai réussi à localiser Stella. Ça me brûle la langue, mais je me retiens. Déjà que je me sens coupable de l'avoir dit à Marco.

— J'avance même à grands pas. Je perpétue vaillamment le culte de la personnalité.

Cecco renifle avec dédain.

— Je présume que tu sais mieux que personne ce qu'attendent tes lecteurs. Bon sang, on va encore être envahis par les touristes.

— Et tant mieux, intervient Totò tout en nous servant à chacun un verre de vin avant de poser la carafe sur la table. C'est bon pour les affaires. Tes pâtes sont presque prêtes, Cecco, alors ne commence pas à me mettre la pression.

— Moi ? Jamais, rétorque Cecco. Je suis bien élevé, moi. *Cin cin.*

Il lève son verre et je l'imite.

Le silence s'installe autour de la table tandis que je finis mes pâtes et que Cecco attaque les siennes. L'ambiance est plutôt bon enfant, mais je vois bien qu'il est en train de réfléchir à ce qu'il va dire ensuite. Pour finir, il se renverse sur sa chaise et tourne son regard vers la place. Puis il s'éclaircit la gorge et déclare :

— Je crois que j'ai été un peu dur la dernière fois que je t'ai parlé. À propos d'Achille.

Il semble si mal à l'aise que j'ai envie de rire.

— Vous voulez vous rétracter ? Ou ajouter quelque chose ?

— Oh non. Je pense chaque mot que j'ai dit, et je n'en démordrai pas. Mais… en ce qui concerne ta grand-mère, elle l'aimait et il comptait pour elle, de sorte qu'il compte aussi pour toi. Tu m'as sans doute pris pour un vieux rabat-joie rancunier.

— Absolument pas, dis-je.

Cecco se tourne vers moi et je m'empresse de mettre ma serviette sur ma bouche pour qu'il ne me voie pas sourire.

— Je suis sérieux, poursuit-il, l'air vexé.

— Je sais. Et j'apprécie votre franchise. C'est bien de recueillir des avis différents. D'ailleurs, ça va m'aider à rendre mon récit plus vivant.

— Vraiment ?

— Mais oui, le rassuré-je – et je suis sincère. Achille était un personnage tellement charismatique que, maintenant qu'il est mort, les gens ne se souviennent que de ses bons côtés. Ou font semblant du moins. Vous n'avez pas idée comme ça vous change la vie quand quelqu'un vous dit : « Eh bien, en ce qui me concerne, je n'ai jamais pu le blairer. » En outre, ce sont les sujets conflictuels qui plaisent au public. Une pointe de drame épice la lecture.

— Oh ! (Cecco tortille sa serviette, comme si ma remarque lui donnait matière à réflexion.) Dans ce cas, j'ai bien fait de tout te raconter.

— Absolument. Ça change tout.

— Autrement dit, ajoute-t-il, tu me dois une fière chandelle.

— Et comment !

Si mes calculs sont bons, je devrais être de retour à Florence une heure au moins avant que le train de Marco entre en gare. Mais alors que je fourgonne dans mon sac à la recherche de mes clés, je l'aperçois à la terrasse du bar Dianora. Il tourne la tête dans ma direction et ses traits s'illuminent quand il me voit. Mon cœur bondit dans ma poitrine et je suis prise d'un mélange de joie et d'anxiété, et de je ne sais quoi d'autre. Il se lève et me tend les bras. Je m'élance vers lui et enfouis ma tête dans le creux de son épaule.

— Tori. Enfin, te voilà, dit-il, visiblement soulagé.

— Tu es au courant, j'imagine.

— Elisa m'a tout raconté. Quel connard ! Dieu merci, tu vas bien.

Ses bras se resserrent autour de moi. Il faut que je lui pose la question.

— Et Chiara, elle t'a… ?

— Oh oui, je suis au courant. Je suis désolé qu'elle ait réagi ainsi. Elle a présumé à tort, c'est le moins qu'on puisse dire.

L'émotion me submerge. J'ai envie de pleurer, ou de rire. Je suis tellement soulagée.

— Ce n'est pas grave, dis-je, disposée à prendre la défense de Chiara maintenant que l'alerte est levée. Elle ne me connaît pas depuis longtemps, et tu es son ami. Elle cherche à te protéger. Et d'ailleurs…

Je m'interromps juste au moment où je vais dire que lui non plus ne me connaît pas depuis longtemps et qu'il aurait très bien pu la croire. Mais Marco semble avoir lu dans mes pensées, parce qu'il relâche son étreinte et pose sur moi un regard sombre et pensif.

— Moi, je te connais, et je te fais confiance et… je suis heureux que tu sois là.

— Moi aussi, dis-je.

Et pendant un long moment, nous nous regardons l'un l'autre en souriant comme des idiots. Puis Marco se racle la gorge.

— Eh bien, tout cela mérite d'être fêté. Où est-ce que je vais t'emmener ce soir ?

Je l'enlace et, approchant mes lèvres des siennes, je murmure :

— Personnellement, je ne serais pas contre rester à la maison et commander une pizza.

32

— Achille ne m'a pas écoutée, dit Stella.

Elle préfère que je l'appelle Stella, parce que c'est de sa vie d'avant que nous parlons.

— Je l'ai supplié de ne pas s'en mêler. Je lui ai dit que cela ne ferait qu'empirer la situation. En vain. Dès lors qu'il avait remarqué une injustice, Achille ne pouvait pas rester les bras croisés. Il est donc allé parler à mon père. Celui-ci n'a pas protesté, il n'a pas crié, il ne l'a pas frappé. C'est contre moi qu'ils se sont fâchés, ma mère et lui. J'avais détruit leur rapport privilégié avec leur fils adoré. Le problème, c'était moi. Exactement comme je l'avais prédit.

Elle lisse la couverture qui lui couvre les genoux, ses doigts jouent avec la frange. Dix mille questions se bousculent dans ma tête, mais quelque chose en moi me dit d'attendre. Je garde le silence.

Nous sommes installées sur la terrasse de sa maison, isolée sur une colline au sud de Florence. Il m'a fallu prendre le train, puis deux autobus et, enfin, gravir à pied le chemin pierreux. Je me demande comment la petite Fiat de Stella résiste à une côte pareille.

Nous entendons une sorte de crachotement et un vieux chihuahua sort par la porte-fenêtre. Il avance vers nous en clignant des yeux dans le soleil.

— Viens, mon Diego.

Le visage de Stella rayonne d'affection. Elle se penche pour ramasser le petit animal et l'installe sur ses genoux. Diego me lance un regard torve de ses yeux en bouton et retrousse les babines.

— C'est mon chien de garde !

— Il est trop mignon.

Diego continue de me fixer d'un air mauvais, puis se love contre sa maîtresse en me tournant le dos.

— *Maleducato !* plaisante Stella. Alors, de quoi parlions-nous ?

— D'Achille et de vos parents.

— Ah oui ! Eh bien, après sa diatribe, l'atmosphère est devenue insoutenable à la maison. Mon père ne cachait pas son hostilité envers moi ; quant à ma mère, elle pleurnichait sans arrêt, elle me faisait la tête, me lançait des méchancetés… des horreurs. Pire qu'Enzo, ou que quiconque d'ailleurs. Achille ne voulait pas lâcher, comme un teckel courant après un rat. Plus il agressait mes parents, plus ceux-ci me punissaient, c'était sans fin. Les Allemands s'étaient rendus, la guerre était finie, mais mes parents continuaient. J'avais déjà décidé de quitter Romituzzo, mais cela devenait urgent. Je ne pouvais plus habiter avec eux. Vous comprenez ?

Sa véhémence me prend au dépourvu.

— Bien sûr !

— C'est toute seule que je me suis décidée. J'étais prête à m'enfuir à Florence pour y chercher du travail, ou même à entrer au couvent. N'importe quoi, pourvu que ce fût ailleurs. Un beau jour, j'ai croisé Davide. C'était la fin de l'été. Nous ne cherchions pas à nous voir, mais quand nous nous croisions, nous passions un moment à bavarder. Les gens devaient penser que nos rapports ne se limitaient pas à la conversation…

— Je m'en doute.

Je me souviens des propos de Cecco.

— Ce n'était pas le cas. Entre Davide et moi, il n'y avait pas d'histoire d'amour, mais quelque chose de plus important. Il comprenait, et il était le seul à me considérer comme une camarade à part entière. À l'exception de don Anselmo, sauf que ce dernier était parti et avait été remplacé par un jeune prêtre au visage chevalin. Il avait tenu jusqu'à la libération de l'Italie et le 1er mai, le premier qu'on fêtait depuis ma naissance. Il ne m'avait même pas dit au revoir, malgré sa promesse. Après coup, j'ai compris qu'il avait ses raisons. Il était déjà très malade à l'époque. Mais sur le moment, je m'étais sentie trahie.

Stella replonge dans le silence. Sur ses genoux, Diego se roule sur le dos, attendant que sa maîtresse lui gratte le ventre.

— Petit cochon, marmonne-t-elle en le caressant d'une main distraite.

Je résiste à la tentation de vérifier que mon téléphone enregistre. Je sens qu'il lui en coûte de parler et qu'elle ne racontera pas son histoire une deuxième fois.

Elle rompt enfin son silence :

— Comme je vous disais, j'ai croisé Davide. Il venait de recevoir une lettre de son cousin Giampiero. Celui-ci avait combattu dans l'armée italienne en Yougoslavie, à l'époque où l'Italie était encore du côté de l'Allemagne. Il avait déserté pour rejoindre les partisans de Tito et avait décidé de rester. Davide m'a annoncé qu'il comptait y partir à son tour.

— En Yougoslavie ?

— Oui. Dans un sens, c'était naturel. Davide avait beau être communiste, il abhorrait Staline et ne supportait pas de voir le Parti communiste italien – alors dirigé par Togliatti – aux ordres de Moscou. Il était convaincu que le maréchal Tito était en train d'instaurer une nouvelle révolution qui partait de la base. Cela peut sembler étrange aujourd'hui, mais à l'époque ils étaient nombreux à le croire, dont Achille, Enzo et tous les membres de leur groupe. Moi aussi, je l'aurais cru à leur place.

— Mais vous n'étiez pas communiste.

— Non. J'éprouvais beaucoup de sympathie pour les « bons » communistes, mais je ne partageais pas leur foi en Tito. L'histoire a montré que j'avais raison. Sur le moment, toutefois…

Elle s'interrompt et, un court instant, je vois l'adolescente maltraitée et perdue qu'elle était à l'époque.

— Davide était plein d'enthousiasme. Il m'a dit que, si je partais avec lui, nous pourrions travailler ensemble. Selon lui, j'étais douée pour la médecine. Sans compter que dans une grande ville cosmopolite comme Belgrade, je serais beaucoup plus libre que dans notre bourg provincial. Il me promettait monts et merveilles, et moi, tout ce que j'entendais, c'était que ce jeune homme, mon seul allié désormais, m'offrait une issue. La possibilité de me construire une nouvelle vie. Je n'ai pas réfléchi, je ne me suis pas demandé si j'avais vraiment envie d'aller aider à construire la révolution de Tito. J'ai accepté sur-le-champ. La machine s'est mise en marche dès que j'ai dit « oui ». Davide a tout organisé rapidement. Il nous a trouvé des faux papiers qui faisaient de nous des habitants de Trieste, à la frontière yougoslave. Une fois en route, nous devions nous garder d'ouvrir la bouche, car notre accent toscan nous aurait immédiatement trahis. Et nous ne devions parler à personne de notre projet. Davide me dit que sa famille comprendrait, mais pas Lucia. Elle tenterait de le retenir et ferait tout capoter. Quant à mes parents… ils avaient leur fils, rien d'autre ne comptait à leurs yeux. En fait, c'était pour Achille que j'étais désolée. Je savais que j'allais lui manquer, qu'il aurait de la peine. Cependant, je devais penser à moi. Je ne pouvais me permettre de m'inquiéter pour lui.

— Peut-être aviez-vous besoin de vous éloigner de lui, aussi ?

— Sans doute.

— C'est ainsi que vous êtes partie avec Davide.

— À l'aube, comme deux amoureux en fuite. Je vous laisse imaginer le voyage… Je n'arrêtais pas de me répéter que je m'appelais Maria Furlan. C'était le nom le plus passe-partout qu'ils avaient pu trouver. Furlan est un nom de famille très répandu dans la région de Trieste. Nous sommes passés par Florence, puis avons gagné Bologne et nous sommes dirigés vers le nord, en direction de Ferrare. Partout, ce n'étaient que ruines et désolation. Je n'en croyais pas mes yeux. Les combats, les bombardements, les atrocités, les déportations… On en voyait la trace dans les villes détruites et sur le visage des gens. C'est alors que j'ai compris que ma vie avait été très protégée jusque-là, et je me suis sentie toute petite. Vraiment. J'étais accablée.

Diego s'est endormi, roulé en boule. Stella passe et repasse inlassablement la main sur une de ses oreilles.

— Quand nous sommes arrivés à Ferrare, un cousin de Davide nous attendait à la gare avec son auto. Il nous a emmenés dans les environs, à la campagne. Connaissez-vous la plaine du Pô ?

— Je n'y suis jamais allée.

— C'est plat. Totalement, affreusement plat. Je n'étais jamais sortie de Toscane et je n'imaginais pas qu'un tel paysage pût exister. On nous a conduits jusqu'à une ferme au milieu de nulle part qui appartenait à un camarade et avait servi de planque. Il n'y avait pas âme qui vive à des kilomètres à la ronde, hormis la famille qui s'occupait de la maison, un couple et leurs enfants. Ils nous ont installés dans une pièce à l'étage, avec une fenêtre qui donnait sur… rien. Des champs plats comme la main, et l'horizon. Le camarade nous a dit d'attendre, et de ne parler à personne. Le lendemain, on nous emmènerait à Trieste où nous recevrions des instructions. Puis il est reparti, nous laissant livrés à nous-mêmes. C'est là que j'ai commencé à m'angoisser.

— Je peux imaginer.

— J'ai passé une nuit horrible, dans cette chambre, allongée à côté de Davide. J'ai même failli lui demander de me prendre dans ses bras car, pour la première fois depuis des années, j'étais effrayée. Comme si toute la peur que j'avais bannie, refoulée, quand je travaillais pour la Résistance, s'était abattue sur moi d'un coup. Finalement, je n'ai rien demandé à Davide, parce qu'il ne semblait pas inquiet le moins du monde et je ne voulais pas qu'il me croie lâche ou, pire encore, traître à la cause. Le lendemain matin, on nous a apporté un petit déjeuner magnifique, avec des œufs, du pain frais. Mais je n'ai rien pu avaler. Davide n'arrêtait pas de parler de ce que nous ferions une fois arrivés en Yougoslavie. Nous allions bâtir la révolution, même s'il fallait pour cela se lancer dans une nouvelle guerre. Quant à moi, malgré tous mes efforts, je n'arrivais pas à retrouver l'enthousiasme qui m'avait envahie à Romituzzo, et je m'en voulais. Je me répétais que tout irait bien une fois que nous serions en route, que la promesse que je m'étais faite devait passer avant tout. Davide est sorti faire sa toilette. C'est à ce moment que je l'ai vue : la voiture qui arrivait. Et quelque chose a craqué au fond de moi.

— Qu'avez-vous fait ?

— J'ai couru. Je me suis précipitée au rez-de-chaussée, sans plan précis. Je savais juste que je ne voulais pas monter dans cette voiture. Dans le couloir, je me suis heurtée à Giuseppe, le fils des gardiens. Il m'a demandé si quelque chose n'allait pas et je lui ai répondu à peu près cela : « Ils viennent me chercher, ils vont m'emmener en Yougoslavie. C'est impossible. Je ne veux pas ! » Giuseppe n'a pas hésité. Il m'a fait sortir par la porte de derrière. Dans la cour, il y avait une vieille moto. Je suis montée à l'arrière et il m'a emmenée loin de la ferme, dans une petite auberge, où il a réussi à me persuader d'avaler une assiette de polenta avec un verre de vin rouge. Il ne m'a posé aucune question et m'a laissée parler. Nous sommes restés là jusqu'à la tombée de la nuit, puis nous sommes revenus à la maison. J'étais très inquiète de ce qui nous attendait. Qu'allaient dire ses parents ? Qu'allais-je faire ensuite ? Mais, déjà, j'avais confiance en Giuseppe. Il était si gentil, si amical. Et il m'avait écoutée, vraiment écoutée, et je trouvais cela merveilleux.

Un sourire éclaire le visage de Stella. Diego se glisse sur le sol et trottine jusqu'au bord de la terrasse où il se couche sur le flanc, l'air vexé.

— Votre absence a dû être remarquée, lancé-je bêtement.

— Certes. Mais la voiture était repartie et la maison était vide. Nous sommes entrés par-derrière en tendant l'oreille. N'entendant aucun bruit, Giuseppe s'est proposé d'aller voir à l'étage. Il m'a demandé si, au cas où il tomberait sur eux, je l'autorisais à leur répéter certaines des explications que je lui avais données. J'étais d'accord, bien sûr. Il pouvait bien leur raconter tout ce qu'il voulait. Il est monté. L'attente m'a semblé interminable. Quand il a réapparu, il m'a dit d'entrer. Ses parents et sa sœur étaient très soulagés et pensaient qu'il avait bien fait de m'éloigner pour me mettre en sécurité. Eux aussi étaient des camarades, comme beaucoup de paysans. Ils avaient aidé la Résistance du mieux qu'ils pouvaient. Cependant, ils estimaient que j'étais beaucoup trop jeune pour partir clandestinement dans un pays étranger. Je craignais qu'ils ne me renvoient chez mes parents, mais il n'en a pas été question. Je ne sais pas ce que Giuseppe leur avait expliqué, toujours est-il qu'ils m'ont dit que je pouvais rester chez eux aussi longtemps que je le souhaitais. Peut-être avaient-ils déjà compris que leur fils et moi étions en train de tomber amoureux l'un de l'autre.

— Et c'est le fin mot de l'histoire, dis-je en souriant à mon tour.

— Eh oui. Je suis restée. Je les aidais avec les cochons, le poulailler, et le dimanche, j'allais à la messe avec la mère et la sœur. Quand Giuseppe et moi nous sommes mariés, j'ai conservé le nom de Maria Furlan. C'était ma nouvelle identité, celle qui était écrite sur mes papiers. Nous avons eu un fils, puis un autre. J'ai fini par apprécier le silence et ce paysage sans relief. J'ai appris à aimer la plaine du Pô qui m'avait offert une nouvelle vie. Un jour, je me trouvais dans la cuisine avec ma belle-mère. Elle était venue de Ferrare et voulait m'apprendre à confectionner les raviolis farcis au potiron, une spécialité de là-bas. Je m'en sortais très mal mais nous nous amusions comme des petites folles. Le transistor était allumé, il faisait beau… Soudain, nous avons entendu un flash d'information. Achille était mort dans un accident, l'Italie était en deuil. C'étaient les termes exacts du journaliste, j'entends encore sa voix.

— Ne vous sentez pas obligée d'en parler, vraiment.

— Il faut que j'en parle. J'en ai besoin. Cette vie merveilleuse, si paisible, que nous menions... elle m'avait seulement été prêtée. J'aurais dû deviner qu'Achille mourrait jeune. Sans lui, mes parents se retrouvaient seuls, et anéantis, parce qu'ils l'aimaient plus que tout au monde, plus qu'eux-mêmes et, bien entendu, plus que moi. J'aurais dû les laisser, suivre le conseil de Giuseppe. Mais je ne pouvais pas. Je pensais trop à leur douleur. Les journaux avaient parlé de l'association d'Achille avec Pierfrancesco Legni, alors j'ai écrit à Pierfrancesco et je lui ai expliqué la situation du mieux que j'ai pu. Je lui ai demandé s'il pouvait m'aider. Il l'a fait, bien sûr. Il avait une grande affection pour Achille, mais surtout, il aurait fait n'importe quoi pour un camarade partisan.

— C'est lui qui vous a permis de prendre le café ?

— Oui, entre autres. Il nous a prêté une somme importante – en fait, il a dit que c'était un prêt, mais nous savions qu'il ne réclamerait jamais cet argent. Cela nous permettait de faire venir mes parents à Florence, ainsi que ceux de Giuseppe, s'ils le souhaitaient. C'est lui qui a tout organisé avec ses avocats, son banquier, son comptable, de sorte que personne n'a jamais examiné mes pitoyables faux papiers, ni demandé pourquoi j'avais l'accent toscan alors que j'étais censée être originaire de Trieste. Pierfrancesco s'est occupé de tout. Il nous a même offert un cadeau quand nous nous sommes installés. Cette photo absurde que nous avons accrochée dans le café et à laquelle nous avons fini par nous habituer.

— La Bugatti 1951 !

— Vous vous la rappelez ! commente Stella avec un sourire ému. Cette voiture était un sujet de plaisanteries douces-amères entre nous. Elle n'avait jamais couru, et, au fond, nous aurions bien voulu qu'il en soit allé de même pour Achille.

J'aimerais la prendre dans mes bras mais je n'ose pas. Elle est trop tendue, et comme figée dans sa dignité.

— Vous n'avez jamais eu envie de redevenir officiellement Stella Infuriati ?

— Cela faisait des années que j'étais Maria Furlan. J'avais mûri, j'avais deux enfants, je ne ressemblais plus à celle que j'avais été. Stella m'était devenue presque étrangère. J'aurais sans doute pu faire changer mes papiers, avec Pierfrancesco pour graisser la patte de l'administration. Mais j'aimais ma nouvelle vie, je souhaitais la conserver. À un moment, j'ai craint que mes parents n'insistent pour que je reprenne mon ancien nom et qu'ils nous demandent d'aller vivre chez eux, mais il n'en a rien été. Après la mort d'Achille, ils ne voulaient plus rester à Romituzzo. Ils ne supportaient pas le culte voué à la mémoire de leur fils et le fait que tout le monde parle sans cesse de lui. Ils ont été contents de s'installer avec nous, de jouer avec leurs petits-enfants qu'ils adoraient, en attendant le jour où ils rejoindraient Achille au ciel. Mon père est décédé cinq ans après, ma mère a vécu plus longtemps. Ils n'ont pas retrouvé le bonheur mais, au moins, ils ont eu une vie agréable. Même si jamais je n'aurais pu remplacer Achille dans leur cœur, ils n'étaient pas fâchés de m'avoir, et pour eux, peu importait le nom que je portais. Nous avions des rapports… apaisés.

— Sans plus…

Le chagrin se lit sur le visage de Stella.

— Je ne pouvais guère m'attendre à mieux. Cela me suffisait. J'avais fondé ma propre famille et je pouvais compter sur Pierfrancesco. Il a été le meilleur des amis, et un allié très utile. Puis j'ai rencontré votre grand-mère, et c'est comme si j'avais trouvé une sœur. J'aurais beaucoup à vous dire à ce sujet, mais peut-être serait-il préférable de garder cela pour un autre jour. Je n'ai pas arrêté de parler ; vous devez avoir envie de rentrer chez vous et de retrouver ce charmant jeune homme à la voiture rouge. C'est votre petit ami, n'est-ce pas ?

— Maintenant, oui.

Je sens le rouge me monter aux joues. Les retrouvailles avec Marco ont été merveilleuses.

— J'en étais sûre ! C'est Niccolò qui va être déçu. Vous lui avez plu, l'autre jour, mais je lui ai dit qu'il arrivait trop tard. Je comprendrais que vous ne souhaitiez pas vous éterniser. Je vous raconterai l'histoire une autre fois, si Dieu me prête vie. À moins que vous n'ayez envie de poursuivre cette conversation autour d'un petit café.

Je consulte ma montre, il n'est même pas 17 heures. Marco m'a dit qu'il m'enverrait un message après son travail pour savoir s'il devait venir me chercher. Il en a sûrement encore pour un bon moment. Et puis je suis dévorée par la curiosité. Je veux savoir comment Stella a rencontré Granny.

— Un café me semble une bonne idée.

Le jour touche à sa fin quand je prends congé de Stella. Alors que je tourne les talons, elle me saisit le poignet.

— Attendez, j'ai quelque chose pour vous.

Elle extrait de son corsage une chaîne en argent qui était accrochée à son cou et commence à tripoter le fermoir. Elle a les doigts raides et grommelle en peinant à le décrocher.

J'ouvre la bouche pour proposer mon aide mais elle ne m'en laisse pas le temps.

— Non ! Je peux me débrouiller. *Oddio !* Voici.

Elle retire le pendentif et me le colle dans la main.

— Vous n'êtes pas obligée de le porter, mais il est pour vous. Prenez-le.

Elle a une expression déterminée et, pour la première fois, je remarque la ressemblance avec son frère. Un lourd médaillon d'argent terni par le temps pèse dans ma paume. Je distingue une croix ornementée gravée dans le métal. Je l'ouvre et tombe sur Achille, qui regarde l'objectif d'un air de défi. Ses cheveux bouclés sont lissés en arrière, il porte un foulard autour du cou.

— Mais…

— Acceptez, je vous en prie. Ma mère ne le quittait pas et elle m'a fait promettre que j'en ferais autant après sa mort. Je n'en veux plus. Je ne veux plus porter ce poids. C'est à vous qu'il appartient.

Son ton est sans appel. Je referme les doigts sur le médaillon en la remerciant comme une idiote. Stella me tapote le bras.

— Ne me remerciez pas. Et maintenant, il est temps que vous alliez rejoindre votre petit ami. Je vois sa voiture dans la cour.

Marco, en effet, attend patiemment dans sa Comacchi rouge.

— Je pensais te retrouver à l'arrêt de bus !

— Pour que tu te fasses une entorse en descendant ce satané chemin dans le noir ? Pas question.

— J'apprécie, je dois dire.

Je plonge la main dans mon sac pour y ranger le médaillon de Stella. Marco allume le plafonnier. J'ouvre la main pour le lui montrer. Il le prend et passe le pouce sur l'incision en forme de croix.

— Dis donc, il est ancien !

— C'est un cadeau de Stella. Ouvre-le.

Il s'exclame de nouveau.

— Avec le foulard rouge autour du cou, bien sûr. Quel visage ! Tu vas le porter ?

— Pourquoi pas ? Après tout, c'est sans doute sur moi qu'il sera le plus en sécurité.

— En effet. Baisse la tête.

Il relève mes cheveux en effleurant ma nuque et passe la chaîne à mon cou. Puis il tapote le médaillon qui repose sur ma poitrine.

Je repense aux paroles de Stella. *Je ne veux plus porter ce poids.*

— Te voilà la gardienne d'Achille, désormais. Qu'as-tu ? J'ai dit quelque chose qu'il ne fallait pas ?

— Non, c'est juste que je me rends compte à quel point la vie a été difficile pour Stella. Je te raconterai tout une fois à la maison.

L'expression m'a échappé.

— À la maison, répète Marco avec ce sourire en biais que je trouve si séduisant. Ça me plaît.

Il allume le contact, le moteur rugit.

— Prête ?

Je contemple la plaine en contrebas où brillent les lumières de Florence dans le ciel nocturne. On distingue la coupole de la cathédrale.

— Prête.

33

Stella

On était à l'été 1955 quand j'ai fait la connaissance de Rita Craye. J'étais montée à Rifredi pour demander conseil à Pierfrancesco à propos de je ne sais plus quoi – je crois me souvenir que ça concernait la gérance du bar – et j'avais emmené mon petit dernier. Carlo avait deux ans à l'époque, l'âge où les enfants se rebellent tout en étant constamment dans vos jupes. Bref, la chaleur n'arrangeant rien, le trajet en tram n'avait pas été une partie de plaisir et on était arrivés en retard et passablement dépeignés chez Legni Editore. Mais Pierfrancesco étant lui-même en retard, sa secrétaire m'avait apporté un café et des biscuits, ainsi que des livres d'images pour Carlo pendant que nous patientions.

On était dans la salle d'attente depuis une dizaine de minutes quand un bruit de talons, tac-tac-tac, a résonné dans les escaliers, et Rita est apparue. Je l'ai aussitôt reconnue, forcément : sa photo était dans tous les journaux quand Achille est mort. Elle était exactement comme je l'imaginais : mince et blonde, et très chic dans un twin-set tout simple qui devait coûter une fortune. Malgré cela, elle avait l'air complètement abattue, hagarde.

Je sais que je n'aurais pas dû, mais je n'ai pas pu m'empêcher de la dévisager. Ça m'a fichu un coup de me retrouver en présence d'une figure légendaire, l'étrangère qui avait été le grand amour de la courte vie de mon frère. Elle a dit au revoir à la secrétaire, puis nous a souri à Carlo et moi en disant *arrivederci*, avant de sortir des locaux.

— Vous pouvez monter, m'a aussitôt proposé la secrétaire.

Dans le grand bureau du premier, Pierfrancesco se tenait devant la fenêtre, perdu dans ses pensées. Il s'est retourné lorsque nous sommes entrés et son visage s'est illuminé quand il a vu Carlo. Carlo était un vrai petit diable, sans doute parce que je le gâtais trop – mais je l'aimais plus que tout et ne voulais pas le rudoyer comme mes parents l'avaient fait avec moi. Avec Pierfrancesco, il filait doux. Il a grimpé sur l'une des chaises devant le grand bureau et a regardé Pierfrancesco comme s'il attendait ses ordres.

— Bien, et maintenant, camarade Carlo, voyons ce que j'ai apporté pour toi, a dit Pierfrancesco en ouvrant un tiroir dont il a sorti un jouet en bois : une locomotive noire ornée d'une grande étoile rouge, accompagnée de caractères cyrilliques.

Plus tard, il m'a dit qu'il s'agissait d'une reproduction de la locomotive du train personnel du commissaire Trotski ; un exilé russe l'avait fabriquée exprès pour lui.

— Qu'en penses-tu ? a-t-il demandé, et Carlo a souri en tendant ses menottes potelées pour saisir le jouet.

— Dis merci, lui ai-je intimé.

— Merfi, a murmuré Carlo en serrant la locomotive contre sa poitrine et en se laissant glisser à terre pour jouer avec.

Pierfrancesco a passé affectueusement la main dans ses cheveux et les a ébouriffés encore un peu plus. Après quoi, il s'est excusé :

— Désolé, j'ai un peu la tête ailleurs aujourd'hui. De quoi devions-nous parler déjà ?

Nous nous sommes aussitôt mis au travail tandis que Carlo jouait tranquillement à mes pieds.

Quand j'y repense, c'est assez extraordinaire, car Pierfrancesco était un homme important, constamment sollicité, et malgré cela, je n'ai jamais eu le sentiment de l'importuner quand je venais le trouver pour régler une affaire, si insignifiante soit-elle. Il s'arrangeait toujours pour me mettre à l'aise, comme si c'était moi qui lui rendais service. Quoique très différents l'un de l'autre, lui et don Anselmo étaient faits du même bois.

Quand nous avons eu fini, nous avons bu un café et il m'a posé les questions d'usage : comment allaient Giuseppe et mes parents, et le bar ? Mais je voyais bien que quelque chose le préoccupait. Il semblait nerveux, pliant et repliant une feuille de papier posée devant lui sur le bureau. Pour finir, il a dit :

— Margaret Craye est venue me voir aujourd'hui. Tu sais, la dame de cœur d'Achille.

Carlo commençait à s'agiter. Il était fatigué et ne tenait plus en place. Il a levé ses bras vers moi, la petite locomotive en bois toujours dans son poing. Je l'ai soulevé et posé sur mes genoux où il s'est affalé comme un poids mort en suçant son pouce.

— Oui, je sais. Je l'ai vue sortir.

— Oh. Je suppose que vos chemins devaient finir par se croiser un jour ou l'autre. Élégante, non ? a remarqué Pierfrancesco en se calant dans son fauteuil d'un air faussement détaché, avant de reprendre : cela dit, elle a beaucoup souffert. Non pas qu'elle m'ait révélé quoi que ce soit à ce sujet. J'ai tenté comme j'ai pu de l'amener à me confier son chagrin, mais… elle est tellement *british.* Elle est restée sur la réserve.

— Je suis désolée.

Je savais que Pierfrancesco était désemparé quand il n'arrivait pas à consoler les gens.

— J'ai pensé… Je me suis dit qu'elle n'avait pas envie de se confier à un vieil homme comme moi. (Pierfrancesco devait avoir dans les quarante-cinq ou cinquante ans tout au plus.) Peut-être qu'avec une personne de son âge… une femme qui pourrait la comprendre, elle s'ouvrirait plus facilement…

Je jouais machinalement avec les boucles brunes de Carlo. Je savais exactement où Pierfrancesco voulait en venir. Il voulait que je devienne amie avec cette inconnue pour échanger des confidences avec elle. Mais je n'en avais pas envie. J'avais déjà bien assez de mal à gérer le chagrin de mes parents qui empoisonnait sournoisement leur existence et leur entourage, du fait d'Achille, le héros mort prématurément en laissant derrière lui un vide abyssal.

Me voyant hésitante, Pierfrancesco a ajouté :

— Je sais que c'est beaucoup te demander, d'autant qu'elle ne voudra sans doute pas te parler. Mais en supposant que tu aies un peu de temps et qu'elle ait envie de te rencontrer, juste une fois, pour échanger pendant quelques minutes… tu serais d'accord ?

Maudit soit Pierfrancesco.

— Je vais y penser.

Une semaine est passée et, n'entendant plus parler ni de Pierfrancesco ni de Rita, j'ai pensé que tout danger était écarté. J'avais craint qu'elle ne cherche à me contacter et ne m'oblige à déterrer tous mes souvenirs d'enfance pour les lui raconter.

— Dieu merci, ça n'arrivera pas, ai-je dit à Giuseppe quand nous sommes allés nous coucher un soir.

Entre les enfants, le bar et mes parents, c'était le seul moment de la journée où lui et moi avions un peu d'intimité. Mais Giuseppe m'a regardée comme si j'avais dit… une énormité.

— Tu es sûre ? Tu ne penses pas que ça t'aiderait à faire ton deuil si tu lui parlais d'Achille ?

— Je parle de lui sans arrêt, ai-je répliqué. Il revient tout le temps au centre des discussions.

— *Tesoro*, non. Je ne me souviens pas de la dernière fois où tu as prononcé son nom – ni tes parents d'ailleurs. Je suis convaincu que tu n'arrêtes pas de penser à lui, mais que tu n'en parles jamais.

Giuseppe m'a serrée dans ses bras.

— Allons, ce n'est pas grave. Chacun fait son deuil comme il peut. Fais le tien comme tu voudras, prends tout le temps qu'il te faudra. Au fond, c'est une bonne chose que cette femme n'ait pas cherché à te contacter.

Mais il se trompait. Deux jours plus tard, alors que les derniers clients étaient en train de régler leur *aperitivo*, Rita est entrée dans le bar. Elle était seule et portait une jolie robe claire qui semblait tout droit sortie d'une grande maison de couture parisienne. J'ai feint de ne pas la reconnaître. Après tout, elle ne savait pas qui j'étais. Peut-être était-elle entrée dans le bar par accident.

Je l'ai saluée :

— Bonsoir. Qu'est-ce que je vous sers ?

— Un vin blanc, s'il vous plaît.

Rita arborait un visage serein mais je voyais bien qu'elle était tendue. Sur le coup, j'ai eu de la peine pour elle. Et j'ai compris qu'elle n'était pas entrée là par hasard. Elle était venue pour me parler. Mon cœur a chaviré.

— Asseyez-vous, je vous apporte ça tout de suite, ai-je dit. Vous préférez un Trebbiano ou un Vernaccia ?

— Celui que vous me recommanderez. Merci.

Elle s'est assise à côté de la vitrine et a sorti un petit carnet rouge de son sac, qu'elle s'est mise à feuilleter. Je lui ai servi une généreuse rasade de Vernaccia – c'était la moindre des choses. Puis je lui ai apporté des olives.

C'est à peine si elle a relevé la tête quand j'ai posé le verre devant elle.

— Merci infiniment, a-t-elle murmuré, les yeux toujours fixés sur son carnet.

J'ai pensé que j'étais tirée d'affaire. J'ai tourné les talons et filé vers la cuisine pour demander à Giuseppe de prendre la relève pendant que je montais me réfugier à l'étage. Mais j'avais à peine atteint le comptoir qu'elle a lancé :

— Maria ?

Je me suis retournée.

— J'espère que vous n'y verrez pas de malice, a-t-elle ajouté en tripotant nerveusement la bague qu'elle portait au doigt, mais Pierfrancesco m'a dit où je pouvais vous trouver. Je peux m'en aller si vous préférez. Mais si vous êtes d'accord, nous pourrions peut-être parler, vous et moi, et nous aider mutuellement à surmonter le deuil. Votre frère a laissé un si grand vide derrière lui.

Elle avait dit cela à voix basse, avec une franchise qui ressemblait presque à un sanglot. J'ai répondu :

— Entendu. On va parler, si vous le souhaitez.

Notice historique

Florence est une ville réelle, même si ce n'est pas toujours l'impression qu'elle donne. Le petit bourg de Romituzzo, en revanche, est une pure invention. Je l'ai situé dans le Valdana, une vallée fictive quelque part entre Florence et Sienne. Les lecteurs qui connaissent la région remarqueront peut-être une ressemblance avec Poggibonsi, ville où j'ai eu la chance de séjourner quelque temps. Il s'agit d'un hommage affectueux, et non d'une référence directe, tant s'en faut. Poggibonsi, du fait de son emplacement stratégique, a immensément souffert de la guerre. À la Libération, elle était presque entièrement détruite. En comparaison, le village de Romituzzo, dans l'arrière-pays rural, s'en est sorti à très bon compte.

Pour autant, la vie des habitants du bourg et de la vallée n'était ni paisible ni sans danger. Les groupes de partisans de tous bords qui combattaient dans les collines et les montagnes d'Italie dépendaient du soutien des populations rurales, et toute aide, si marginale ou passive fût-elle, comportait de grands risques. Les Allemands, les SS italiens, la Wehrmacht, les membres de la Garde nationale républicaine fasciste et les groupes de volontaires fascistes tels que les Brigades noires menaient une lutte sans merci contre les partisans et leurs soutiens, ainsi que contre les travailleurs qui participaient aux mouvements de grèves antifascistes. Beaucoup furent emprisonnés, torturés, pendus, fusillés ou déportés dans des camps de concentration dont, pour la plupart, ils ne revinrent pas.

La violence était également employée comme arme de dissuasion. L'assassinat de dix Italiens pour un Allemand tué était une pratique courante. Il y avait des exécutions publiques. Tina Anselmi a raconté comment, à dix-sept ans, alors qu'elle était à l'École normale d'institutrices, elle a été obligée avec toute sa classe d'assister à la pendaison de trente et un partisans à Bassano del Grappa. Dans son cas comme dans tant d'autres, la tentative de dissuasion échoua, la poussant au contraire à entrer dans la Résistance. Parfois, la brutalité du régime fasciste pro-nazi outrepassait ses propres règles, comme avec le massacre de trois cent trente-cinq civils et prisonniers politiques aux Fosses ardéatines, en périphérie de Rome, le 24 mars 1944, et celui de quelque cinq cent soixante civils, dont plus de cent enfants, à Sant'Anna di Stazzema, près de Lucques, le 12 août 1944.

Mes personnages sont imaginaires, de même que les situations dans lesquelles je les ai placés. Mais leur peur est réelle, ainsi que leur engagement.

Il y eut de nombreuses jeunes filles résistantes, à l'instar de Stella. Souvent, les agents de liaison étaient des femmes, parce qu'elles passaient plus facilement inaperçues. En transmettant des messages, des journaux, des provisions, des armes, voire des explosifs, elles ont permis à la Résistance de progresser. Elles se déplaçaient à pied, à bicyclette, ou dans les transports en commun. Elles dissimulaient des messages dans leur chevelure, des pistolets sous leur corsage, cachaient leur cargaison interdite dans des sacs à provisions, des landaus, des cartables. Elles accomplissaient un travail indispensable, dangereux et terrifiant. Toutes savaient que, si on les capturait, elles risquaient la torture.

Il n'est guère étonnant que l'engagement de certaines des femmes et militantes politiques les plus éminentes qu'ait connues l'Italie ait débuté en tant qu'agentes de la Résistance. Lidia Menapace, Tina Anselmi et Rossana Rossanda ne sont que trois parmi les plus célèbres. Beaucoup, dont Irma Bandiera, Stefanina Moro, Ines Bedeschi ou Clorinda Menguzzato ne connurent pas la Libération. Elles moururent sans trahir leurs secrets.

Il y avait aussi des organisatrices, qui ont inspiré les personnages de Berta et d'Agnese dans le livre. Le réseau transpartisan que monte Berta à Romituzzo est une version locale, à échelle réduite, des groupes de défense pour les femmes fondés par Ada Gobetti, Bianca Guidetti Serra et Frida Malan, que Gobetti a décrits dans son autobiographie *Diario partigiano*. Sans oublier celles qui prirent les armes, de plus en plus nombreuses à mesure que la guerre se prolongeait. Elles durent souvent lutter pour se faire accepter mais firent leurs preuves au combat. Carla Capponi, Norma Pratelli Parenti, Rita Rosani et Iris Versari sont quatre des dix-neuf femmes qui ont reçu la médaille d'or de la valeur militaire pour leur action dans la Résistance.

À l'instar de Stella, de nombreuses femmes n'ont pas vu leur action reconnue une fois la guerre terminée. Ce n'est que depuis peu que l'importance de leur travail et leur courage font l'objet d'une attention spécifique.

Don Anselmo est lui aussi une figure familière à tous ceux qui se sont intéressés à l'histoire de la Résistance. De nombreux prêtres et religieux, poussés par la foi et leur humanité, s'opposèrent tant au fascisme qu'à l'occupation nazie, souvent au prix de leur vie. Le cardinal Elia Dalla Costa, archevêque de Florence, ne ménagea pas ses efforts pour tenter de sauver des Juifs italiens et étrangers de la déportation ou de l'assassinat, et il encouragea son clergé à en faire autant. Don Anselmo aurait certainement appartenu à son réseau, et il partage les convictions à la fois antifascistes et anticommunistes du cardinal.

Don Anselmo ne manque pas de frères spirituels, notamment don Aldo Mei, don Pietro Papagallo, don Giovanni Fornasini et don Francesco Foglia, expert en explosifs, surnommé « Don Dinamite ». Peut-être que l'équivalent historique le plus proche de don Anselmo est don Giuseppe Morosini, ancien aumônier militaire, membre de la Résistance romaine, qui aida les partisans de la région de Rome en leur livrant armes et renseignements, tout en leur prodiguant un soutien moral et spirituel. Il fut exécuté le 3 avril 1944. Don Giuseppe a inspiré Aldo Fabrizi pour le rôle de don Pietro, le prêtre héroïque et attachant de *Rome, ville ouverte*, mon film préféré.

Stella, don Anselmo et leurs camarades incarnent les types les plus clairement identifiables dans cette histoire, mais les parallèles historiques ne s'arrêtent pas là. Les fans de Formule 1 reconnaîtront sans peine qui se cache derrière le personnage de Guido Comacchi. De même pour Pierfrancesco Legni dans le monde de l'édition. Le passage secret de Romituzzo est inspiré de celui qui existait sur la propriété de famille de Machiavel à Sant'Andrea in Percussina, à ceci près que le passage réel reliait la demeure à la taverne de l'autre côté de la rue ! Le site, ouvert au public, mérite d'ailleurs une visite. En règle générale, j'ai tenté d'ancrer mes inventions dans une certaine réalité.

Achille Infuriati a lui aussi des prédécesseurs. La Résistance a compté beaucoup de jeunes gens courageux, et de nombreux pilotes de course talentueux sont apparus dans l'après-guerre, dont Alfonso Thiele, un Italo-Américain, qui était capitaine dans l'OSS pendant la guerre et avait épousé une résistante extraordinaire, Walkiria Terradura. Mentionnons également Jean Achard, résistant et journaliste français mort dans un accident avant que sa carrière de pilote automobile ait eu le temps de décoller.

Mais c'est surtout à James Hunt que je dois la création du personnage d'Achille. Grand sportif, militant antiapartheid, il n'a pas hésité à parler honnêtement de la peur, de la mort et de la psychologie du risque calculé. J'ai relu maintes fois les entretiens qu'il avait accordés.

En écrivant *Sous le ciel de Toscane*, et en particulier l'histoire de Stella, j'ai tenté de rendre justice à tous les personnages qui y figurent. Le jeune âge de Stella, le caractère clandestin de ses missions et la petite taille de Romituzzo concourent à reléguer mon héroïne aux marges de l'Histoire. Elle ignore tout des calculs stratégiques des diverses factions auxquelles elle apporte son soutien ainsi que des activités de don Anselmo et don Mauro dans leur presbytère. Par conséquent, je n'ai abordé que succinctement les thèmes plus vastes, qui exigent d'amples développements. Je m'y attellerai dans des ouvrages ultérieurs, à commencer par mon prochain roman, qui est situé à Gênes et porte sur le réseau de résistants judéo-chrétien Delasem.

Quoi qu'il en soit, j'ai veillé autant que faire se peut à ce que le petit monde de Stella soit crédible et perçu comme authentique. J'ai pu puiser dans la ressource inestimable que constituent les témoignages de résistantes, retranscrits ou enregistrés. Les noms sont trop nombreux pour figurer tous ici. Les récits de Tina Anselmi, Luciana Romoli, Ada Gobetti et Teresa Vergalli m'ont particulièrement inspirée.

J'ai demandé conseil partout où je pouvais, et les personnes concernées figurent dans les remerciements. Je tiens à mentionner ici Catherine Jones, Hilary Ely et Michael Carley, qui ont lu et relu mon manuscrit du point de vue de leur propre expertise, armes, motos, pilotes de course et paysage complexe de la gauche italienne. Mirna Bonazza, Marisa d'Angelo, Enza De Silva, Eliana Nucera et le personnel de la Biblioteca Ariostea à Ferrare m'ont fourni une documentation précieuse, ainsi qu'un lieu magnifique et calme pour travailler. Nicola Rebagliati s'est révélé un conseiller exceptionnel pour toutes les questions relatives à l'italianité. Teresa Vergalli m'a fourni dans sa correspondance de précieux détails sur son activité d'agente de liaison, et le conseiller de police Graham Bartlett a répondu à mes questions sur la décomposition des corps. Le professeur Geoffrey Swain a aimablement répondu à mes questions sur la Yougoslavie.

Si, malgré toute cette aide, j'ai réussi à laisser quelques erreurs – ce qui est plus que probable –, j'en suis la seule coupable.

Remerciements

Ceux qui entrent en écriture savent que celle-ci constitue la meilleure et la plus satisfaisante des vocations. Mais elle est aussi exigeante, souvent solitaire, toujours fragile. Je suis heureuse d'avoir pour compagnons d'écriture Catherine Jones, Taylor Cole et Michael Carley. Cela fait plus de dix ans que nous échangeons nos textes, travaillons nos idées en groupe et bavardons de tout et n'importe quoi. Apri Doyle, Carol Goddal, Hillary Ely, Margaret Kirk, Jenn Strange et mon père, John, m'ont tous apporté un soutien et des contributions précieuses pour ce livre. Je suis aussi très reconnaissante à ma mentore, l'écrivaine et enseignante Emma Darwin, pour l'aide et les conseils qu'elle n'a cessé de me prodiguer.

Dès mon arrivée en Italie, Michael et Yana, de la Trattoria Boboli (à Florence), ainsi que Betty, Mirko et Carmine, et tout le sympathique personnel de la Villa Machiavelli (à Sant'Andrea in Percussina) m'ont nourrie de spécialités délicieuses et de conversations géniales, tout en m'offrant un lieu chaleureux pour écrire, traduire, lire et réfléchir. Matteo et Libero Saraceni ont eu la grande gentillesse de me laisser flâner dans le bureau de Machiavel et dans les jardins de la villa et arpenter maintes fois le tunnel secret tandis que je réfléchissais aux éléments complexes de l'intrigue. Si la légende dit vrai, et que Machiavel continue de hanter les lieux, que lui aussi soit remercié.

J'ai eu la grande chance que Broo Doherty, ma géniale agente, ait compris le potentiel que recelait cette histoire et m'ait poussée à en tirer une œuvre plus substantielle. Elle-même et sa merveilleuse associée Helen Edward l'ont fait lire à deux éditrices extraordinaires, Rachel Faulkner-Willcocks de Head of Zeus et Sophia Kaufman de HarperCollins US. Ensemble, avec la correctrice Helena Newton qui a travaillé avec une grande sensibilité à l'amélioration du manuscrit final, elles m'ont offert le dosage parfait de critiques et d'encouragements. Je suis également reconnaissante à toute l'équipe d'Aria, Bianca Gillam, Ayo Okojie et Amy Watson. Travailler avec elles a été un pur plaisir ; je les remercie de m'avoir accordé leur temps et leur confiance et de m'avoir fait bénéficier de leur perspicacité.

Rien de tout cela ne serait arrivé sans mon meilleur ami, le premier que je me suis fait dans mon pays d'adoption. Ce livre lui est dédié.

#lisez! engagé
www.lisez.com
Pour plus d'information :
Imprimé sur du papier issu de forêts gérées durablement.

Imprimé en France par MAURY IMPRIMEUR
en juin 2025
N° d'impression : 285383

POCKET – 92, avenue de France, 75013 Paris

S35269/01